텔 미 모어 마마

텔 미 모어 마마

김준녕 장편소설

차례

1부	007
2부	061
3부	119
4부	159
5부	243
6부	279
7부	329
8부	361
에필로그	397
작가의 말	402

피살 당시

엄마를 죽였다.
나는 바닥에 쓰러져 있는 엄마를 보았다. 다리가 기이하게 엇갈린 채, 오른손이 간헐적으로 떨리고 있었다. 무의식적인 반응이었는지 살기 위한 몸부림이었는지는 알지 못한다. 머리 쪽에서 피가 흘러나왔다. 지나치게 하얗다 못해 차가워 보이는 대리석 바닥에 웅덩이 하나가 만들어졌다. 손바닥만 한 크기의 웅덩이는 점차 몸집을 키웠다. 보이는 모든 것이 꿈만 같았다. 늘 바라왔지만 입 밖으로 차마 낼 수는 없었던, 그런 종류의 꿈 말이다.
화약 냄새가 났다. 냄새는 총열에서 올라오고 있었다. 내가 들고 있는 권총은 콜트 주니어로, 미국 콜트사가 1974년에 개발한 것이다. 클러치백에 들어가도 표가 나지 않을 만큼 크기가 작았는데, 이 총은 여태 이층 서재 맨 아래 서랍에 보관되어 있었다.

나는 아주 어린 시절부터 엄마의 화장대를 기웃거리는 아이처럼 서재에 들어가서 물건을 뒤졌다. 어린 도둑은 가장 먼저 서랍을 열었고, 총을 발견했다. 총을 마주할 일이 드문 한국에서 엄마가 왜 이런 물건을 가지고 있었는지는 알 수 없었다. 자기 보호를 위해서거나 자기 머리에 스스로 구멍을 내기 위해서겠지. 엄마는 종종 자기 머리를 쏴버리고 싶다고 했으니까.

내가 엄마를 쏘리라는 것을 엄마는 알았을까?

엄마의 엄마, 그보다 더 위 세대에서 전해져 내려온 이것은 몇 번이나 사용되었을까? 집안 내력은 권 상무에게 귀가 닳도록 들었기에 잘 알고 있었다. 증조부는 췌장암으로 죽었고, 증조모는 노화로 죽었다. 할아버지와 할머니는 공항에서 비행기를 기다리다가 괴한의 총에 맞아 죽었다. 어쩌면 나를 버리고 간 아빠에게도 총구가 겨냥되었을지도 모른다. 탄약실에 탄약은 여섯 발이 비어 있었다. 내가 세 발을 쐈으니 다른 세 발은 이미 여럿의 목숨을 앗아간 거겠지.

총구에서 피어오른 연기는 허공에 원을 그리면서 금세 형체를 잃었다. 손으로 연기를 훑자마자 엄마의 떨림이 완전히 멎었다. 영혼을 믿지 않지만, 존재한다면 연기와 비슷할 것 같았다. 둘 다 부질없었다.

나는 숨을 참았다. 연기를 내 몸속으로 들이켜고 싶지 않았다. 엄마의 일부 같았기 때문이다.

왜 엄마를 죽였는지는 중요하지 않다. 여기서 중요한 것은 내가 누구인가다. 엄마가 죽었다고 내가 사라지지는 않는다. 지금 여기 존재하는 것은 나고, 나는 계속해서 살아가야 한다. 내 행동을 합리화하는 게 아니다.

나는 나를 잊지 않기 위해 글을 써야 한다.

나는 나다.

피살 7645일 전부터 3231일까지

어렸을 때부터 나는 내가 누군가의 자식이라는 사실을 견딜 수가 없었다. 엄마 얼굴은 사진으로도 마주하고 싶지 않았고, 나를 버리고 떠난 아빠는 길에서 쓸쓸히 죽어갔으면 했다. 그러나 그 둘을 세상에서 지워버린다고 해서 내가 삼일그룹의 유일한 후계자라는 사실은 변하지 않았다.

삼일그룹은 건설, 철강, 화학, 금융 등 다양한 분야에서 국제적인 사업체를 가지고 있으며, 최근에는 바이오 쪽에서 두각을 드러냈다. 특히 삼일바이오는 암 치료제나 항바이러스제 같은 획기적인 신약을 해마다 발표하면서 이제 경쟁 상대는 미국 정부뿐이리라는 우스갯소리마저 나올 정도였다. 이십 년 전, '영생 약물'이라 별칭이 붙은 'TPE-1120'의 존재가 외부에 알려지면서 이는 더욱 공고해졌다.

TPE-1120은 홍해파리를 주요 실험체로 하여 탄생한 노화방지제다. 홍해파리는 수명을 다할 때 제 몸을 작게 말아 작은 세포 덩어리로 변한다. 이 세포 덩어리는 본체와 유전적으로 같은데, 시간이 지나면 아주 어린 개체로 재탄생하게 된다. 유전자가 전승될 뿐인 자손 번식과는 다르게 진정한 의미로 '영생'하는 동물이라 할 수 있다. 이와 더불어 바닷가재와 히드라 등 각자만의 방식으로 영생을 누리는 타 생명체들을 함께 연구하여 RE-003이라는 유전자에서 나오는 화학물질이 텔로미어의 길이를 길게 함과 동시에 몸을 재구성하는 것을 밝혀냈고, 이를 바탕으로 노화로 죽지 않는 약물인 TPE-1120을 개발해냈다. 이것은 몸의 모든 구성 요소를 새로이 재생시켜 서서히 몸체를 재구성하여 영생을 가능하게 했다.

연구진은 엄청난 발견이라며 염기서열이니 화학반응이니 하는 괴상한 수식들을 앵무새처럼 반복해서 말했지만 나는 이런 과학적 발견에 크게 관심이 없었다. 연구진이야 인류의 진보나 문명의 발전이 중요하겠지만, 내게는 그 약물이 삼일그룹에 가져다줄 이익이 중요할 뿐이었다.

결과적으로 TPE-1120 사용 승인은 보류되었다. 물론 예상된 결과였다. 정부에서는 사회에 미칠 파장이 크니 시간을 두고 각종 위원회 설립과 시민단체의 참여 등으로 국민적 여론을 먼저 수립하자고 했다. 그러나 정보는 언론으로 흘러간 상태였고, 비밀리에 각국 정상과 재벌, 심지어는 범죄 조직의 수장들도 약을 얻기 위해 치열하게 경쟁하고 있었다. 그 결과 TPE-1120의 존재가 공식적으로 인정되고 일주일이 지난 십일월 칠일, 삼일그룹의 기업 가치는 역대 모든 코스피 기업들 가치의 합보다도 커졌다.

그렇게 TPE-1120 연구를 주도한 엄마는 역사에 길이 남을 인물이 되었다.

*

이런 삼일그룹의 후계자의 삶을 생각해보라 말하면 사람들은 웃으며 그만한 삶은 없을 것이라 말할 것이다. 누구는 영혼을 팔아서라도 나의 삶을 살고 싶다고 말하겠지. 온종일 술이나 약에 취해 슈퍼카를 몰고 다니거나 호텔을 통째로 빌려 문란한 파티를 열고 뉴욕, 도쿄, 상하이, 파리 등 전 세계 어디를 가든지 궁전 같은 저택에서 수십 명의 관리인이 매일 바닥을 쓸고 닦으며 나를 향해 환한 미소를 보일 테니까.

연애는 또 어떻고. 연예인, 운동선수 등 원한다면 누구든 만날 수 있겠지. 게다가 선천적으로 발달을 멈춘 난소 때문에 임신할 수 없으니 오히려 다행이라고 생각할 것이고. 그건 좀 아니라고? 사람들은 보통 가정을 이루기를 바라니까? 엄마와 아빠, 딸과 아들. 이들이 국민 평형 아파트에 함께 모여 사는 모습을 그리기 마련이라고? 아니, 나는 그렇지 않다. 나를 닮은 자식, 아니 엄마의 일부라도 닮은 존재가 이 땅 위에 존재하기를 바라지 않으니까.

*

어렸을 때부터 내게 삶이란 하루하루를 힘겹게 버티는 마라톤과 같았다. 내 계획표를 모아둔 수첩만 봐도 알아차릴 수 있을 것이다. 나는 분 단위로 짜인 스케줄대로 살아왔다. 매일 밤, 침대 위에는 다음 날 일정이 적힌 종이가 놓여 있었다. 파란색 종이를 빼곡하게 채운 계획은 산 아래에 서서 정상을 바라보듯 아득했다.

보통 내 하루는 이랬다. 일곱시에 침대에서 일어나 일곱시 오분까지 간단한 스트레칭을 했다. 음악은 늘 조성진이 연주한 드뷔시의 〈달빛〉이었다. 스트레칭을 마치면 일곱시 십분까지 일층 부엌으로 내려가 아침을 챙겨 먹어야 했다. 내 자리는 엄마 옆자리였다. 속이 좋지 않아도 별로 먹고 싶지 않은 음식이 나와도 예외는 없었다. 남김없이 먹어야 했다.

이후에는 정해진 시간에 맞춰 운동하고 씻었으며 이어서 공부도 해야 했다. 스물네 시간 중 내게 허락된 자유 시간은 저녁 식사 이후 잠들기 전 두 시간뿐이었다. 물론 그때도 나는 혼자가 아니었다. 노래를 듣거나 춤을 추거나 그림을 그리는 동안에도 내 모든 행위는 보고서와 CCTV 영상으로 기록되었다.

명목은 내가 그룹 후계자였기 때문이다. 엄마가 고용한 선생들은 입버릇처럼 내게 책임감을 가지라 했다. 그들은 "너의 목숨은 너의 것만이 아니다"라며 고작 여덟 살짜리 아이를 훈계했다. 적게는 수천만 명의 생계가 내 손에 달려 있다는 사실을 알고는 가슴이 답답해졌다. 내게는 산들바람 같은 작은 선택이 그들에게는 폭풍우로 돌아갔다. 그들의 말을 듣다 보니 내가 선택을 내릴 때마다 죽어가는 사람들의 모습이 눈앞에 아른거리는 것 같았다. 먹는 것부터 시작해 배우고 실험하고 이윽고 죽는 것까지. 내 인생에 내 것은 없었다.

내 정신에 문제가 없다는 말은 거짓일 것이다. 사이코패스나 소시오패스, 둘 중 하나임에는 분명하다. 수십만 명의 목숨이 달린 일들을 기계처럼 쳐내는 엄마를 보면서 엄마도 우울증 약을 영양제 먹듯 대량 복용하고 있으리라고 생각했다. 사람 껍데기를 뒤집어쓴 인공지능이 아닐까 하는 의심이 들기도 했다. 그런 엄마의 딸이니, 나 또한 다를 바가 없겠지.

외롭지는 않았다. 태어날 때부터 나는 사람들과 동떨어져 있었으니까. 일찍이 미숙아로 태어난 나는 인큐베이터에서 대부분의 유아기를 보냈고, 이후로는 미국 유학을 했다던 베이비시터에게 맡겨졌다가 다섯 살이 넘어서는 희수 아주머니의 손에서 컸다. 열한 살까지는 마당으로 나가지도 못했다. 내게 하늘이란 울타리 안에 갇힌 풍경이 전부였고, 땅이란 창문 너머로 보이는 사철 푸른 잔디가 자라 있는 마당이었다. 집 바깥은 내게 미지의 공간이었다.

아플 때면 의사가 왕진을 왔고, 공연을 보고 싶다고 하면 가수가 직접 방문해서 노래를 불렀다. 놀이공원은커녕 소나무 숲이나 아스팔트 도로도 나가본 적 없었다. 외로움에 익숙해지지는 않았다. 아무리 맛있는 음식을 먹고 좋은 옷을 내키는 대로 입어도, 울타리 너머로 들리는 소리에 귀를 기울이며 무슨 일이 벌어지는지 알고 싶었다.

주변 사람이라고는 일만 하는 엄마와 정장 차림으로 늘 무표정하게 다니는 권 상무, 윗사람들만 보면 고개 숙이고 몸을 벌벌 떠는 희수 아주머니, 늘 얼굴을 반쯤 뒤덮는 구찌 선글라스를 끼고 운전하는 김 기사가 전부였다. 정상적인 가정환경이라 볼 수 없었다.

수많은 영화와 책이 나의 친구였고, 영혼을 바깥으로 이끄는 창이었다. 한번은 『허클베리 핀의 모험』이라는 소설에 빠져 집에 있는 이불이란 이불은 다 가져다가 강과 산을 만들었고, 소설 속 허클베리 핀처럼 모험을 해댔다. 먼지가 비처럼 흩날리고, 허클베리 핀의 친구 '짐'을 대신한 작은 토끼 인형은 내 땀으로 흥건했다. 그러나 어린아이가 만든 조악한 연극 세트장은 오감을 채워주지 못했다. 바닷물을 마신 조난자처럼 어떤 책을 읽어도 바깥에 대한 갈증은 해갈되지 않았다.

*

글을 읽을 수 있을 때부터 교수들이 나를 가르치기 시작했다. 철학부터 금융 지식에 이르기까지 과목은 다양했다. 그룹 후계자가 되기 위한 수업이라며, 철저하게 짜인 틀 내에서 교육이 이뤄졌다.

교수들은 나를 처음 마주하고는 입을 모아 엄마와 똑 닮았다고 말했다. 그건 내가 가장 싫어하는 말이었다. 가장 싫어하는 존재와 닮았다니, 구더기가 들끓는 시체를 가리키며 산 사람에게 곧 그렇게 될 것이라 말하는 것 같았다.

교수들은 내가 엄마처럼 '완전한 인간'이 되기를 기대했다. 본래도 대기업이었던 삼일그룹을 세계 제일의 그룹으로 만든 엄마는 그룹 차원에서든 개인으로서든 본받아야 할 이상적 인간이었다. 엄마가 되는 것이 나의 의무였다. 틈만 나면 교수들은 엄마의 업적을 열거하며 내게 그런 자랑스러운 엄마를 둬서 좋겠다 말했고, 나는 그때마다 일부러 시험지에 틀린 답을 적어 냈다.

엄마는 내 교육에 일절 관여하지 않았다. 후계자 교육에 이렇게 무관심할 수가 없었다. 그렇게 그룹의 이익에 목숨을 거는 사람이 무슨 배짱으로 나를 그룹 후계자로 정한 건지 모르겠다. 단순히 혈육이라서?

엄마와 한 공간에 십 분 이상 함께할 때는 식사 시간뿐이었다. 그것도 많아야 한 달에 한두 번이 전부였다. 그 한두 번도 식탁에 앉아 밥만 먹을 따름이었고 아무 이야기도 나누지 않았다. 종종 희수 아주머니가 정적을 깨고서 맛있냐고 내게 물었다. 그때마다 나는 고개를 끄덕였지만, 엄마는 밥만 먹고 바로 서재로 들어가버렸다.

나는 방으로 들어가서 바닥에 귀를 대고 집중했다. 희미하게나마 엄마의 목소리가 웅얼웅얼 들려왔다. 두꺼운 바닥 탓에 무슨 말을 하는지는 알 수 없었으나 그렇게라도 엄마와 함께하고 싶었다.

*

한때는 엄마에게 사랑을 갈구했다. 그러나 엄마는 지독하게 나를 무시했으며 기본적인 대화조차 나누려 하지 않았다. 엄마는 내가 오이 알레르기가 있다는 사실도 모를 것이다. 만약 알레르기가 유전이 아니라면 엄마는 내게 오이냉국이나 오이가 들어간 김밥을 권할지도 몰랐다. 그러면 나는 당당히 먹으리라. 목을 부여잡고 쓰러져 희수 아주머니의 응급처치를 받으면서 엄마를 향해 미소 지으리라.

어느 저녁, 식사 시간에 나는 엄마에게 어렵게 말을 꺼냈다.
"이번 시험 만점 받았어."
엄마는 반응하지 않았다. 묵묵히 숟가락으로 국을 떠서 맛

보더니 희수 아주머니에게 고개를 홱 돌리며 말했다.
"짜요."
희수 아주머니가 죄인처럼 고개를 조아렸다. 엄마는 국을 옆으로 밀어놓고 식사를 이어갔다. 나는 엄마가 내 말을 듣지 못했나 싶어 말을 이었다.
"교수님이 대학생들도 어려워하는 문제래."
엄마는 내 쪽을 쳐다보지도 않았다.
"엄마, 대학생들도 어려워하는 문제였다니까."
내가 따지듯 말하자 엄마는 귀찮다는 듯 시선을 아래로 둔 채 대답했다.
"잘했어."
끝이었다. 더는 대화가 이어지지 않았다. 나는 입에 넣은 밥도 미처 삼키지 못한 채로 엄마를 보았다. 엄마는 내 따가운 시선에 아랑곳하지 않고 반찬을 깨작거리다가 희수 아주머니에게 그릇을 치우라 말하고는 자리에서 일어났다. 짜증이 솟구쳤다. 나도 벌떡 일어나 엄마를 따라가며 물었다.
"엄마, 왜 그래?"
엄마는 나를 슬쩍 보았다. 경멸하는 눈빛이었다. 어떻게 자식에게 그런 눈빛을 보낼 수 있을까. 엄마는 다시 앞으로 시선을 돌리고는 손가락으로 관자놀이를 짚으며 말했다.
"뭐가 문젠데?"
"엄마, 내 엄마 맞아? 딸이 만점을 받았다는데 반응이 왜 그래?"

"내가 잘했다고 했잖아. 못했다고 했어?"

"그게 아니라……."

엄마는 침실 앞에서 한숨을 크게 내쉬고는 그대로 들어가려 했다. 그러나 내가 문고리를 붙잡자 엄마가 나를 노려보았다.

"왜 이래?"

나는 엄마에게 따지고 들었다.

"난 왜 다른 애들처럼 못 살아? 나도 학교 가고 싶고, 애들이랑 놀고 싶어. 왜 나만 이렇게 살아야 해?"

"이거 놔."

엄마의 목소리는 차가웠다. 금방이라도 엄마가 회초리를 들 것 같았지만 이번에는 물러서지 않았다. 나는 엄마의 눈을 똑바로 바라보고서 말했다.

"싫어."

그 순간, 나는 거칠게 뒤로 밀려났다. 넘어진 나를 내려다보는 엄마의 시선이 느껴졌다. 벌레를 보더라도 그런 혐오에 가득 찬 눈길로 보지는 않을 것이다. 엄마는 그대로 뒤돌아 도망치듯 계단을 올라갔다.

"아기씨! 괜찮으세요?"

희수 아주머니는 내게 달려와 접질린 발목을 가리키며 호들갑을 떨었다. 그러나 발목 인대가 늘어나건 뼈가 부러지건 나는 상관하지 않았다.

"엄마!"

나는 엄마를 뒤따라 절뚝거리며 계단을 올랐다. 서재 문 닫히는 소리가 들려왔다. 주먹으로 문을 두들겼다.

"이야기 좀 해! 제발 한 번만 말 좀 하자고!"

그러나 문은 굳게 닫혀 열리지 않았다. 더 강하게 문을 두들기자 경호원들이 나타나 내 팔을 잡아끌었다. 몸부림치며 배신감에 몸을 떨었다. 엄마에게 나는 자식이 아니라 눈에 성가신 혹은 피하고 싶은 존재일 뿐이었다. 언젠가 이 거지 같은 집에서 탈출할 것이라 나는 다짐하고 또 다짐했다.

*

엄마를 제외한 사람들은 나를 그 자체로 보기보다 그룹의 후계자로 보았다. 내 나이보다 네 곱절은 넘게 먹은 그들은 나에게 깍듯하게 고개를 숙였으며, 말끝마다 아가씨라 부르며 말을 높였다. 특히나 희수 아주머니와 김 기사는 지나치게 나를 과잉보호했다. 내가 다칠까 혹은 필요한 게 있을까 하고 항상 주시했다. 그러면 나는 일부러 바닥에 음식을 쏟거나, 마당에 있는 돌을 유리창에 던졌다. 그런데도 두 사람은 내 응석을 받아주었다. 엄마와 권 상무에게서 나온 고통의 화살이 나를 거쳐 그들에게 향했다니.

희수 아주머니는 나를 '아기씨'라고 불렀다. 나는 이 말을 무척이나 좋아했는데, 내 나이가 스물이 다 되어서야 '기'와 '가'의 사이에 놓인 애매한 발음의 서울 억양으로 나를 '아가씨'라 불렀다. 내가 아무리 나이를 먹어도 그녀의 눈에는 늘 응석을 부리는 어린아이였다. 말투에서 느껴진 미묘한 어색함 속에서 나는 엄마에게 느끼지 못한 애정을 느낄 수 있었다.

희수 아주머니는 매일같이 바닥을 쓸고 닦고, 음식을 하면서도 정갈함을 잃지 않았다. 앞치마는 다림질한 듯 구김이 없었고, 항상 올림머리에 비죽 튀어나온 머리카락 하나 없었다. 그녀는 내가 잠에서 깨서 잠들기 전까지 한순간도 쉬지 않고 일에 쫓겼다. 바쁜 와중에도 희수 아주머니는 내게 중요한 당부를 잊지 않았다.

"아기씨, 말을 조심해야 합니다, 말을."

말을 하지 마라, 나에 대해서는 그 어떤 것이라도. 내 기억의 가장 밑바닥을 긁어내면 나올 말이었다. 희수 아주머니와 김 기사에게 세뇌당하듯 매일 말조심하라는 말을 들었다. 그건 엄마가 유일하게 내게 강조했던 말이기도 했다. 엄마는 나와 관련된 모든 것을 집 밖에서 철저히 비밀에 부쳤다.

일곱 살 때, 책상에 앉아 크레파스로 그림을 그리고 있는데 벌컥 문이 열리더니 엄마가 방으로 들어왔다. 놀라움 반, 반가움 반으로 다가갔으나 엄마는 나를 밀어내고 책상 위에 놓여 있는 그림을 보았다. 그림 속에는 김 기사와 희수 아주머니 그리고 엄마가 나를 안고서 웃고 있었다. 내가 온종일 가족을 생각하며 그린 것이었다.

"역겨워, 역겹다고!"

엄마는 그 그림을 조각조각 찢어버리고는 바닥에 패대기쳤다. 그러고는 내게 손가락질했다. 눈이 풀려 있는 엄마에게서 역겨운 술 냄새가 났다. 나는 무서워 몸을 떨었다. 엄마가 나를 향해 삿대질하며 외쳤다.

"너, 태어나서는 안 됐어."

내가 울음을 터뜨리자 엄마도 그대로 주저앉아 함께 울었다. 그렇게 한참을 울다가 엄마는 문득 쫓기는 사람처럼 내 손을 강하게 붙잡고 말했다.

"아무도 널, 아니 우리를 몰라야 해. 알겠지?"

손이 부서질 것 같아 나는 크게 소리 내어 울었다. 엄마는 반복해서 내게 대답하라 소리를 질렀다. 그러자 내 울음을 듣고 부리나케 달려온 희수 아주머니가 엄마를 침실로 데려갔고, 나는 훌쩍이며 가만히 침대에 앉아 찢어진 그림 조각들을 보았다. 나는 아주 작은 걸 바랐다고 생각했는데, 사실 그 무엇보다도 큰 것이었다.

엄마는 내가 세상에 존재한다는 사실을 우리가 아닌 다른 누군가가 알게 되면, 나를 둘러싼 모든 게 사라질 거라 했다. 나는 자주 나 자신을 지옥에서 온 악마나 괴물 혹은 실험체라 생각했다. 사람들이 나를 보면 소리치고 손가락질할 것만 같았다. 거울에 보이는 키 작은 어린아이가 아닌, 머리가 둘 달린 개나 털 없이 날카로운 이를 드러낸 괴물일지도 몰랐다. 거울을 덮고 있는 장막을 걷어내고 나면 무엇이 있을까 궁금했다.

가끔은 충동적으로 철문을 열고 사람들에게 내가 살아 있다고 소리치고 싶었다. 내 존재 자체를 무시하는 엄마를 보면서 일부러 존재감을 드러내려 티 나게 행동하고 싶었다. 답답함을 참을 수가 없을 때면 나는 내 방 발코니에서 소리를 질러댔다. 내가 여기에 있다고, 여기에 살아 숨 쉬고 있다고.

"제발, 제발 말 좀 해줘!"

그러나 여전히 서재에서는 어떤 반응도 돌아오지 않았다.

피살 3230일 전부터 367일 전까지

"백이, 백삼……. 앞으로 세 개 더."

운동 선생의 구호에 맞춰 열심히 테니스 라켓을 휘둘렀다. 묻고 싶은 것이 많았다. 왜 하필 백오 개나 백십 개가 아니라 백육 개인지, 어제는 왜 백육 개가 아니라 구십삼 개를 했는지, 왜 베이스라인을 기준으로 사이드라인을 따라 열 걸음, 서비스라인을 따라 여섯 걸음 반을 걸어야 하는지. 그러나 나는 그 어떤 물음도 입 밖에 내지 않았다. 짜인 시간표와 지시대로 묵묵히 라켓을 휘두를 뿐이었다

내가 대부분의 규칙에 순응했던 것은 엄마에게 인정받고 싶은 마음도 분명 있었지만 그보다는 귀찮기 때문이었다. 계획표만 지켜내면 엄마는 나를 건드리지 않았다. 오히려 내 몸에

딱 알맞은 옷을 입은 것처럼 계획표는 내 생체 리듬과 정확히 맞아떨어졌다. 백오 개째에 팔에 경련이 왔고, 백육 개째에 가까스로 마지막 공을 받아내고 나서 바닥에 주저앉았다. 이런 적이 한두 번이 아니었다. 마치 엄마가 내 모든 것을 알고 있는 것만 같았다. 헉헉거리면서 숨을 몰아쉬는데, 운동 선생이 다가와 말했다.

"역시 어머님을 닮으셨군요."

운동 선생의 그 한마디에 나는 벌떡 일어나서 손에 쥐고 있던 테니스 라켓을 집어 던졌다. 라켓은 정확히 운동 선생의 정강이를 맞혔다. 운동 선생이 정강이를 쥔 채로 한 발로 뛰며 뇌까렸다.

"뭐 하는 짓이야!"

집으로 돌아와 방문을 닫고는 책상을 뒤엎었다. 펼쳐진 책들을 발로 밟으며 찢고, 연필과 볼펜을 부쉈다. 분이 풀리지 않아 서랍장에서 서랍을 통째로 뽑아 바닥에 쏟아부었다. 수백 가지 색깔의 물감 튜브가 바닥에 나뒹굴었다. 다발로 집어 들고 카펫을 팔레트 삼아 물감을 짰다.

나는 불쾌감을 느꼈다. 분명 이름표를 확인해보면 '카드뮴 레드' '알리자린 크림슨' 등 각각 다른 색이었는데, 이상하게 내 눈에는 모두 빨간색으로만 보였다. 분명 다르다고 생각했는데, 꼭 엄마와 나 같았다. 다르다고 생각했지만 결국에는 똑같은.

카펫 위에 크리스털 잔을 던졌다. 담겨 있던 물이 쏟아지며 물감들이 서로 뒤섞였다.

"멈춰!"

운동 선생이 문을 열어젖히고 외치자 나는 멈추기는커녕 손에 잡히는 대로 물건들을 던지기 시작했다. 운동 선생은 간신히 고개를 숙여 내가 던진 크리스털 잔을 피했다. 벽에 맞은 잔은 강한 파열음과 함께 폭발하듯 사방에 흩날렸다. 비산한 파편에 반사된 빛이 허옇게 뜬 선생의 얼굴을 번들거리게 했다.

어린아이가 색칠 놀이를 한 것처럼 방바닥은 난장판이 되었다. 운동 선생이 팔을 들어 올리고 나를 향해 다가왔다. 나는 그를 향해 눈을 똑바로 뜨고서 말했다.

"때려봐."

선생의 손이 파르르 떨렸다. 그는 고개를 들어 천장을 살폈다. 사각지대 없이 설치되어 있는 수십 대의 CCTV가 그를 바라보고 있었다. 경고 음성 하나 없었으나 선생은 깜빡이는 빨간 불빛과 함께 낮게 깔린 침묵에 질식당할 것 같은 압박감을 느꼈을 것이다.

나는 물감 튜브를 하나 손에 쥐고 선생에게 다가갔다. 그는 얼어붙은 듯 그 자리에 가만히 서 있었다. 물감을 내 손에 짜고는 그의 얼굴에 문질렀다. 선생의 외마디 비명은 쩽한 아크릴 물감에 파묻혀 더는 들리지 않았다. 물감이 얼굴을 충분히 뒤덮고 난 후에 그의 옷에 손을 닦아내며 말했다.

"앞으로 나한테 다시는 엄마 이야기 하지 마."

선생들은 엄마의 딸인 나를 어떻게 할 수 없었으니까. 내 몸에 엄마의 허락 없이 함부로 손댔다가는 그 자신은 물론이고 그의 가족과 친구들 역시 위험에 처할 테니까. '고작 그런 것 때문에?'라고 말할 수도 있겠지만 엄마는 그럴 만한 인간이었다. 권위적인 태도를 보이던 그들 역시 엄마가 짠 빽빽한 계획표 안에서 나를 체벌하고 훈계하는 일종의 인형일 뿐이었다. 그 사실을 알게 된 순간부터 내게 소심한 반항이란 없었다.

착하게 굴어서는 안 됐다. 어린애처럼 굴어서도 안 됐다. 엄마라는 인간의 시선을 끌기 위해서는 최대한 영악하고 악독하게 행동해야 했다. 내 반항으로 인해 다른 누군가가 피해를 입는다 해도 그가 나를 비롯해 나를 이렇게 만든 엄마를 원망해야 했다. 아크릴물감을 닦아내지도 못하고 있는 선생을 지나쳐 문 너머를 바라보았다. 그 어떤 인기척도 느껴지지 않았다. 돌아서서 CCTV를 올려다보았다. 여전히 빨간 불빛이 깜빡이고 있었다. 문득 어떤 생각이 비바람 속 한 줌의 재처럼 스쳐갔다.

'이것도 계획표 안에 있는 걸까?'

*

"준비됐습니다."

무대의 시작을 알리듯 권 상무의 감정 없는 목소리와 함께 엄마는 방 안으로 들어섰다. 문을 등지고 방 한가운데에 서 있던 나는 엄마의 구두 소리에 몸을 움찔거렸다. 또각또각. 뾰족하게 귀를 파고드는 구둣발 소리에 종아리가 차이듯 아려왔다. 엄마가 말했다.

"바지 걷어."

나는 청바지를 걷어 올렸고, 권 상무는 내 옆에 서서 손목시계를 들어 올렸다. 마치 육상 선수의 달리기 기록을 재는 것 같았다.

"삼 분 삼십 초. 총 서른세 대입니다."

권 상무가 말을 마치기도 전에 공기를 가르는 맹렬한 소리와 함께 종아리가 불타는 것처럼 쓰라렸다. 엄마의 손에는 회초리가 들려 있었다. 탄성 좋은 플라스틱으로 특별히 만든 회초리였다. 칼집 같은 게 나 있어 때릴 때마다 종아리 살갗을 파고들었다. 두어 대만 맞아도 피멍이 들었고, 스무 대가 넘어가면 피로 바닥이 흥건하게 젖을 지경이었다.

"십 초 간격 유지하시고요."

말을 하면서도 권 상무의 시선은 시계에 향해 있었다. 눈을 피하거나 몸을 떨지도 않았다. 그에게서 감정 변화는 느껴지지 않았다.

체벌 역시 계획 안에서 벌어졌다. 훈육 시간이 되면 나는 청바지로 갈아입고는 방으로 들어선다. 그럼 권 상무가 나타나 엄마에게 오늘 내가 맞아야 할 부위와 횟수, 시간을 말하고는 시계를 보며 계획을 점검했다.

"시작하십쇼."

한 대, 두 대, 세 대……. 권 상무가 숫자를 셀수록 반성은커녕 이 변태적이고 가학적인 체벌에 대한 반감이 들었다. 내가 그렇게까지 행동한 이유가 뭘까? 엄마가 나를 이렇게 가두지만 않았다면, 아니 조금이라도 관심을 주었더라면 그러지 않았을 텐데.

"피곤해."

정확히 서른세 대, 삼 분 삼십 초에 엄마는 권 상무를 향해 던지듯이 회초리를 건넸다. 종아리는 퉁퉁 부어오른 데다 바닥에는 피가 흥건했다. 나는 엄마를 노려보며 말했다.

"이런다고 내가 바뀔 것 같아?"

그녀는 전혀 신경 쓰지 않다는 듯 시선을 권 상무에게 두면서 옷매무새를 고쳐 입었다.

"안 바뀔 거 알아."

"뭐?"

"네가 누구 딸인데."

엄마는 나를 향해 스치듯 비웃었다.

"그러니까 하던 대로 해."

나는 그 자리에 멍하니 서 있었다. 엄마가 나가자마자 권 상무 지시에 맞춰 의사 몇몇이 나에게 달라붙어 곳곳에 난 상처들을 소독하고 약을 발라주었다. 몸을 비틀면서 악을 쓰고 또 썼다.

"어디 가! 이리 와!"

처음에는 또 맞을까 두려워서 아무 말도 하지 못했으나 이제는 체벌이 끝나고 난 이후에는 어떤 경우에도 엄마가 나를 때리지 않는다는 사실을 알았다.

그럼에도 물리적 충격은 그 잔상이 오래도록 남았다. 엄마가 살짝만 움직여도 내 의지와는 관계없이 몸이 움츠러들었다. 한참 난동을 피우다 나도 모르게 눈을 감으면 엄마의 비웃음이 들렸다. 몸이 엄마의 위협을 내재화할 동안 나는 엄마에 대한 증오를 머릿속 깊이 새겨 넣기 시작했다. 엄마가 내게 동정을 구하더라도 앞으로 절대 나는 그녀를 용서하지 않으리라, 살려달라며 빌고 또 빌어도 절대 엄마를 살려두지 않으리라 다짐하고 또 다짐했다.

*

열네 살, 유독 춥지 않은 겨울이었다. 방에 가만히 있는데, 내일 다른 아이들이 집으로 올 것이라고 선생이 말했다. 계획표를 살펴보니 '사회성 교육'이라 적혀 있었다. 선생은 사회성을 기르기 위한 일종의 교육이라면서 예의를 갖추라고 했다.

그러나 나는 당연히 말을 듣지 않았다. 나는 내 또래 아이들을 만난다는 생각에 지나치게 흥분했고, 전날 밤까지 잠이 오지 않아 베개에 얼굴을 파묻었다. 끝내 잠들지 못한 채 옷을 모조리 꺼내놓고 무엇을 입을지 고민했다. 빨랫감 한 무더기를 바구니에 담고서 세탁실로 향하는 희수 아주머니를 뒤따라 다니며 아이들에게 내놓을 음식을 고민했다. 희수 아주머니는 마른걸레로 먼지를 훔치면서 영국산 쿠키는 어떠냐고 말했다. 나는 듣는 둥 마는 둥 하며 아이들에게 건넬 말들을 떠올렸다.

 어른보다 작은 키에 말끔히 차려입은 그들을 처음 보았을 때를 아직도 잊을 수가 없다. 네 명이었다. 교복을 차려입은 말끔한 모습의 그들은 긴장된 표정으로 집 안을 두리번거렸다. 가슴이 터질 듯 두근거렸다. 얼른 그들과 이야기를 나누고 싶었지만 쉽게 발이 떨어지지 않았다. 그러자 희수 아주머니가 내 등을 슬며시 밀었고, 마침내 나는 그들 앞에 섰다. 밤새 준비해놓은 칭찬의 말이 떠오르지 않았다. 한 남자애가 내게 말을 걸었다.

 "놀자."

 나는 놀라서 되물었다.

 "나랑?"

 아이는 당연하다는 듯 고개를 끄덕였다.

 "너 아니면 여기 누가 있어?"

 다행히 아이들은 나를 차별 없이 대했다. 온종일 거울을 보며 그들이 나를 얼마나 이상하게 볼지 고민했던 순간들은 그들의 웃음과 함께 녹아버렸다. 주일마다 희수 아주머니에게 들은 성경 속 천사들이 그러했을까. 가벼운 장난 속에 순수한 웃음이 감돌았다. 더 커서 만났더라면 이처럼 편하게 지내지는 못했을 것이다. 이후에 만났던 사람들은 내가 누구인지 알고는 불편해했다. 어쨌든 나는 그날 처음으로 친구라는 것을 사귀었다. 그리고 그중 은희라는 아이와 더욱 가까워지기를 원했다.

은희는 삼층 창고에 있는 인형과 꼭 닮았다. 피부가 희었고 키가 작았다. 갈색 눈동자는 엄마의 사파이어 목걸이처럼 빛났다. 나는 그 모습에 금세 매료되었다. 벽처럼 느껴지던 어른들과 다르게 은희라는 아이의 속은 투명해 보였고, 나와 깊은 교감을 나눌 수 있을 것 같았다. 우리는 만난 지 하루 만에 다른 아이들 몰래 둘이서 놀기 시작했다. 오랜 친구처럼, 우리는 빠르게 가까워졌다.

*

한번은 삼층 창고에서 인형을 꺼내 은희에게 보여주었다. 내가 태어나기 전부터 이곳에 있던 솜 인형이었다. 코발트색 이브닝드레스 차림의 인형은 눈동자가 푸르고 눈썹이 가느스름한 디즈니 공주 같았다.

"내가 태어나기 전부터 여기 있었어."

나는 은희의 눈높이로 인형을 들어 올리고는 은희와 인형을 번갈아 보았다.

"너랑 완전 똑같아."

그러나 인형의 눈동자는 색만 푸르렀을 뿐 은희의 눈과 달리 빛나지 않았다. 은희는 인형을 받아 들더니 이리저리 살폈다.

"나랑 닮긴 했네."

"그렇지? 여기 눈 봐봐. 입도 두텁지 않고 아주 얇게 퍼져 있어."

나는 인형의 이목구비 하나하나를 손으로 가리키며 은희의 것과 연결 지었다. 아주 오래전부터 너와 나는 연결되어 있었다고 말하고 싶었다. 잠이 오지 않을 때면 창고에서 이 인형을 꺼내 껴안기도 했으니까. 엄마는 그 인형을 보기만 해도 소스라치게 놀라면서 멀리 치우라고 말했지만 나는 몰래 창고 근처에 두고는 오랫동안 인형을 바라보았다.

나는 입이 마르도록 은희의 외모를 칭찬했다. 내 나이대의 여자아이들은 외모에 관심이 많다고 희수 아주머니에게 들은 터였다. 은희와 조금이라도 더 가까워지기 위한 나만의 노력이었는데, 은희는 전혀 예상 밖의 말을 꺼냈다.

"이건 내가 아니야."

은희는 그대로 인형을 던져버렸다. 인형은 거칠게 바닥을 구르다가 엎드린 상태로 멈췄다. 나는 바닥에 떨어진 인형을 주워 들고서 은희에게 물었다.

"그게 무슨 말이야?"

"이건 나를 닮은 거지, 내가 아니야."

순간 나는 은희가 무슨 말을 하는지 이해하지 못했다. 그녀에게 무슨 말이냐며 묻고 싶었으나 마침 희수 아주머니가 우리를 찾았고, 나는 인형을 상자 안 깊숙이 숨기고서 은희와 함께 창고를 나왔다. 상처받지 않았다고 말하면 거짓말이다. 선생이나 엄마를 제외하고 타인에게 처음으로 받은 지적이었다.

거실로 나와서는 은희의 눈치를 보았다. 하나뿐인 친구를 잃고 싶지 않았다. 화해하고 싶어 희수 아주머니가 내오는 파르페와 쿠키들을 은근히 은희 쪽으로 밀어놓았으나 은희는 내게 별다른 눈빛을 주지 않았다. 나는 은희에게 말했다.

"왜 안 먹어?"

은희는 팔짱을 끼고는 입술을 툭 내밀었다.

"화가 났으니까."

다시 은희를 향해 간식들을 밀며 말했다.

"이거 먹고 기분 풀어."

반응이 없자, 말을 덧붙였다.

"엄청 비싼 거야."

그러자 은희는 나를 노려보고는 기분이 나쁘다는 듯이 인상을 쓰고 자리에서 일어났다. 혼란스러웠다. 보통 뭔가를 주면 사람들의 기분이 풀리기 마련이었다. 엄마와 권 상무는 김 기사와 희수 아주머니를 비롯해 경호원들에게 그랬다. 그런데 은희는 아니었다. 경호원들이 문을 막아서고 있어도 은희의 행동에는 거침이 없었다. 다른 아이들이 눈치를 보며 그녀를 향해 곁눈질해도, 은희는 겉옷을 챙기고는 문을 향해 다가섰다.

"비켜주세요."

경호원은 미동도 하지 않았다. 은희는 그들 사이를 비집고 나가려 안간힘을 썼으나 힘이 부족했다. 그렇게까지 떠나려하는 은희의 뒷모습을 보니 눈물이 나왔다.

"가지 마……. 미안해……."

정말로 은희가 떠나버릴까 봐 무서웠다. 이곳에 혼자 남겨지고 싶지 않았다. 만약 혼자 남겨진다면 적어도 은희가 언젠가 돌아올 것이라는 희망은 있었으면 했다.

사과를 들은 은희는 뒤돌아서 나를 와락 안아주더니 내 귀에 속삭였다.

"그래, 그럴 때는 사과를 하는 거야."

은희는 나를 향해 웃으며 말을 이었다.

"네가 소중한 것처럼, 다른 사람도 모두 소중해."

"왜?"

은희는 내 물음에 막힘 없이 대답했다.

"세상에 하나뿐인 사람들이니까."

따스했다. 말투며, 말의 의미며, 나를 바라보는 눈빛까지도. 은희가 어떤 말을 하고, 어떤 행동을 할지 전혀 예측할 수 없었다. 이 불확실성이 불러온 쓰나미 같은 감정에 나는 늘 놀라고 감동했다.
'봄날의 햇살'같이 진부한 표현이 더는 진부하게 느껴지지 않았다. 은희는 얼어붙은 길 위를 걷던 내 삶을 비추는 한 줄기 햇살이었다. 만약 그녀가 아니었더라면 나는 엄마가 의도한 대로 엄마와 같은 냉혹한 인간이 되었을 테다. 기업을 운영하는 데 감정은 부차적이고 쓸모없었으니까.
그 후로도 은희는 몇 번이고 우리 집에 왔다. 다른 아이들도 함께였지만 나는 오직 은희와만 놀았다. 어쩌면 사랑이었을지도 모른다. 혹은 엄마를 닮은 나를 이해해줄 사람이 필요했거나 친구에 대한 어리석은 집착이었을지도.

*

저녁 식사 시간이 되기 전에 은희는 왔던 곳으로 돌아가야 했다. 차마 떠나는 모습을 볼 수 없어 나는 방에 숨어버렸다. 이불을 뒤집어썼지만 귀는 열려 있었다. 문이 열리는 소리가 들리면 나는 창문으로 고개를 내밀고서 어딘가로 향하는 아이들의 뒷모습을 바라봤다. 노을빛을 향해 걸어가는 그들을 보며 천국으로 가는 게 아닐까 하고 상상했다. 그곳에서는 가을 한낮의 햇살 속에서 아이들이 원을 그리며 놀고 있지 않을까. 그곳에서 나는 누군가의 딸이 아니라 그저 그들의 일원일 뿐이니, 함께 놀고먹고 지내면 되겠지. 그들을 뒤따라가고 싶었으나 거대한 철문은 어김없이 닫혔다.

저녁 어스름이 내리고 나면 나는 몰래 술래잡기하듯 집 안을 돌며 은희가 남긴 흔적을 찾으러 다녔다. 혹시나 내게 남긴 비밀 메시지라도 있을까 싶었다. 아니면 아직 사라지지 않은 그녀의 체온 한 자락이라도 느낄 수 있을까 해서.

희수 아주머니는 늘 아침에 먹을 국을 끓여놓고 의자에 앉아 졸았다. 아주머니를 깨울까 봐 까치발을 들고서 발걸음을 살살 옮겼다. 지하 이층부터 옥상 아래 육층까지. 엄마는 신경 쓰지 않아도 됐다. 집을 비우는 날이 더 많았고, 나를 없는 존재처럼 여기려 했다.

나는 투명 망토를 뒤집어쓴 마법사처럼 집 안을 뒤지고 다녔다. 냉장고 뒤와 운동실, 영화관, 식료품 창고, 부엌과 경호원들의 숙소를 살펴보았다. 그러나 집 안 어디에도 은희의 흔적은 남아 있지 않았다. 책상 아래에 붙여놓은 비밀 메시지도 없었다. 풀이 죽은 나는 그 대신 은희를 꼭 닮은 인형을 안고서 잠들려 했으나 금방 던져버리고 말았다. 은희만큼 따뜻하지 않았기 때문이었다. 은희의 말대로 그저 은희를 닮은 인형일 뿐이었다.

그날 이후로 그 인형을 찾지 않았다. 은희를 대체할 수 있는 것은 이 세상에 없었다. 그때 나는 은희를 다시 만날 수만 있다면 사층 다락방에 터질 듯 쌓여 있는 인형을 전부 줄 수 있다고도 생각했다.

*

은희에게서는 한 번도 맡아보지 못한 냄새가 났다. 축축한 냄새랄까. 그 냄새는 하수구 냄새나 오래된 빨랫감에서 나는 기분 나쁜 냄새는 아니었다. 가본 적 없는 늪지대나 강가, 그것도 빠르게 흐르는 강이 아닌 물풀이 우거져 송사리 떼가 헤엄쳐 다닐 만한 곳에서 날 것 같은 그리운 냄새였다.

은희가 사는 시설 주변에는 아무것도 없다고 했다. 은희가 머무는 시설은 우리 집에서 두 시간 거리에 있었는데, 숲 중심부를 뚫는 도로를 달려야 했다. 한 시간가량 차를 타고 가다 보면 풀 한 포기 없는 큰 개활지가 보이고, 그 언덕 아래에 건물이 세워져 있었다. 건물에는 유리창 하나 없이 전반적으로 잿빛에다가 크기가 무척이나 커서 시멘트 덩어리가 하나 놓여 있는 것처럼 보였다.

그곳에서 은희는 다른 아이들과 함께 살았다. 아이들은 침대 앞에 일렬로 늘어서서 매일 의사들의 검진과 함께 전문가들의 교육을 받으며, 내가 먹는 식단과 비슷한 음식을 먹었다. 나처럼 시간 단위로 정해진 스케줄에 따라야 했다.

그들은 밥을 먹기 전 늘 엄마를 향해 감사를 표했다. 통성기도를 하듯 일제히 엄마의 이름을 부르짖는 모습이란. 은희의 묘사를 듣는 나의 머릿속에서 엄마는 점점 더 괴물이 되어갔다. 그들이 먹고 입고 잘 수 있는 것은 모두 엄마의 은혜 덕분이라 했다. 잠을 잘 때는 브람스의 음악을 틀어준다고 했는데, 은희는 내가 스피커로 들려준 메탈리카의 노래를 들으면서 중지를 쳐들고는 브람스는 엿이나 먹으라며 소리를 질러댔다.

음지에서 은밀한 거래가 이루어지듯 희수 아주머니에게 배울 수 없는 것들을 은희에게 많이 배울 수 있었다. 함께 살던 남자아이가 바지춤을 어루만지는 것을 보았다는 은희의 말에서 이야기는 시작되었다.

얼마 후에 은희는 성교육을 받고 왔다면서 내게 자세한 내용을 들려주었다. 손으로 묘사해가면서. 우리는 자위와 섹스에 관해 이야기를 나누다가 화장실에서 지금은 말하지 못할 이야기를 하기도 했다. 금방 이상함을 느낀 우리는 그날 일을 절대 다른 사람에게 말하지 않기로 했다.

은희는 내게 성교육 때 들은 내용을 자세히 말해주었다. 그러면서 성행위로 인간이 번식한다면 차라리 멸종하는 게 낫다고 했다. 역겨워서 눈알을 뽑아버리고 싶다고도 했다. 성에 대한 이야기는 나에게 부모가 있을 수밖에 없다는 사실을 명백하게 했다. 은희는 아버지와 어머니 둘 다 본 적이 없었다. 그곳 관리자 말로는 은희의 아버지와 어머니는 어쩔 수 없는 사정으로 은희를 이곳에 두고 갔으며, 언젠가 찾으러 올 것이라 했다.

은희가 말했다.
"왜 아이를 낳는 걸까?"
나는 책에서 읽은 대로 대답했다.
"종족 본능이래. 생명체가 가지는 당연한 본능."
"본능은 전부 당연한 거야? 본능이라도 이유가 있을 거 아니야."
"본능에 이유는 없어. 책에서 읽었는데, 유전자가 시켜서 하는 거래."
"그럼 유전자는 왜 그러는 거야?"
"개체를 통해 유전자를 끝까지 퍼뜨려서 영원히 살아남으려고 그러는 거래."
"그렇게 끝까지 살아남으면 누가 상이라도 주나? 갑자기 신이 나타나서 잘 살았다면서 영생이라도 준대?"
공격적인 은희의 모습에 나는 우물거리며 말을 이었다.
"그건 나도 몰라."
은희는 평소처럼 불만에 가득 차 말을 쏟아내기 시작했다.
"그럼 우리는? 우리는 죽어도 아무 상관 없는 거야? 자손만 낳아서 유전자인지 뭔지 하는 것만 남기면?"
"유전자 입장에서는 그렇지. 자기는 살아남았으니까."
"나쁜 새끼들."
나는 은희의 말에 반박할 수 없었다. 그저 그렇게 말하지 않으면 엄마가 나를 낳은 것이 설명되지 않았다. 부모 자식의 유대도 없이, 어떤 책임이나 의무도 없이 엄마는 나를 낳았으며 돈으로 나의 생명을 그저 연장해주고 있는 건데, 이렇게 유전자라도 끌고 오지 않는다면 도저히 엄마의 행동을 설명할 수가 없었다. 나는 유전자야말로 내 부모라는 생각을 했고, 그편이 오히려 엄마의 행동과 내 삶을 총체적으로 이해하기가 편했다. 은희는 입을 비쭉 내밀고서 대답했다.

"그런 부모, 아예 없었으면 해."

나도 차라리 엄마가 없었더라면. 은희와 함께 밤마다 잠도 자고 밥도 같이 먹으면서 어쩌면 연애라는 것도 해볼 텐데. 물론 관리자에게 걸리면 무척 혼나기는 할 테지만.

다른 사춘기 아이들처럼 우리의 기분은 금방 바뀌었다. 누가 먼저 시작했는지는 기억나지 않지만, 이불을 뒤집어쓰고 서로의 옆구리를 찔러대며 장난을 쳤다. 숨이 차올랐으나 벗어나고 싶지는 않았고 우리의 추억을 누구도 알 수 없게 이불로 감싸놓고 싶었다. 그렇게 한동안 맑은 웃음소리가 떠나지 않았다. 먼지가 날리고 땀이 났으나 정신만은 명확했다.

은희와 나는 눈을 맞추고 가만히 약속했다. 결혼 같은 건 하지 말고 둘이 살자고. 언젠가 집과 시설에서 벗어나게 된다면 서로를 찾아 함께 살자고 했다. 주위에 강이 흐르는 작은 저택에서 수영도 하고 고기도 구워 먹으면서 시간을 보내자고. 치와와나 푸들 같은 작은 개와 고양이 한 마리를 키우고, 밭에서 나는 채소로 요리를 하자고. 상상만으로도 가슴이 벅차올랐다.

하마터면 감정이 북받쳐 올라 눈물을 흘릴 뻔했다.
 메마른 바닥이 깨지며 물이 스며 나오듯 마음속에서 그간 느껴본 적 없는 감정이 솟아나는 것 같았다. 은희와 함께라면 무엇도 할 수 있을 것만 같았다. 그날따라 집을 떠나는 은희를 더욱 보내기가 힘들었다.

*

 나는 매일같이 사죄의 기도를 한다. 기도로 죄가 사해질 것이라고는 절대 생각하지 않는다. 수면제 없이는 잠들 수 없으며, 아침에 눈을 뜬 순간부터 죽지 않았음에 대한 안도감이 아닌 죄책감이 든다. 나는 은희의 인생을 시작부터 무참히 망쳐놓았다. 그날 한 약속은 은희를 조금 더 살아가게 하기 위한 희망 고문에 지나지 않았다. 언젠가 은희를 만나게 되면 무슨 말을 해야 할까. 미안하다는 말로는 끝나지 않겠지.
 은희와의 약속은 한 달도 채 가지 못했다.
 그날은 스피커가 터질 정도로 노래를 크게 틀어놓았다. 은희는 침대 위에서 방방 뛰며 소리를 질러댔다. 본 조비, 마이클 잭슨, 뮤즈와 데이비드 게타, 가끔 메탈리카의 노래가 흘러나왔다. 음표들이 일곱 갈래로 갈라지며 내 머리를 뒤집어놓는 것 같았다. 나는 시트가 찢어져라 침대를 손톱으로 긁어대고 의미 없는 소리를 질러댔다. 눈이 뒤집힐 것만같이 속이 간질

거리더니 이윽고 토해내듯 속에 쌓여 있는 모든 말을 했다.

"다 꺼져!"

나는 미친 사람처럼 고개를 흔들어댔다. 눈물이 날 것만 같았다. 베개가 찢어지며 솜이 눈처럼 방 안에 휘날릴 때도 우리는 몸 흔드는 것을 멈추지 않았다. 은희는 들리지 않을 무언가를 미치도록 외쳐댔다. 쌓인 게 많은 것 같았다. 우리는 처음부터 꼬여버린 우리의 운명에 화를 냈다.

그러다 은희가 지난밤에 관리자가 자기 몸을 만지고 있었다는 얘기를 꺼냈다. 놀란 은희는 소리를 지르고 싶었지만, 목구멍이 막힌 것처럼 소리가 나오지 않았다고 했다. 관리자는 다른 사람에게 이 사실을 말하면 은희를 시설에서 내보내겠다고 협박했다. 그리고 그가 또 다른 말을 덧붙였다고 말하던 그때, 은희의 표정이 이상했다. 화가 난 것 같으면서도 슬퍼 보였다. 숱이 많은 눈썹을 찡그렸다. 눈가가 축축했고, 콧구멍이 커졌다가도 입꼬리가 아래로 처졌다. 관리자가 무슨 말을 했냐고 은희에게 물었다. 음담패설이나 다른 은밀한 협박이 오갔을 듯했다. 그러나 끝내 은희는 말하지 않았다. 몇 번이고 다그쳐도 은희는 입을 다물었다.

"왜 말 안 해주는 거야?"

눈물이 나왔다. 나는 은희에게 아무것도 아닌 존재가 된 것만 같았다. 그러자 은희가 떨리는 목소리로 말했다.

"너한테 말한다고 달라지는 게 있을까?"

나는 은희의 머리를 부여잡고 내 쪽으로 끌어당겼다. 은희의 떨리는 입술은 선한 분홍빛을 띠고 있었다. 은희는 잠시 당황한 듯 나를 멀뚱히 바라보다가 이내 결심한 듯 말을 꺼냈다.
"네 비밀 말인데…… 네 엄마가…….''
그러나 음악 때문에 은희의 말이 잘 들리지 않았다. 음절들이 소리에 묻혀서 하나가 되지 못했다. 나는 고개를 숙이고서 소리쳤다.
"잘 안 들려!"
나는 노래를 끄기 위해 스피커 쪽으로 가려 했으나 은희가 나를 막아섰다. 나를 바닥에 밀치고 스피커 볼륨을 오히려 크게 높였다. 음악 소리에 귀가 나갈 듯했다. 여차하면 집이 무너지는 것 아닌가 싶을 정도였다. 아니, 차라리 무너졌으면 했다. 이 거대한 집이 무너진다면 그것대로 나쁘지 않을 것 같았다.
은희는 겨드랑이에 손을 넣어 나를 억지로 일으키고는 구석으로 몰아세웠다. 순간 은희의 모습에 위협을 느꼈다. 은희는 천천히 그리고 크게 입술을 움직였다. 그제야 은희가 하는 말을 알 수 있었다.
"우리 여기서 나가야 해."
은희의 눈에는 눈물이 가득했다. 나는 반사적으로 은희를 붙잡고 울었다. 그러나 집을 벗어나야겠다는 생각은 바람 앞의 불붙은 심지처럼 잠깐 타올랐을 뿐 길게 이어지지는 못했다. 세상을 모르는 아이 둘에게는 이 공간이 곧 전부였으니까.

그때 갑자기 방문이 열렸고, 경호원들이 방으로 쏟아져 들어왔다. 그들은 은희를 붙잡고 체포하듯이 바닥에 은희를 눕혀 무릎으로 등을 눌렀다. 은희에게 다가가려 했으나 발걸음이 쉽게 떨어지지 않았다.

은희가 그때까지 나를 그런 식으로 본 적은 없었다. 제 먹이를 건드린 짐승처럼 나를 곧 물어버릴 듯 이를 내보이고 있었다. 분명한 적의였다. 경호원들에 깔려 버둥거리는 그 모습을 나는 잊지 못한다. 나는 은희에게 소리쳐 물었다.

"그게 무슨 말이야!"

"나는 알고 있어! 나는 알고 있다고……."

은희는 경호원에 끌려 나가면서도 최선을 다해 몸부림쳤다. 경호원이 은희의 뺨을 때렸고, 은희의 흰 뺨이 붉어졌다. 은희가 나를 향해 소리쳤다. 그러나 스피커에서 들려오는 노래 탓에 제대로 들리지 않았다. 은희가 끌려 나간 뒤, 경호원이 내게 다가와 90도로 인사한 뒤 방을 나섰다. 나는 난장판이 된 방 한가운데 주저앉아 은희가 마지막으로 한 말을 떠올렸다.

'너만 없으면 돼, 너만.'

*

은희가 사라진 이후로 엄마는 내 안전을 고려한다는 명목으로 한 달 동안 다른 아이들을 만나지 못하게 했다. 한 달이 지나 다시 선발된 아이들은 하나같이 밥맛이었다. 그들은 나를 무슨 왕처럼 취급하면서 내 말 한마디면 쩔쩔맸다. 한번은 바닥에 과자를 던져놓고 먹으라고 시켰다. 한 아이가 주저하며 눈치를 보다가 내가 완강하게 말하자 자리에 엎드리더니 개처럼 핥아먹으려 했다. 희수 아주머니가 아니었다면 정말로 먹었을 테다.

거실에서 아이들의 웃음소리가 들려도 나는 침대에 엎드려 이불을 뒤집어쓰고 울었다. 은희가 보고 싶었다. 은희를 만나면 사과하고 싶었다. 내가 은희에게 무언가 잘못했다면 빌고 싶었다. 다시 돌아와주기만 한다면 내가 가진 무엇이든 줄 수 있었다. 희수 아주머니가 조심스럽게 문을 열고 내게 다가왔다. 나는 머리끝까지 이불을 잡아당기며 말했다.

"밖에 보내줘, 제발."

희수 아주머니는 말없이 내 옆에 앉더니 한동안 나를 가만히 바라보았다. 불쑥 이불 위로 내 등을 쓰다듬었다.

"아기씨, 밖은 더 무섭고 어두워요."

머뭇거리는 말투, 그 끊기는 틈 사이에 느껴지는 안타까움과 동시에 손마디마다 깊게 파인 주름이 느껴졌다. 전에는 그 주름이 나를 향한 헌신과 사랑에서 비롯된 것이라고만 생각했다. 그녀 역시도 나처럼 피해자라고, 사악한 엄마가 그녀를 협박해서 어쩔 수 없이 계획에 동조하는 거라고. 그러나 그 주름의 낙차 사이에는 체념과 함께 엄마에 대한 복종이 숨어 있었다. 나는 이불을 걷어 젖히고는 희주 아주머니를 쏘아붙였다.

"나가."

은희가 사라진 이후 나는 내가 어른이 될 수 없음을 깨달았다. 내게 '어른'이라는 단어는 헛된 희망에서 벗어나 굴종과 복종의 굴레에 순응하며 냉소를 머금는 것이었으니까. 내 주변에 있는 어른들인 김 기사, 희수 아주머니 그리고 수많은 선생이 그랬다. 그들은 엄마를 두려워하면서도 그러한 상황에서 빠져나가기보다 삼일그룹이라는 거대한 울타리이자 감옥 안에 갇히기를 선택했다.

나는 희망을 버렸다. 착한 아이가 된다면, 엄마의 계획을 따라 원하는 딸이자 후계자가 된다면 이 지옥에서 벗어날 수 있을 것이라 잠시나마 믿었다. 그러나 엄마가 살아 있는 이상, 아니 내가 엄마의 딸인 이상 해방은 절대 있을 수 없다는 사실을 알게 되었다.

*

엄마에 대한 복수는 그날 이후 제대로 시작됐다. 미술 수업이 있는 날이었다. 역시나 단순히 캔버스를 펴놓고 데생을 하거나 물감을 바르는 것에 그치지 않았다. 계획표를 보지 않아도, 그날 아침 분위기만으로 미술 수업이 시작되리라는 것을 알 수 있었다.

창문을 내다 보니 굳게 닫혀 있던 제1문이 열렸고 트럭 수십 대가 마당 안으로 들어섰다. 운전자들은 중간에 내려 대문 밖으로 나가 있어야 했다. 대기하고 있던 경호원들이 트럭을 움직여 제2문을 통과해 집 앞에 도착했다. 차에서 내린 권 상무가 창문을 올려다보지 않았더라면 멍하니 대문 밖을 보다가 수업 시간에 늦어 또 종아리를 맞았을지도 몰랐다.

분주한 집 안 분위기에 내 심장도 덩달아 빨리 뛰었다. 다른 날보다도 사람들은 더욱 정신이 없었다. 경비원들은 무전기를 들고 몇 번이고 서로에게 뭔가를 확인했고, 희수 아주머니를 비롯한 관리인들은 바닥에 카펫을 까는 등 합이라도 맞춘 것처럼 그에 맞춰 움직였다. 나도 애써 떨리는 손을 붙잡고 숨을 몰아쉬었다. 누군가 문을 두들겼다.

"아가씨, 전부 준비됐습니다."

"기다려."

옷을 챙겨 입고 서랍을 열었다. 공책이 든 지퍼 백이 하나 보였다. 액체에 저며진 공책은 축축하지도 그렇다고 마르지도 않은 상태였다. 나는 조심스럽게 지퍼 백에서 공책을 꺼내 들고는 향수를 몇 번 뿌리고 방을 나섰다.

일층에 내려가니 계단부터 복도를 지나쳐 거실과 마당까지 미술품으로 채워져 있었다. 그림과 조각, 설치미술 등 크기나 재료도 다양했다. 도대체 이것들이 뭐라고. 아무리 수백억, 수천억에 달하는 작품들이라 해도 나는 이제 남들의 시각에서 편집되고 가공된 현실을 보고 싶지 않았다. 내 두 눈으로 이 긋지긋한 감옥 밖을 마주하고 싶었다. 김 기사가 땀을 뻘뻘 흘리면서 유리관에 든 그림을 들고 현관으로 들어섰다.

"아가씨, 오셨어요?"

김 기사가 그림을 조심스럽게 바닥에 내려놓더니 내게 고개를 꾸벅 숙였다.

"미술관 창고에 있는 것들까지 싹 다 털었답니다. 아마 여기 있는 것들만 팔아도 빌딩 몇백 개는 살 수 있을 겁니다."

나는 거실에 놓인 작품들을 찬찬히 훑어보기 시작했다. 청자, 백자 등 오래된 도자기들과 더불어 18세기에 입었을 법한 드레스와 보석들까지 각종 유물이 거실 한편에 자리를 잡고 있었다. 이어서 그 옆에는 이중섭, 김환기, 박창열 등 한국 작가들부터 고흐와 피카소, 데미안 허스트처럼 연일 경매 최고가를 경신하는 작가들의 작품들이 놓여 있었다. 미술관이나 박물관을 통째로 거실에다 옮겨 온 것 같기도 했다.

그러나 유일하게 내 눈길을 사로잡은 작품은 오래된 브라운관 TV였다. 뚱뚱한 몸체에 곡선의 유리 액정. 코드를 연결하면 퍽 하고 터지는 소리가 났고, 그 거대한 몸체에는 박제된 모닥불처럼 빛이 일렁거렸다. 백남준에게 영향을 받은 듯 제목은 〈나는 나다〉였으며, 어딘지 모를 지하 공간 어둠 속에서 반짝이는 푸른빛을 비추고 있었다. 매번 교체되는 다른 작품들과 달리 유독 이 작품만은 늘 유화들에 둘러쌓인 채 전시되고 있었다.

나는 그 작품을 바라볼 때면 묘한 기분을 느꼈다. 불쾌감과 안정감. 출처 없는 두 감정이 뒤섞이며 당장이라도 TV를 부숴 버리고 싶으면서도 동시에 TV가 영원히 꺼지지 않도록 지키고 싶었다. 어둠 속에서 점멸하는 푸른빛을 멍하니 바라보았다. 꺼질 듯 꺼지지 않는 빛이었다. 저 빛이 실제로 존재하는 건지 알 수 없었다. 불나방이 된 것만 같았다. 준비해둔 공책을 꺼내 들었다. 시나몬 향과 박하 향이 뒤섞인 향수 냄새 사이로 지독한 기름 냄새가 났다.

옆에서 희수 아주머니가 내게 물었다.

"아기씨, 그림 그리시게요?"

나는 대답하지 않고 TV를 향해 다가갔다. 김 기사는 잠시 허리를 굽혀 내 앞을 막아서고는 눈치를 살폈다. 하지만 내 손에 들려 있는 것은 공책 한 권뿐이었다. 문제가 없다고 생각했는지 김 기사가 뒤로 물러났다. 가까이서 본 TV의 상태는 전보다도 심각했다. 완벽한 온도와 습도가 유지되는 창고에 보관한다고 해도 시간을 이겨낼 수는 없었다. 액정에 손을 가져다 대니 따끔거릴 정도로 평소보다도 정전기가 강했다.

공책을 가까이 가져다 대자 스파크와 함께 순식간에 불이 붙었다. 쓰레기통에서 엄마 라이터를 주워다가 몰래 기름을 내 공책에 적셔놓았기 때문이다. 불이 붙은 공책을 곧장 그림들에 가져다 댔다. 불은 기름 물감을 머금은 그림들을 태우며

몸집을 키우기 시작했다.

불길에 브라운관이 터지면서 유리 파편이 쏟아졌다. 나는 미소 지었다. 조금이라도 더 엄마에게 피해를 주고 싶었다. 단순히 비싼 물건들을 찢고, 태우는 것에 그치지 않았다. 물질적인 피해는 코웃음을 치며 신경도 쓰지 않을 것이었다. 그러나 이것들은 달랐다. 돈을 아무리 많이 쓴다고 해도 이것들의 복제품을 만들 뿐이었지, 원본을 되살릴 수는 없었다.

"아기씨! 위험해요!"

희수 아주머니의 만류에도 나는 불길 속에 남으려 했다. 단순히 어린아이의 변덕으로 보이고 싶지 않았다. 미친년이라고, 사이코패스라고 불려도 좋으니 나는 엄마에 대한 증오를 발산하기 위해 몸부림쳤다. 불길이 넘실거리며 팔꿈치를 휘감았다. 팔꿈치가 화끈거렸으나 나는 피하지 않았다. 그 순간, 스프링클러에서 물이 쏟아져 나왔다. 불길은 빠르게 잡히기 시작했다.

연기를 마셔서 그런지 눈앞이 뿌옇게 변했다. 바닥에 쓰러져서도 필사적으로 주변을 훑었다. 부서진 TV 유리 조각이 손에 걸렸다. 파편을 집어 드는 순간 정신을 잃었다.

*

부러진 적 없는 회초리가 그날 처음 부러졌다. 권 상무와 함께 문밖에서 연극이라도 하는 것처럼 나를 꾸짖는 말과 더불어 회초리를 휘두르는 연습까지 마친 엄마는 힘주어 내 종아리를 때렸다. 어디선가 "커트" 하고 감독이 환한 미소를 지으며 뛰어나올 것 같았다.

서른 대를 넘어갈 즈음 종아리가 찢어지며 피가 흘러도 상관하지 않았다. 권 상무도 마찬가지였다. 피가 튀어 옷에 묻을까 봐 평소보다 두 걸음 정도 뒤에서 시계를 살피고 있을 뿐이었다.

"부러질 건 예상 못 했나 봐."

나는 엄마를 보고 비웃었다. 바닥에는 내 종아리에서 나온 피로 가득했다. 건강상 큰 문제는 없었다. 엄마는 내 말에 아무런 표정 변화 없이 권 상무를 향해 손을 뻗었다. 그러자 권 상무가 예상했다는 듯 새로운 회초리를 꺼내 엄마에게 넘기며 말했다.

"정확히 예순세 대째에 부러졌네요."

엄마가 새로운 회초리를 살피며 물었다.

"조금 더 강하게 만들 순 없었어요?"

"아시지 않습니까? 전부 정해진 걸."

일상 업무를 보는 것처럼 둘은 이야기를 나눴다. 컨베이어 벨트 위로 다가오는 공산품이 된 느낌이었다. 나는 손끝에 무언가 걸리는 듯한 느낌을 받았다. 가만 보니 아까 손에 쥐었던 TV 유리 조각이었다. 도저히 참을 수가 없었다. 유리 조각을 꺼내 들고는 내 목에 겨누었다.

"나한테 왜 이러는 거야?"

입천장이 쩍쩍 갈라졌으나 어째서인지 더 말이 나오지 않았다. 목을 찌르고 싶은 충동이 일었으나 먼저 엄마에게 직접 이유를 듣고 싶었다.

"해봐."

그런데 엄마의 표정에는 변화가 없었다. 마치 내가 내 목을 찌르지 못할 것을 알고 있다는 듯. 권 상무도 마찬가지였다. 그는 시계를 바라보다가 문 쪽으로 다가갔다.

"움직이지 마!"

순간 문밖에서 비명이 들려왔고, 권 상무가 문을 열었다.

"회, 회장님, 잘못했습니다······."

누군가가 경호원에 의해 머리채가 잡힌 상태로 바닥에 내동댕이쳐졌다. 희수 아주머니였다. 뺨이 벌겋게 부풀어 있었고, 머리는 풀어 헤쳐져 있었다. 무릎을 꿇고 비는 모습이 처량했다. 엄마는 두 손을 마주 비비며 용서를 비는 희수 아주머니를 무심한 눈빛으로 내려다보면서 말했다.

"아줌마, 쟤가 저러는 거 아줌마 잘못도 있는 거 알지?"

나는 엄마에게 소리쳤다.

"지금 뭐 하는 거야!"

내 외침에도 엄마는 희수 아주머니에게서 시선을 거두지 않았다.

"왜? 그냥 물건 다루는 건데."

"물건?"

엄마는 희수 아주머니의 턱을 손으로 잡고 당겼다.

"봐, 이게 무슨 사람이야. 입력하는 대로 움직이는 기계지."

문 너머에서는 김 기사가 맞고 있는 모습이 보였다. 맨발에 입에는 양말이 물려 있었다. 검은 마스크를 쓰고 있는 한 남자에게 맞고 있었는데, 눈매가 익숙했다. 김 기사는 누가 묶지도 않았는데 스스로 뒷짐을 진 채로 몸을 떨었다. 남자가 김 기사의 턱을 주먹으로 때렸다. 김 기사는 억 소리를 내며 바닥에 고꾸라졌다. 남자는 권 상무를 향해 고개를 숙이고는 자리를 피했다.

"언제까지 해야 해요?"

엄마가 권 상무에게 물었다. 권 상무는 고개를 끄덕였다.

"삼십사 초 정도 남았습니다."

"장난해, 지금? 이거 안 보여?"

나는 유리 조각을 강하게 쥐었다. 손이 베이며 피가 바닥에 떨어졌다.

"장난은 네가 하고 있는 것 같은데."

엄마는 희수 아주머니의 머리채를 잡았다. 희수 아주머니가 소리를 지르면서 내게 외쳤다.

"아기씨, 살려주세요!"

유리 조각을 바로 내 목을 향해 들어 올렸다. 엄마가 그 모습을 보더니 팔짱을 꼈다.

"상황 파악 못 하지. 네가 죽는다고 다 해결될 것 같아? 해 봐. 이 아줌마부터 아줌마 가족까지 전부 죽여줄게."
엄마는 치밀하고 옹졸했다. 희수 아주머니의 흐느낌과 더불어 바닥에 엎드려 숨을 몰아쉬고 있는 김 기사의 모습이 보였다. 그들은 인질이었다. 아무리 내가 그들을 겁쟁이고 비겁자라 말한다 해도 그들은 내게 얼마 없는 가족이었다. 엄마는 나를 조종하기 위해 가족을 주었고, 굶주린 짐승이 올가미에 걸린 미끼에 다가가듯 사랑을 갈구하던 나는 희수 아주머니와 김 기사 그리고 은희를 내 가족으로 받아들이고 만 것이었다.
"은희한테 왜 그런 거야?"
엄마는 내 물음에 얼굴을 굳혔다. 은희에게 도대체 무슨 짓을 한 것일까?
"왜냐고?"
무표정한 얼굴에 비웃음이 빠르게 자리 잡았다.
"널 만났기 때문이지."
이상하게도 그 경멸스러운 비웃음이 자조처럼 느껴졌다. 나는 유리 조각을 바닥에 떨어뜨렸다. 더는 사랑하는 사람을 잃고 싶지 않았다. 은희의 얼굴이 떠올랐다. 그 맑고 깊은 눈망울이 나를 집어삼킬 것처럼 다가왔다. 울고 싶지 않았으나 눈물이 자꾸만 나왔다. 아이처럼 보이고 싶지 않았다. 엄마와 대항할 수 있을 만큼 몸도 마음도 자랐다고 믿었는데.
엄마가 말했다.

"기억해, 네 목숨은 네 것만이 아니야."

*

지금도 은희는 내 불온한 유년기의 한 부분으로 기억될 따름이다. 그날 이후 다시 은희를 마주하는 일은 없었다. 미안하다고 말하고 싶었는데 그 말은 절대 전해질 수 없게 되었다. 후에 엄마의 컴퓨터 파일에서 은희의 소식을 알 수 있었다.

은희의 부모는 사기 및 횡령죄로 필리핀에서 도피 생활을 이어갔다. 그들은 기업 어음을 비정상적으로 발행해 회삿돈을 횡령했고, 은희를 시설에 맡겨두고서 자기들만 필리핀으로 도망갔다. 그들이 어떻게 엄마와 가까워졌는지는 알지 못한다. 어쨌거나 서류에는 그들이 차명계좌를 통해 초기 TPE-1120 개발에 많은 돈을 투자했으며, 엄마에게 은희를 맡아달라고 부탁했다는 기록이 있었다. 그러나 그들이 밀입국을 시도하다가 경찰에 붙잡히게 되었고, 그와 동시에 은희는 시설 지하의 화장터에서 화장되었다. 물론 엄마의 결정이었다. 그룹의 이익을 위해서 그들과 어떤 방식으로든 엮이고 싶지 않았겠지. 그러고도 남을 사람이었다.

은희는 사망이나 실종으로 처리되지 않았다. 세상에 존재하지 않았던 것처럼 어디에도 흔적을 남기지 않았다. 은희의 뼛가루는 절차상 폐기물로 분류되어 사라졌다. 엄마에게는 그렇게 할 수 있는 힘이 있었고, 힘을 휘두를 때 망설일 양심이 없었다. 나는 엄마를 잘 안다. 문서에는 단순히 '최은희 소각'이라 적혀 있었지만, 모든 결정 과정이 눈앞에 그려졌다. 한순간의 주저함도 없이 엄마는 은희의 죽음을 승인했을 테니까.

미술품에 불을 저지른 이후 내 삶에 변화는 없었다. 나는 엄마의 계획을 전과 같이 따르며 살았다. 미술 수업 때는 보란 듯이 내가 태워버린 브라운관 TV가 다시 그 자리에 있었다. 전과 같이 스크래치가 난 모서리나 우측 상단이 아주 가끔 점멸하는 증상이 있는 상태로, 여전히 어둠 속에서 깜빡이는 푸른빛을 비추고 있었다. 심장박동에 맞춰 점멸하는 푸른빛을 보며 패배감이 온몸에 퍼져나가는 것을 느꼈다.

그러는 한편 나에게는 한 가지 버릇이 생겼다. 나의 생활 패턴, 식습관, 주변 사람들의 목숨 등 다른 것들은 엄마가 원하는 대로 할 수 있어도 딱 하나만은 엄마가 손을 댈 수가 없었다. 바로 내 머릿속이었다. 테니스를 치거나 시험을 보거나 회초리로 종아리를 맞을 때, 감당하기 어려울 정도로 가슴이 답답해질 때면 눈을 감고 팔꿈치를 쓰다듬는다. 화상 흉터의 울퉁불퉁한 켈로이드를 느끼며 나는 상상한다.

'살려줘.'

사람들은 삶이 왜 이리 고통스러운지 궁금해했다. 그러나 나는 궁금하지 않았다. 이 고통이 어디서부터 시작되었는지 명확히 알았으니까.

'너무 아파.'

바로 저 사람이었다. 엄마라는 사람이 나를 이 세상에 만들어냈다.

'제발, 한 번만.'

상상 속에서 나는 불구덩이 속에 엄마를 던져 넣는다. 엄마는 불에 타오르며 비명을 내지른다. 나는 그 모습을 보며 어떤 말도 하지 않고, 어떤 표정도 짓지 않는다. 가만히 서서 모니터 속 반복 재생되는 불길을 바라보듯 고통에 몸부림치는 엄마를 본다. 쓰러진 상태로 아무런 반응이 없으면 다시 눈을 감는다. 엄마가 보인다. 두 손을 마주 비비며 내게 살려달라 비는 엄마를 향해 칼을 휘두른다. 피가 사방에 뿌려진다. 따끈하고 끈적하지만 닦아내지 않는다. 오래도록 상처를 지혈하며 어떻게든 피를 멈추려 하는 엄마를 본다. 엄마는 내 머릿속에서 수없이, 인간이 당할 수 있는 모든 형태로 죽어갔다.

피살 한 시간 후

권 상무는 무표정했다. 그는 쓰러진 엄마를 보더니 주머니에서 손수건을 꺼내 자신의 코와 입을 막았다. 나는 최대한 침착하려 노력했다. 그간 꿈꿔왔던 복수를 이뤘으니까. 내가 생각이라는 것을 하기 시작했을 때부터 계획하고 상상했던 것들이었다. 엄마를 죽이는 순간까지 모두 내 계획대로 진행됐다. 계획이 끝난 지금 동요할 이유가 없었다. 권 상무도 내 계획을 미리 알고 있었지만, 나를 막지 않았다. 그에게 명령하듯 말했다.

"도와줘요, 당장."

그는 내 말을 멈추려 한 손을 들고는 어딘가로 전화를 걸었다. 경찰에 신고하는 건가 싶어 불안해 미칠 것만 같았다. 자연스럽게 엄마를 향해 겨누었던 총에 눈길이 갔다. 수가 틀리면 권 상무도 쏘려 했다. 내 계획을 방해하는 사람이라면 모두 죽여야 했다.

권 상무의 전화 통화에 귀를 기울였다. 간단한 문답이 오갔다. 내가 알아들을 수 없는 내용이었다. 사람은 늘 죽어왔고 지금 상황 역시 자연스러운 과정이라는, 알 수 없는 말들이 오갔다. 권 상무의 표정과 말투 역시 일상적이었다. 전화를 끊고서 권 상무가 말했다.

"회장님께서 돌아가셨으니 이제 아가씨께서 그룹을 이끄셔야 합니다. 그 전에……."

권 상무는 여전히 바닥에 방치된 엄마의 시체를 보고 말을 이었다.

"시체부터 처리해야겠군요."

일주일 전 나는 권 상무를 만났다. 그는 엄마에게 아침 보고를 하기 위해 집을 찾았고, 엄마는 마침 운동을 끝낸 후 샤워를 하고 있었다. 그는 식탁에 앉아 보고서를 훑고 있었다. 나는 그에게 엄마가 죽으면 어떻게 되냐고 단도직입적으로 물었다. 권 상무는 놀라지 않고 잠시 상념에 잠기더니 펜으로 책상을 몇 번 두드리고는 입을 열었다.

"그룹 차원에서는 크게 상관없습니다."

내가 가만히 그를 응시하자 그는 설명을 덧붙였다.

"아가씨가 계시니까요."

이 대화가 있고 난 일주일 후에 권 상무에게 전화해 내가 엄마를 죽였다고 말했다. 그는 크게 동요하지 않았다. 그는 내 계획을 그저 방관했고 이렇게 밤늦게 집으로 달려와 시체까지 처리해주고 있다. 마치 이렇게 될 것을 이미 알고 있었다는 듯이.
금방 마스크를 쓴 사람 하나가 나타났다. 모자를 쓰고 있었는데 어디선가 본 듯한 인상이었다. 사내는 나를 슬쩍 올려다보았다. 사내의 눈은 죽은 사람처럼 생기가 없었다. 권 상무가 사내에게 다가가 어깨를 툭 치며 속삭였다.
"오늘이 마지막이네."
사내는 권 상무의 말을 듣고 몸을 떨었다. 그대로 고개를 숙인 채 시체를 끌기 시작했다. 그는 시체 말고는 관심도 없다는 듯 우리에게 시선을 주지 않았다.
"잠시만."
권 상무가 시체에게 다가가 목덜미를 훑더니 무언가를 채갔다. 그러고는 시체를 다시 운반하도록 지시했다. 나는 핏자국이 밴 바닥을 보고 싱크대에서 구역질해댔다. 권 상무가 내 옆에 시체에서 챙긴 물건을 올려놓았다.
"마무리가 중요합니다."
열쇠였다. 그룹 지분을 가져올 때 필요한 물건일지도 몰랐다. 나는 그것을 집어 들고 다시 싱크대에다 구토를 했다. 그 와중에 내 손에는 권총이 들려 있었다. 한껏 속에 든 것을 게워내고 권 상무에게 물었다.
"왜 날 돕는 거죠?"

권 상무의 시선이 권총으로 향하는 것이 느껴졌다. 그는 천천히 권총을 향해 손을 뻗으며 말했다.

"이미 사건이 벌어졌으니까요."

나는 그의 눈을 가만히 보았다. 거짓말을 하는 것 같지는 않았다. 나에게 악의가 있었다면 시체 유기를 돕기는커녕 신고하거나 해쳤을 것이었다. 손에 힘을 풀자 권 상무는 내 손에서 총을 부드럽게 뺏어 들고는 자신의 행커치프로 정성스레 닦기 시작했다.

"사실 문제가 하나 있습니다."

나는 고개를 떨군 상태로 듣기만 했다. 권 상무는 냉철한 목소리로 말을 이었다.

"경찰이나 세금 문제보다도 승계 작업 시 벌어질 경영 분쟁이 문제입니다. 현재 M 사모펀드에서 삼일그룹 지주사 주식을 많이 차입한 상태입니다. 대표가 데이비드라는 한국계 미국인이더군요."

권 상무의 말이 귀에 들어오지 않았다. 총을 모두 닦아낸 권 상무는 행커치프로 총을 감싸 내게 건넸다.

"오늘 있었던 일이 외부에 알려져서는 안 됩니다."

멀리서 비명이 들리는 듯했다. 나는 흠칫 놀라 시체가 향한 곳으로 고개를 돌렸다. 그러나 나무 판자에 난 총알 구멍으로 들이닥친 바람 소리였다. 시선은 총알 구멍에 둔 채 얼굴을 구겼다. 권 상무가 내게 말했다.

"아가씨, 듣고 계십니까?"

권 상무는 나를 노려보고 있었다. 그의 손에 들려 있는 총이 나를 겨누는 것 같았다. 두려움을 감출 수가 없었다.

"그래서 어떻게 해요? 총회가 열리면 분명 알아차릴 텐데."

"진정하세요."

총을 가리키며 말을 이었다.

"상무님은 아무렇지 않아요? 내가 죽였다고요. 내가 그걸로 엄마 머리를 쐈다고요."

엄마를 죽였다고 해서 감정적으로 동요하지는 않을 것이라 생각했다. 수백 번, 수천 번 상상해왔던 일이니까. 내가 사랑했던 사람을 모조리 죽여버린 살인자를 단죄한 것뿐이니까. 그런데 대체 왜 이렇게 머리가 어지러운지 알 수 없었다. 불안과 함께 출처 모를 공포에 압도당할 것만 같았다.

권 상무가 말했다.

"이 모든 상황을 반전시킬 방법이 하나 있습니다."

권 상무의 목소리에는 확신이 있었다. 그는 안색 하나 변하지 않고 말을 이었다.

"아가씨께서 회장이 되시면 됩니다."

피살 367일 전

"아기씨, 조심하셔야 해요."

희수 아주머니의 당부에도 나는 바깥을 보는 데 여념이 없었다. 늘 방에서 보던 도로와 길이었지만 그날따라 공기는 더욱 산뜻하게만 느껴졌고 햇살도 마찬가지였다. 여름이라 햇볕은 살갗이 아릴 정도로 뜨거웠지만 나는 커튼을 열어젖혔다. 이마에 흐르는 땀방울을 훔쳐내지 않고 창밖으로 손바닥을 내민 채 불어오는 바람을 느꼈다. 그날로 스물이 된 나는 처음으로 집 밖을 나가게 됐다.

외출 한 시간 전, 아침을 먹던 엄마는 내게 갈 곳이 있다면서 준비하라고 했다. 전날도 아니라 당일 아침에 그런 갑작스러운 희소식을 듣게 된 나는 엄마에게 사실이냐고 물을 새도 없이 그 자리에서 방으로 뛰어 올라가서는 나갈 준비를 했다. 엄마의 마음이 바뀌지 않기만을 바랄 뿐이었다.

옷장을 뒤져 쪽빛 원피스를 찾아 입었고, 소가죽으로 만든 굽이 낮은 스트랩샌들을 신었다. 아주 어렸을 때부터 바깥에 나갈 때 입고 나가겠다며 미리 정해놓은 차림이었다. 원피스 등이 크게 파여 바람이 닿을 때마다 소름이 돋았다.

희수 아주머니가 내 뒤에서 개털처럼 날리는 머리를 정리해주었다. 화장대에 앉아 화장이라는 것을 난생처음 해봤다. 얼굴에 겹겹이 화장을 쌓아 올리면서 밖은 어떨까 상상했다. 책에서 보았던 그대로일까? 백화점, 공원, 동물원도 가보고 싶었다. 사람들은 또 어떻고. 자유롭게 거리를 거니는 사람들의 표정은 어떨까? 이런 상상은 희수 아주머니가 가부키 배우처럼 하얗게 변한 내 얼굴을 보고 웃으면서 끝이 났다.

희수 아주머니는 내 화장도 직접 도와주었다. 아주머니의 손길은 부드러우면서도 거침없었다. 화가의 붓질처럼 아주머니가 만들어내는 선은 지나치게 두껍지도, 그렇다고 얇지도 않았다. 진하지 않은 색을 주로 사용하던 아주머니는 내 나이 대 사람들은 두꺼운 화장보다 맨얼굴이 드러나는 옅은 화장이 어울린다고 했다.

바깥에는 무엇이 있냐는 물음에 희수 아주머니는 꽤 오랜 시간 고민하더니 숲이 있고 강이 있고 바다가 있다고 대답했다. 나는 희수 아주머니에게 다시 물었다.

"아줌마는 안 나가고 싶어?"

"저는 별로요."

"왜?"

"나가봤자 제가 뭘 하겠어요."

지독한 패배주의. 이곳에 갇혀 살다 보니 희수 아주머니의 세상은 쪼그라들어버리고 말았다. 희수 아주머니는 창을 내다보더니 다소 서글픈 표정을 지었다. 이제껏 본 적 없는 표정이었다. 희수 아주머니가 나를 처음 만난 뒤로 단 한 번도 바깥으로 나가지 않았다는 사실을 나는 알고 있다. 희수 아주머니는 쉬는 날도 없이 집에서 일했다. 마치 휴식이 필요 없는 기계 같았다. 희수 아주머니가 무엇을 위해 돈을 버는지 엄마에게서 돈을 받거나 하는지도 모르겠다. 희수 아주머니에게 가족이 있던가? 협박당하는 걸 들어보면 가족이 있는 것 같은데. 아주머니는 몇 살이었지? 말하지 못할 사연이 있었던 걸까?

그때 나는 더욱 많이 질문을 해야 했다. 희수 아주머니에게 관심을 가져야 했다.

만약 그랬더라면.

아니, 그랬다고 하더라도 무언가 달라졌을까?

갑작스레 찾아온 침묵에 당황한 나머지, 희수 아주머니에게 보채듯 말했다.

"너무 답답해. 정말 한순간도 빼놓지 않고 여길 벗어나고 싶다는 생각을 하면서 살았는데, 이렇게 갑자기 나가다니."

들떠 있는 내 모습을 보고 희수 아주머니는 별다른 반응을 보이지 않았다. 바람 빠진 소리를 내며 웃는 게 전부였다.

"나가서 많이 보고 듣고 먹고 오세요. 사람 구경도 좀 하시고요."

희수 아주머니의 따뜻한 말에 얼굴이 붉어졌고, 심장이 터질 것같이 두근거렸다. 나는 그녀의 품에 안겼고, 그녀는 말없이 내 등을 두들겨주었다. 잠깐이지만 이곳에 희수 아주머니와 영원히 함께 있고 싶다는 생각을 했다. 그러나 창으로 보이는 하늘에 뜬 구름이 저 멀리 나아가는 것을 보자 자석에라도 이끌리듯 빨리 대문을 박차고 바깥으로 나가고만 싶은 욕망이 솟구쳤다.

*

엄마를 태운 세단이 앞서 나갔다. 이어서 내가 타고 있던 차가 움직였다. 나는 김 기사와 함께였다. 영영 열리지 않을 것 같던 철문이 기분 나쁜 소리를 내며 서서히 움직였다. 나는 창문을 열려고 했지만, 김 기사는 아직은 안 된다면서 조금만 기다리라고 했다. 엄마가 보고 있으니 이따 커브 길에서 티 나지 않게 살짝만 창문을 열자고 했다. 나는 느릿한 앞차를 보면서 조수석 등받이를 발로 찼다. 신이 나서 김 기사에게 빨리 가달라고 소리를 질렀다.

차는 집을 빠져나와 일차선도로를 달렸다. 언덕들이 늘어서 있었다. 몇 번이고 언덕을 넘었다. 산을 내려가는 듯 굽이굽이 커브 길이 이어져 멀미가 느껴졌으나, 고개를 숙이지 않았다. 숲에서 노루나 다람쥐가 뛰어다녔다. 창문에 얼굴을 가져다 대자 김 기사가 고개를 빼고 앞차를 슬쩍 확인하더니 창문을 내려주었다. 나는 턱을 살짝 창문에 걸치고서 한껏 숨을 들이켰다. 맡아본 적 없는 냄새였다. 숲의 촉감이었다. 촉촉한 흙 내음이랄까. 은희에게서 나던 냄새였다. 이곳에 올 때마다 한 움큼씩 냄새를 가지고 오지 않았을까. 고개를 창문 밖으로 완전히 내밀고 싶었지만, 엄마가 보고 있다면서 김 기사가 한사코 나를 말렸다. 만약 김 기사가 말리지 않았더라면 그때 나는 차에서 뛰어내렸을지도 모른다.

그렇게 한참을 달리던 차는 산을 벗어나자마자 또다시 거대한 철문을 마주했다. 철문은 경호원들에 의해 부드럽게 열렸고, 차는 이윽고 팔차선도로로 진입했다. 물류 창고 같은 큰 건물들이 보였고, 도로 위에 서서히 차들이 나타나기 시작했다. 김 기사가 룸미러를 통해 나를 곁눈질하며 말했다.

"여기서부터는 조심하셔야 합니다."

나는 답하지 않았다. 엄마를 통해 이미 내 뇌리에 깊게 각인된 말이었다. 절대 사람들에게 내 존재가 알려져서는 안 됐다. 엄마의 절규가 들려오는 것만 같았다. 그럼에도 나는 창문에 얼굴을 바짝 붙이고는 다가오는 차들을 바라보았다. 선팅이

진하게 되어 있어 사람들은 나를 볼 수 없었지만, 나는 그들을 볼 수 있었다.

분명 살아 움직이는 사람이었다. 일반인이라는 말에 적합한 모습이었다. 희수 아주머니나 김 기사가 어떻게 행동할지는 머리에 쉽게 그려졌지만, 지금 보이는 저들이 같은 상황에서 어떻게 행동할지는 알지 못했다. 그때 지나가던 한 운전자가 핸들에 손을 올리고서 내 쪽을 보았다. 나는 놀라서 반사적으로 몸을 움츠리며 뒤로 고개를 뺐다. 운전자는 내 쪽을 손가락으로 가리키더니 옆 사람과 대화를 나누었다. 김 기사가 말했다.

"차에 관해서 이야기하는 겁니다."

"네?"

김 기사가 핸들을 두드리며 말했다.

"이 차가 아주 희귀한 차거든요. 저 같은 월급쟁이는 평생을 모아도 못 사는 차니까요."

김 기사는 완전히 뒤로 고개를 돌려 나를 향해 웃어 보였다.

"아가씨를 보는 게 아니니 안심하셔도 됩니다."

그 말에 나는 그들을 더욱 자세하게 관찰할 수 있었다. 크기와 색이 다양한 차종만큼이나 차에 타 있는 사람들도 제각각이었다. 화를 내는 이들, 웃는 이들, 우는 이들. 그중에서도 제일 눈에 띈 사람은 알 수 없는 미소를 지으며 운전대를 잡은 남자였다. 운전석 뒤에는 서너 살 정도로 보이는 아이 둘이 타고 있었고, 조수석에는 아내로 보이는 여자가 입을 벌린 채 자고 있었다. 남자는 아이와 여자를 번갈아 보더니 알 수 없는 미소를 지었는데, 내가 전혀 이해할 수 없는 미소였다. 단순히 기분이 좋은 게 아니었다. 내 주변의 사람들을 저들에 대입해보기도 했다. 상상이 되지 않았다. 그나마 희수 아주머니와 김 기사가 그 이미지에 어울렸지만, 정확히 저런 느낌의 미소를 마주한 적 없었다.

마치 내 속 어떤 중요한 부분이 고장 난 것 같았다. 아니, 고장 난 게 아니라 애초에 존재하지 않는 부분일지도 모른다. 하자 있는 인간이거나 인간이 아니거나. 저 남자가 느끼는 것은 아무리 내가 노력해도 느낄 수 없는 종류의 감정이었다. 나는 내가 인간이 아닌 것 같은 기분에 휩싸인 채 창문에서 떨어졌다. 차는 계속해서 도로를 달렸다.

*

얼마나 달렸을까. 이제는 일상처럼 이어지는 풍경에 익숙해질 때쯤, 차는 큰 건물에 도착했다. 또다시 철문이 보였다. 도대체 사람들은 왜 이리 안과 밖을 구분하려 하는지 모르겠다. 언젠가 내가 그룹의 수장이 된다면 철문이라는 철문은 다 부숴버리라고 명령하리라 다짐했다.

철문을 향해 차가 가까이 다가서자 경비원이 다가왔다. 경비원은 김 기사와 인사를 나누고 신분증을 확인했다. 경비원 뒤로는 김 기사처럼 검은 양복을 입은 경호원들이 즐비했다. 익숙한 풍경이라 크게 동요하지는 않았다. 신분증 확인 후 한눈에 보기에도 날렵해 보이는 개 몇 마리가 나와 차 밑과 트렁크를 확인했다. 코로 냄새를 쫓는 모습이 귀여웠으나 드러난 송곳니가 날카로워 한편으로는 무서웠다. 경호원이 차 안을 확인하려 하자 김 기사가 창문을 내리고 손을 들어 그를 말렸다. 그러고는 귓속말로 그들에게 무언가를 이야기했다. 이야기를 들은 경호원은 고개를 돌려 초소를 향해 외쳤다.
"문 열어!"
거대한 철문이 열렸고, 차는 미끄러지듯 안으로 들어섰다. 건물 외벽은 대리석 조각상들이 장식되어 있었다. 십자가를 지고 있는 예수와 그를 뒤따르는 무리. 예수에게 물을 주려는 아이 뒤에서 천사들이 지켜보고 있었다. 천사를 만나는 성자와 뗏목을 타고 있는 사람들의 표정은 지독하게 엇갈려 있었다. 조각상 아래에는 약 10미터 크기의 거대한 스테인드글라스가 있었는데, 오색 빛깔로 빛나는 그것에는 아기 예수와 성모, 성자들이 지상으로 회귀하는 모습이 그려져 있었다.
이윽고 차는 끊임없이 지하로 내려갔다. 가는 길 곳곳에 경호원들이 배치되어 있었다. 그들은 귀에 꽂힌 무전기에 대고 차가 이동하는 것을 어딘가로 알렸다. 그 모습에 덜컥 긴장되었다. 무언가 불길한 일이 나를 기다리고 있는 것만 같았다. 그제야 나는 의심하기 시작했다.

'엄마가 아무 이유 없이 나를 밖으로 데려온 건 아니겠지.'

항상 가둬놓고 드러내지 않으려 했던 존재를 바깥으로 끄집어낸 이유는 두 가지 중 하나일 것이다. 더는 가둬놓을 필요가 없어졌거나 없애버리려 할 때이거나. 외출에 대한 기대감은 삽시간에 증발해버렸고 그 자리에 두려움이 들어섰다. 흥미로운 것들로 가득하던 바깥은 어느새 나를 찢어발길 야생이 되어 있었다. 이곳에 나를 숨겨줄 이불이나 창고는 없었다.

수십 미터 깊이의 최하층에 도착해서야 차는 멈췄다. 주위에 주차된 차는 한 대도 보이지 않았다. 게다가 전구 하나도 없어 자동차 주변을 제외하고는 무엇도 보이지 않았다. 어둠 속에서 당장 경호원들이 나타나 나를 알 수 없는 곳으로 데려갈 것만 같았다.

'너만 없으면 돼, 너만.'

은희의 목소리가 머릿속에서 뻗쳐왔다. 고개를 숙이고 숨을 몰아쉬었으나 잔상은 쉽게 사라지지 않았다. 엘리베이터 앞에 주차를 마친 김 기사가 뒤로 몸을 돌려 내게 말했다.

"이걸 쓰세요."

김 기사의 손에는 미사포가 들려 있었다. 써본 적이 없어 낑낑거리고 있자, 김 기사가 손수 씌워주었다. 그러나 일반적으로 얼굴 옆면을 가리는 미사포가 아니라 오히려 부르카처럼 얼굴을 완전히 가리도록 만들어져 앞이 잘 보이지 않았다. 김 기사가 말했다.

"지금부터 회장님 지시가 있기 전까지 말씀하시면 안 됩니다."

명백한 경고였으나 목소리에서는 나에 대한 걱정이 한껏 담겨 있었다. 숨을 고르고 고개를 끄덕이자 김 기사가 문을 열어주었다. 나는 어둠 속을 곁눈질했다. 다행히 나를 강제로 끌어내리려는 시도는 없었다. 떨리는 마음으로 천천히 차에서 내렸다. 집 밖의 땅을 밟아보기는 처음이었다. 바닥에 발을 딛고 서자 순간적으로 나를 덮치는 현기증에 머리가 아찔해졌다. 다른 행성에라도 간 것처럼 중력이 강해진 것만 같았다. 누군가 내 어깨를 잡고 부축했다. 나는 화들짝 놀라 뒤를 돌아보았다.

"괜찮으신가요?"

수녀님이었다. 성경 공부를 하며 영상으로는 많이 봤지만 직접 본 건 처음이었다. 가까이서 보니 나와 나이 차이가 크게 날 것 같지는 않았다. 나는 길게 심호흡을 하고는 고개를 끄덕였다. 수녀님은 애써 나를 보지 않으려는 듯 눈을 돌렸다. 순간적으로 자동차 라이트가 꺼졌고, 굴에라도 들어온 것처럼 주위가 어두워졌다. 간신히 형체만 구별할 수 있을 정도였다.

"이쪽으로."

수녀님의 안내에 따라 안으로 걸음을 옮겼다. 어둠 속에서 손을 더듬거리며 앞으로 나아갔다. 얼마간 걷다 보니 철제 계단이 보였다. 천장을 향해 원통형으로 뻗은 철제 계단 끝에 빛이 비치고 있었다. 계단을 오르는 발소리와 내 숨소리가 묘하게 섞였다. 수녀님의 따스한 손을 잡고 나아갔다. 빛을 향해 나아가는 것이 꼭 천국으로 나아가는 것만 같았다.
'엄마가 죽으면 천국으로 갈까?'
문득 이런 의문이 들었다. 나는 그녀가 천국에 가지 않기를 바랐다. 아무리 많은 헌금을 내고 주린 자를 위해 자선을 베풀었다 하더라도, 그가 행한 죄는 감해지지 않기를 바랐다. 부자가 천국에 가기는 낙타가 바늘구멍을 통과하기보다 어려울 것이니, 부디 엄마가 지옥으로 가길 바랐다. 나 또한 천국에 가길 바라지는 않는다. 엄마가 지옥에 떨어져 이를 바득바득 갈며 나를 기다리고 있기를 바란다. 나와 엄마의 운명이 다를 수는 없을 테니.
아니, 지옥이라도 갈 수 있다면 얼마나 좋을까?
그건 내게도 영혼이 남아 있다는 증거니까.

*

철제 계단 끝에는 문이 하나 있었다. 틈으로 빛이 새어 나와 마치 천국으로 이어진 것만 같았다. 절로 '아멘'이라는 말이 튀어나올 정도로 경건한 분위기였다. 수녀님이 몸으로 밀어 열었다. 순간 쏟아진 빛에 앞이 보이지 않았다. 수녀님을 향해 손을 뻗었지만 손끝에는 무엇도 걸리지 않았다. 빛에 눈이 적응

했을 때, 수녀님은 시야에서 사라진 뒤였다.

나는 본당에 서 있었다. 스테인드글라스를 통과한 빛이 화려한 터키식 카펫처럼 바닥에서 너울졌고, 층고가 높아서 그런지 소리가 종처럼 울려 퍼졌다. 천장은 위로 볼록하게 솟은 돔형이었고, 중앙에는 흰빛이 강하게 새어 나오고 있었다. 스테인드글라스에 눈길이 갔다. 천사들은 하얀빛 속에서 춤을 추었고, 성모마리아가 가녀린 손가락으로 아기 예수의 얼굴을 닦았다. 그 아래에는 성 아우구스티누스와 성 토마스, 성 유스티니아누스가 합장하고서 빛을 바라보고 있었다. 대략 육층 높이의 건물인 것 같았다. 그림들에 시선을 빼앗긴 사이에 익숙한 목소리가 들렸다.

"가만히 있어."

엄마가 나를 기다리고 있었다. 훈련된 개처럼 엄마의 말 한마디에 몸이 얼어붙어버렸다. 외출로 들떴던 마음은 어느덧 눈 녹듯 사라져 있었다. 슬쩍 곁눈질하며 엄마를 보았다. 정장을 입은 엄마도 미사포를 쓰고 있었다. 물론 나처럼 얼굴 전체를 가리고 있지는 않았다.

"고개 숙여. 어떤 상황에서라도 고개 들지 마."

엄마가 내뱉는 단어 하나하나가 음험했다. 우리는 본당 내부를 가득 메운 긴 의자 중 하나에 자리를 잡았다. 내가 앉은 자리 바로 뒤에 엄마가 앉았다. 나는 불안감에 고개를 숙인 상태로 어떻게든 눈을 치켜들고는 주변을 살피려 했으나, 크게 소득은 없었다. TV에서 보았던 교회들보다 월등하게 규모가 클 뿐, 차이점은 보이지 않았다.

이윽고 뒤편 본당의 정문이 열리는 소리와 함께 누군가의 걸음 소리가 들려왔다. 걸음이 불규칙적이었다. 쇳소리도 함께 들리는 것으로 보아 지팡이를 짚고 오는 것 같았다. 그는 힘겹게 발걸음을 옮기더니 벽에 기대놓은 간이 의자를 가져와 내 앞자리에 앉았다. 숨이 차는지 크게 심호흡한 후에 그가 내게 물었다.

"그래, 네 이름이 뭐니?"

남자의 얼굴은 보지 못했다. 다만 거대하고 주름진 그의 손이 내 시선을 끌었다. 검지에는 큰 다이아몬드가 박힌 금반지를 끼고 있었고, 그 위로 링거 줄 하나가 지나갔다. 노란 액체가 '삼일병원'이라 적혀 있는 수액 팩으로부터 링거 줄을 따라 쉴 새 없이 남자의 손등으로 흐르고 있었다.

남자는 무릎에 손을 올려둔 채 끊임없이 움직이다가 두 손을 맞잡기도 하며 당최 가만히 있지 않았다. 링거 줄이 그의 움직임에 맞춰 이리저리 흔들렸다. 이름이 뭐냐는 그의 물음에 나는 대답하지 못했다. 지시가 있기 전까지 말을 하지 말라는 당부도 있었지만, '아가씨'와 '아기씨' 그리고 '너'라는 단어를 제외하고는 따로 이름이 불린 적 없었기 때문이었다. 내가 머뭇거리자 엄마가 대신 말했다.

"신이에요, 최신."

남자가 웃음을 크게 터뜨렸다.
"하하! 최 여사, 작명 센스도 참!"
나는 얼굴을 붉혔다. 그런 이름이라면 차라리 없는 게 더 나을 것 같았다. 하필이면 이름이 신이라니. 다행히 두꺼운 미사포 덕에 내 얼굴이 다른 이들에게 보이지는 않았다. 엄마가 말했다.
"한 사장님만 하시겠어요?"
감정 없는 건조한 목소리였다. 한 사장은 웃음기를 머금은 목소리로 말을 이었다.
"나이는 몇이고?"
"스물이죠."
한 사장은 자기 배를 쓰다듬기 시작했다. 셔츠가 터질 것 같이 부풀어 올랐다.
"그때도 이랬지. 이십 년 만인가?"
"정확히는 이십이 년 만이죠."
"중간에…… 그래."
엄마가 한숨을 내뱉듯 말했다.
"시간 참 빠르네요."
한 사장은 턱을 쓰다듬으며 말을 이었다.
"자네도 이랬었는데."
"그만하시죠."
엄마의 목소리는 침착하면서도 냉랭했다. 한 사장과 엄마가 정확히 무슨 관계인지는 알 수 없었으나, 대화를 할수록 이어지는 신경전에 둘 사이에 복잡한 사건이 있으리라는 느낌이 들었다. 한 사장은 나를 바라보며 침을 삼키면서 쩝쩝거렸다. 엄마는 그의 말에 짜증을 느꼈는지 다소 불편한 음성으로 말을 이었다.

"일 이야기부터 하는 게 어때요?"

역시 엄마는 기싸움으로 질 사람은 아니었다.

"그래, 그러지. 그 전에……."

한 사장의 거대한 검지가 나를 가리켰다. 바깥으로 내보내라는 손짓이었다.

"아직은 이르잖아."

그러자 엄마가 내게 자리에서 일어나 벽에 허리를 붙이고 있으라 했다. 나는 고개를 숙인 채 뒤로 물러났다. 눈을 치켜뜨고는 슬쩍 엄마를 바라보았다. 엄마는 기분이 나쁜 듯 얼굴을 찡그리고 있었다. 본당 뒤편을 향해 천천히 뒤로 걷는 동안, 한 사장이 불편한 몸을 일으켰다. 그때 사제관 방향에서 누군가 걸어 나왔다. 한 사장이 그를 향해 고개 숙였다.

"오셨습니까."

"샬롬, 신의 축복이 여러분께 가득하시길."

신부님이었다. 까만 수도복의 로만칼라는 흰색이 도드라져 보였다. 그의 표정도 엄마와 같이 그다지 좋지 못했다. 어울리지 않는 세 사람의 조합이었다. 나는 도대체 왜 엄마가 교회에

왔는지 이해할 수가 없었다. 지은 죄가 많아 고해성사라도 하는 것일까? 아니면 사업에 어떤 축성이라도 바라는 것일까? 이십 년 동안 집 안에 가두어놓았던 나를 왜 이곳에 데려온 것일까? 힘겹게 벽 너머로 내다본 세상은 안개로 가득 차 한 치 앞도 볼 수 없었다.

벽에다 허리를 붙이고 한 사장의 말을 떠올렸다. '자네도 이랬었다'라니. 엄마도 나와 같은 일을 겪었던 걸까? 엄마도 나처럼 집에만 갇혀 있다가 스물이 되어서야 바깥으로 나온 걸까? 엄마와 한 사장의 대화로 추측하건대, 엄마도 이곳에서 나와 비슷한 경험을 한 것 같았다. 과거 한 사장은 자기를 향해 고개를 숙이고 있는 엄마를 보았겠지. 나는 어떻게든 그들의 이야기를 엿듣고자 최대한 셋이 있는 쪽을 향해 귀 기울였다.

세 사람은 주거니 받거니 이야기를 나눴다. 신부님이 말하면 한 사장이 코웃음을 쳤다. 자세한 이야기는 잘 들리지 않았다. 분위기는 찬물과 더운물을 오가는 듯했는데, 엄마의 표정에 큰 변화는 없었다. 그들의 대화를 더 자세히 듣기 위해 슬슬 그쪽으로 몸을 옮기려다가, 내 대각선 방향에 앉아 있는 남자가 시야에 들어왔다.

뒤통수만 보였지만 스물에서 스물다섯 정도의 젊은 나이인 듯 느껴졌다. 까만 연미복에 말끔하게 다려진 와이셔츠 칼라가 보였다. 잘 다듬어진 뒷머리와 매끈한 목선이 시선을 끌었다. 기도하기 위해 모은 손은 천장에 그려진 아담의 것처럼 하얇고 길었다. 주변을 둘러보니 본당에는 토론을 펼치고 있는 세 명을 제외하고는 나와 그만 덩그러니 있었다. 거리가 조금만 더 가까웠더라면 얼굴을 볼 수 있을 것 같았지만, 아쉽게도 너무 멀었다. 실루엣만으로 그가 어딘지 맷 데이먼을 닮았으리라 짐작했다.

나처럼 이곳에 끌려온 모양이었다. 숨을 죽이고서 그를 가만히 관찰하고 있는데 수녀님이 본당 정문을 살짝 열고 그 틈으로 고개를 내밀어 내게 속삭였다.

"아마 오래 걸릴 거에요."

수녀님의 몸에서는 은은한 향이 났다. 은희에게서 나던 축축한 냄새와는 또 다른 냄새였다. 경건한 향이라고 해야 할까. 공장에서 만들어진 향수 냄새라기보다는 체념과 화해 속에서 만들어낸 인간적인 냄새. 수녀님이 입은 수녀복처럼 연한 회색빛의 향이었다. 나는 수녀님에게 목소리를 낮춰 물었다.

"얼마나요?"

수녀님의 대답은 내 예상 밖이었다.

"이틀, 아니 사흘 정도 걸릴지도 몰라요."

하루를 꼬박 넘기다니. 무엇을 이야기하기에 그러는 걸까? 한두 시간 정도로 생각했건만. 그리 시간이 오래 걸릴지는 예상하지 못했다. 수녀님은 목소리가 커졌다가 잦아들기를 반복하는 세 사람을 주시하다가 본당 내부로 들어왔다. 덥석 내 손을 잡았으나 나와 눈을 마주치지는 않았다. 본인의 두 손에 내 손을 포개어 힘을 한번 세게 주고는 풀어주었다. 수녀님의 손길은 부드러웠으나, 그날 아침 희수 아주머니한테서 느꼈던 부드러움과는 결이 달랐다. 수녀님이 말했다.
"오늘 밤에 손님들이 많이 오실 거예요. 주교님, 정치인, 예술가, 스님…… 여러 사람이요."
파티라도 벌이려는 것인가 싶었다. 그 많은 사람이 무엇을 위해 이곳에 오는 것일까? 어설프지만, 퍼즐 조각이 맞춰지는 것 같았다. 설마 나를 보기 위해? 나는 수녀님께 물었다.
"대체 뭘 하길래요?"
"그건 금방 알게 될 거예요."
수녀님에게 묻고 싶은 게 많았으나, 수녀님은 이미 많은 것을 알려주었다는 듯 더 이상 입을 열지 않았다. 그때 신부님과 한 사장 간에 설전이 벌어졌다. 금방이라도 둘 중 하나가 소리 지를 듯 분위기가 달아올랐다. 그러자 신부님이 수녀님에게 눈짓했고, 수녀님은 내 팔을 끌고서 본당을 빠져나갔다. 그때까지도 엄마는 침묵하고 있었다.

*

본당으로 올라올 때처럼 복도에서 수녀님은 앞서갔고, 나는 그 뒤를 따랐다. 뒤에서 말소리가 계속 들려오고 있었다. 더러운 것에서 도망가듯 발걸음을 재촉했다. 복도에는 거대한 초상화가 줄지어 걸려 있었다. 눈을 의심하지 않을 수가 없었다. 초상화는 대부분 유화로, 엄마의 얼굴이 그려져 있었다. 수녀님이 초상화를 바라보며 말했다.

"어머님께서 교회 건축에 많은 도움을 주셨어요."

이상한 점은 엄마의 초상화 하나가 아니라는 점이었다. 언뜻 보기에도 수십 점으로 옷차림과 각도에 따라 저마다 다른 모습이었다. 원피스와 정장뿐만 아니라 풍성한 허리라인이 돋보이는 20세기 영국식 파티용 드레스나 한복을 입고 있는 초상화도 있었다. 포즈와 의상은 달랐으나 모두 같은 얼굴을 하고 있었다. 나를 마주할 때마다 짓는 표정이었다.

그 경멸적인 무표정에 나는 초상화를 찢어버리고 싶은 충동을 느꼈다. 자기가 연예인이나 예술가라도 되었다고 믿는 건가? 돈을 많이 냈다고 교회 한 부분을 떡하니 차지하고는 자기 얼굴로 도배하는 모습이란, 중세 시대 귀족이나 왕족을 보는 것 같았다. 나는 그런 사람이 엄마라는 것이 또다시 부끄러웠다. 복도를 다 지나갈 때까지 고개를 들지 못했다.

복도 끝에는 작은 방들이 1미터 정도 간격을 두고서 다닥다닥 붙어 있었다. 나무문과 블록 형태의 화강암 벽으로 구성되어 있었지만 전체적으로 느껴지는 분위기는 수도원보다는 고문실 같았다. 담쟁이넝쿨의 끝이 누렇게 말라비틀어져 있는 것과 더불어 문에 달린 너비 30센티미터 크기의 작은 배식구도 분위기 조성에 한몫했다.

수녀님이 말했다.

"묵상기도를 하시는 분들이 기거하는 곳이에요. 지금은 아무도 안 계시지만요."

수녀님이 개중 하나의 문을 열었다. 문은 기분 나쁜 소리를 내며 열렸다. 방 내부는 깔끔했다. 수행자를 위한 시설이라 그런지 작은 화장실과 함께 벽면에는 오동나무로 만들어진 십자가가 시계 대신 걸려 있었고, 침대와 때가 탄 책걸상이 정갈하게 놓여 있었다. 책상 위에는 성경과 그것을 필사하기 위한 노트와 펜이 놓여 있었다. TV나 스피커 같은 전자기기는 어디에도 없었다.

"이게 전부예요?"

나는 방 안을 한 번 훑고는 수녀님을 바라보았다. 그녀는 문가에 선 채로 고개를 숙이고 있었다. 나와 눈을 마주치지 않으려 노력하는 것처럼 보였다.

"회의가 끝날 때까지 여기에 있으면 되나요?"

수녀님이 고개를 끄덕였다. 이유를 알 수 없었지만 그녀는 죄책감을 느끼는 것 같았다. 나를 마주하는 것만으로도 마치 큰 죄를 저지른 것처럼 묵주를 쥔 손에 힘을 주었다. 도대체 내가 어떤 존재이길래? 나에게는 보이지 않는 큰 뿔이 이마에 달려 있기라도 한 걸까? 물어보기도 지쳤다. 한 걸음 방으로 들어가 뒤돌아섰다. 무언가 말을 우물거리던 수녀님은 바깥에서 문을 잠갔다.

"미안해요."

그 말과 함께 수녀님의 발걸음이 멀어졌다. 나는 방 안을 다시금 둘러보았다. 감옥에 갇혀버린 것 같았다. 역시나. 엄마가 갑자기 마음을 바꿔 나를 풀어줄 리가 없었다. 오히려 전보다 내 상황은 곤두박질친 듯했다. 내가 원하는 모든 것을 가질 수 있는 집에 있다가 이제는 무엇도 없는 이곳에 갇혀버렸다. 희수 아주머니도 김 기사도 없었다. 이 낯선 곳에 나는 혼자였다. 어쩌면 마지막을 준비해야 할지도 몰랐다. 마음을 진정시키고자 나는 성경을 읽어 내려갔지만 다섯 줄을 넘지 못했다.

"하느님이 자기 형상 곧 하느님의 형상대로 사람을 창조하시되……."

소리 내어 읽어도 거기까지였다. 불안감에 미쳐버릴 것만 같았다. 눈을 감고 마른세수를 했다. 고요했다. 지나치게. 수업 시작을 알리는 종소리도, 나를 지켜보는 CCTV의 붉은 불빛도 이곳에는 없었다. 혹시나 싶어 책상 서랍을 뒤적였으나 계획표는 보이지 않았다.

성경을 덮고 침대에 얼굴을 파묻었다. 무슨 일이 벌어지고 있는지 전혀 알 수 없었다. 금방이라도 누군가 문을 열고 들어와 나를 어딘가로 끌고 간다 하더라도 이상하지 않았다. 생체실험을 하거나 화학물질로 나를 녹여 세상에 흔적 하나 남기지 않더라도. 엄마가 나를 죽이지 않기를 바랄 따름이었다.

답답한 마음에 창문 커튼을 걷었다. 'ㄷ' 형태의 건물 중앙에는 어두운 빛을 지닌 식물들이 자라고 있었다. 잎이 넓은 파초와 바람에 넘실거리는 토끼풀이 널려 있었고, 교회 뒤편에는 산으로 이어지는 흙길이 자연석으로 만들어진 듯한 보도블록과 경계를 이루고 있었다. 마치 강물과 바다가 만나는 장소처럼 보였다. 물을 머금고 있는 흙길과 달리 메마른 보도블록에는 아지랑이가 일고 있었다. 오래된 건물이었음에도 바람길이 잘 나 있는 덕분인지 방이 덥지는 않았다.

길에 사람은 보이지 않았다. 더운 날씨 탓이라기보다는 경호원들의 통제 때문인 것 같았다. 거대한 철문과 경호원들이 떠올랐다. 나는 가만히 밖을 내다보았다. 정적인 풍경이었으나 마음은 쉬이 가라앉지 않았다. 강한 햇볕에 살갗이 간지러워 문을 닫으려는 순간, 무언가 창문을 쳤다.

텅.

놀란 나머지 창문을 열어 고개를 빼고는 주변을 둘러보았지만, 사람은 보이지 않았다. 새나 벌레가 창문에 부딪힌 것 같았다. 창문을 다시 닫고는 침대에 누워 가만히 생각에 잠겼다. 눈을 감았다가 뜨면 다시 집이었으면 했다. 희수 아주머니가 간식을 가져오고, 김 기사가 능청스럽게 농담을 걸었으면 했다. 그렇게 집을 빠져나오고 싶어 했으면서도 아직은 불안감과 두려움이 맞붙었을 때 불안감이 앞서고 있었다.

텅.

또다시 무언가가 창문을 쳤다. 창문을 열어 보니 건너편에서 내 쪽을 향해 종이를 구겨 던지려 하는 남자가 보였다. 아까 본당에서 본 남자였다. 남자는 나를 보더니 싱긋 웃어 보였다. 곱슬머리에 눈썹이 짙었다. 입술이 두껍고 콧대가 높아 이목구비가 명확했다.

처음 그를 바라본 순간부터 나는 내가 줄 수 있는 모든 시선을 그에게 빼앗겼고, 내 머릿속에 가득했던 걱정이 한여름 마당에 흩뿌려진 물처럼 증발해버렸다. 본당 천장에 그려진 흰빛을 현실에서 마주한다면 그런 느낌일 것만 같았다. 은희를 보았을 때와는 또 다른 느낌이었다. 나도 모르게 그를 향해 한 걸음 다가가려 했다. 창문턱에 몸이 걸리고 나서야 정신을 차렸다. 부끄러웠음에도 시선을 돌리고 싶지 않았다. 그에 관한 모든 것을 알고 싶었다.

그래서는 안 됐으면서도.

여전히 나는 그 순간을 잊지 못한다. 그의 얼굴을 잊기 위해 뭐든지 하려 했다. 차라리 그와 만나지 않았더라면, 일방향 도로처럼 큰 흔들림 없이 내 삶을 살아갔을 텐데. 그저 주어진 대로, 진정한 행복이라는 것을 알지 못한 채로.

엄마와 단둘이서 지옥 구덩이로 떨어졌을 텐데.

*

땅바닥은 창문을 맞히지 못한 종이 뭉치들로 가득했다. 조준 실력은 형편없는 듯했다. 그는 세 번에 한 번꼴로 창문을 맞혔다. 내가 가만히 서서 반응하지 않자, 그는 한숨을 내쉬면서 표정을 굳혔다. 금방이라도 포기해버릴 것만 같았다.

창문을 열어젖혔다. 마침 그가 던진 종이 뭉치가 내 코를 맞혔다. 나는 얼굴을 찡그렸고, 그는 당황한 듯 두 손바닥을 보이며 미안하다는 제스처를 취했다. 정신이 번쩍 들었다. 그에게 물었다.

"지금 뭐 하는 거야?"

다른 사람에게 들킬까 봐 목소리를 낮췄다. 그는 귀에 손을 대고는 들리지 않는다고 표현했다. 한 번 더 소리쳤으나, 거리 때문에 소리가 전해지지 않았다. 그러자 남자는 책상을 향해 손을 뻗더니 무언가를 들어 보였다. 성경을 필사할 때 쓰는 공책이었다. 그곳에 만년필로 무언가를 적더니 내게 보였다.

—미안해.

나도 모르게 웃음이 터져 나와 순간 입을 가리고는 손사래를 쳤다. 그러자 그는 미소를 지어 보였다. 높은 콧대에 이는 가지런했고, 웃을 때 눈이 거의 보이지 않았다. 연예인들을 마주하거나 순정 만화 속 운명의 상대들을 떠올릴 때와는 다른 느낌이었다. 그들에게 반한 주인공들이 심심찮게 쓰던 표현들이 실제 내 머릿속에서 튀어나오고 있었다. 심장이 터질 것같이 조여왔고, 얼굴이 달아올랐다. 나에게 왜 이런 일들이 벌어지는지 알 수 없었다. 그는 다시 종이에 뭔가를 써 보였다.

―이름이 뭐야?

나는 반응하지 않았다. 아마 그는 내가 자기를 경계한다고 생각했을 것이지만 아니었다. 내 이름이 부끄러웠을 뿐이다. '최신'이라니. 이십 년이란 시간이 지나 기껏 알게 된 내 이름이 공장제 물품에다 붙일 것 같은 이름이라니. 입 밖에도 내기 싫었다. 내 반응을 살피던 그는 자기 이름을 먼저 밝혔다.

―한기재.

기재는 가슴을 두들기며 자기 이름을 반복해서 말했다. 나는 말을 배우는 아이처럼 그를 따라 입 모양을 천천히 만들었다. 나는 종이에 조심스레 '최신'이라 썼다가 찢어버렸다. 순간, 은희 생각이 났다. 그녀를 배신하는 것만 같았다. 그렇게 가까워지고, 함께하고 싶었으나 그녀에게는 이름을 알려주지 못했다. 고민 끝에 다시 썼다.

―김신.

아마도 아빠의 성이 '김'이 아닐까 싶었다. 한국에서 가장 많은 성이니까. 다른 모든 성씨 중에서도 확률적으로 가장 많을 것이다. 엄마와는 같은 성을 쓰고 싶지 않았다. 기재는 내 이름을 몇 번이고 소리 내 우물거리는 듯했다. 사탕을 물고 있는 아이처럼 혀를 굴려가며 목젖을 위아래로 움직였다. 우리는 계속해서 대화를 이어나갔다. 나이는 몇 살인지, 무엇을 좋아하는지. 대화를 하면 할수록 기재와 내가 비슷한 사람이라는 확신이 들었다.

피살 366일 전

 이야기는 밤까지 이어졌다. 종이가 바닥나 성경책을 찢어 글을 적어야 할 만큼 서로에 관한 문답은 끝없이 이어졌다. 내게 음악 취향을 이야기해준 사람도 그가 처음이었다. 은희조차도 내가 튼 음악을 함께 듣기만 했을 뿐, 내게 좋아하는 가수가 누구인지 일러주지는 않았다.
 나는 기재에게 메탈리카와 라디오헤드를 좋아한다고 말했다. 기재는 파란색, 빨간색이라는 글자를 써놓고는 내게 어떤 걸 더 좋아하냐고 물었다. 둘은 동시에 파란색을 대답했다. 여름과 겨울 중에서는 겨울이라 말했다. 서로에게서 공통점을 찾을 때마다 우리는 누가 들을세라 숨죽여 환호했다.
 기재와 대화를 나누는 순간만큼은 웃음을 참을 수가 없었다. 어디선가 감시하고 있을 엄마가 문득 두려워 이불을 들어 올려 입을 가리고는 끅끅거리며 웃음을 참았다. 이불을 내렸을 때 원숭이 흉내를 내는 기재의 얼굴을 보고는 결국 웃음이 터져 나오고야 말았지만.

소리는 헤아릴 수 없이 커졌다. 그간 속에 쌓아두었던 웃음이 터져 나오는 것 같았다. 돌이 걸린 수도관처럼 답답하던 가슴이 이내 막힌 게 내려가듯 뜨거움과 동시에 시원해졌다. 웃음 끝에 눈물과 함께 울음이 쏟아졌다. 스스로 놀라서 급히 고개를 숙이고는 손을 뻗어 창문을 닫고 커튼을 쳤다.

이렇게 슬피 운 적은 없었다. 있는 힘껏 울었다. 엄마가 내 그림을 찢어 바닥에 버렸을 때도, 은희가 떠났을 때도 목 놓아 울지는 않았다. 내가 지금 느끼는 감정은 이렇게 행복할 수 있다는 놀라움과 이 행복이 이내 사라지리라는 절망감이었다.

'내일이면 모든 게 끝나겠지.'

나는 기재를 무시하기로 했다. 끝이 보이는 행복은 나를 비참하게 할 따름이었다. 종이 뭉치가 계속 날아들어 창문에 부딪혔으나, 나는 이불을 뒤집어쓴 채 모른 체했다. 기재에게 미안했지만 이 편이 우리 두 사람 모두에게 이로웠다. 나를 위해서라도, 기재를 위해서라도.

다음 날 해가 떠오를 무렵 나는 창문을 열고 바깥을 내다보았다. 찬 공기가 방 안으로 쏟아져 들어왔다. 수도원은 분주한 상황이었다. 이불 터는 소리, 밥 짓는 소리, 복도를 거니는 발소리가 들려왔다. 그러나 커튼이 젖혀진 기재의 방은 비어 있었다.

마치 본래 비어 있던 방 같았다. 어제 일이 신기루처럼 느껴졌다. 설레고, 웃고, 떠들었던 순간들이 내 삶에 있었을 리가 없었다. 내가 누구인데. 엄마의 딸인 이상 나에게 행복한 삶이란 거리가 멀었다.

'그래, 원래 이렇게 될 거였어.'

아쉬워하지 않기로 했다. 그와는 오래가지 못하리라는 것을 알고 있었으니까. 그래서 그와 대화를 멈추고 이불 속에 얼굴을 파묻은 것이었으니까. 나는 창틀에 턱을 괴고는 가만히 건넛방을 보았다. 눈을 반쯤 감고 있었으나 기재의 얼굴은 선명하게 떠올랐다. 다시 창문을 닫고서 커튼을 쳤다.

*

아침이 되자 강한 햇빛이 커튼을 비집고 들어왔다. 햇빛을 피해 고개를 완전히 이불에 파묻었다. 오전 여섯시 정각에 수녀님의 목소리가 들렸다. 만날 사람이 있으니 준비를 하고 있으라고 했다. 나는 원래 욕실의 10분의 1 크기의 화장실에서 뜨거운 물로 간단하게 몸을 닦고 머리를 감았다. 샤워를 마치고 나오니 배식구에는 아침 식사가 놓여 있었다. 아침은 달걀 토스트에 시럽이 들어간 커피였다. 식사를 마치고 나서는 문 너머에서 들려오는 수녀님의 구령에 맞춰 성경을 집어 들고 읽어 내려갔다. 성경 군데군데 써놓은 기재와의 대화가 눈에 밟혀서 중간중간 끊어 읽어야 했다.

오전 일곱시에 문이 열렸다. 수녀님의 지시대로 미사포를 쓰고 고개를 숙였다. 경호원이나 다른 사람은 없었고, 오직 수녀님만 나를 기다리고 있었다. 수녀님은 내 손을 잡고는 어제처럼 복도를 걸어갔다. 걸어가는 동안 어제보다도 무거운 침묵만이 이어졌다.

엄마의 초상화가 걸린 복도를 지나서 본당 앞에 도착했으나, 어제와는 다르게 본당에 사람은 없었다. 수녀님은 본당을 그대로 지나치더니 그 옆에 있는 붉은색 나무문을 두들겼다. 그러자 문 중간에 구멍이 나면서 두 눈이 보였다. 어딘가 날이 서 있는 듯한 그 눈빛에는 경계심이 가득했다. 두 눈이 수녀님과 나를 확인한 뒤 나무문이 기이한 소리를 내며 열렸다. 어딘가로 이어진 복도가 굴처럼 아래로 향해 있었다.

"움직이십쇼."

남자의 말에 수녀님과 나는 걸음을 옮겼다. 수십 장의 검은 천이 천장에 매달려 있어 안이 또렷하게 보이지 않았다. 신비한 종교의식이 벌어지는 공간 같았다. 사이비종교, 악마 숭배, 대학살 등 좋지 못한 상상이 스쳐 지나갔다. 복도 끝에서 인기척이 느껴지고 있었으나, 말소리는 들리지 않았다. 이윽고 검은 천으로 둘러싸인 나무문 앞에 도착했다. 수녀님이 내 등을 슬쩍 밀었으나 나는 움직이지 않았다. 그다지 좋은 예감이 들지 않았다. 그러자 수녀님이 내 손을 끌었다.

"괜찮아요."

수녀님이 문을 열어젖혔다. 그 순간, 물기를 머금은 찬 바람이 뺨을 스쳤고, 작은 불빛이 저 멀리 보였다. 바람 소리가 울리는 것을 보니 동굴인 것 같았다. 발에는 울퉁불퉁한 돌이 자주 차여 몇 번이고 넘어질 뻔했지만 수녀님의 발걸음에는 거침이 없었다. 어둠 속이 보이는 듯 성큼성큼 작은 빛을 향해 나아갔다.

빛을 향해 다가가면 다가갈수록 물소리가 들려오기 시작하더니 이내 호수가 드러났다. 동굴 속에 자리 잡은 호수는 마치 파도처럼 물이 밀려오고 나가기를 반복했다. 빛 근처에는 사람들이 여럿 서 있었다. 장례식이라도 참석하는 것인지 여자들은 단출한 무채색 계열의 원피스에 미사포를 쓰고 있었고, 남자들도 검은 양복 차림을 하고 있었다.

수녀님과 내가 도착하자, 사람들은 길을 터주었다. 작은 재단이 있었고, 이미 그곳에는 한 사람이 먼저 와 있었다. 익숙한 뒷모습이었다. 기재였다. 기재는 온몸이 젖은 상태로 몸을 떨고 있었다. 갑자기 호수 너머에서 불어온 찬 바람에 기재는 작은 수풀처럼 흔들렸다.

나는 수녀님의 안내를 받아 기재 옆에 무릎을 꿇고 앉았다. 고개를 들지 말라고 했으나 기재를 향해 고개가 계속해서 돌아갔다. 기재의 눈 주위에는 피멍이 들어 있었고, 입술이 터져 있었다. 누군가에게 맞은 것 같았다. 무슨 일이냐고 묻고 싶었으나 엄마의 모습이 보여 그러지 못했다.

엄마가 말했다.

"시작하시죠."

엄마의 목소리와 함께 갑자기 굵은 손이 튀어나와 기재의 멱살을 잡아챘다. 한 사장이었다. 그는 기재의 멱살을 세게 감아쥐고는 말했다.

"또 반항해봐. 이번에는 물에서 아예 못 나올 정도로 처박아줄게."

기재는 시선을 거두지 않고 한 사장을 노려보았다.

"좆 까."

그 순간, 기재는 그대로 바닥에 내쳐졌다. 바닥에 고꾸라진 기재와 눈이 마주쳤으나 내가 먼저 눈을 피했다. 사람들 사이에서 신부님이 걸어 나왔다. 나무로 만들어진 재단 위에 올라선 신부님은 목을 가다듬고는 말을 이었다.

"세례식을 거행하도록 하겠습니다."

이어서 세례식의 뜻과 과정을 설명하기 시작했다.

"세례란 그리스도교와 연합하는 것이고, 구원을 위해 나아가는 것입니다."

전혀 귀에 들어오지 않았다. 상황을 파악하기 위해 주변을 둘러보았으나 어느 누구도 내게 무슨 상황인지 말해주지 않았다. 세례에 대한 설명이 끝나자 우리는 선서를 했다. 기재는 끝까지 손을 들어 올리지 않다가 한 사장에게 뺨을 맞고 나서야 어쩔 수 없이 손을 들었다.

"일어나."

신부님의 명령에 맞춰 우리는 자리에서 일어나 천천히 물을 향해 발걸음을 옮겼다. 사람들은 물가까지만 따라왔다. 수녀님이 손전등으로 내 앞을 밝혀주었다. 끝이 보이지 않았다. 거대한 괴물이 아가리를 벌리고서 우리를 맞이하는 것 같았다. 먼저 물로 들어간 신부님은 이어서 우리 둘에게 물로 들어오라 했다. 흡사 괴물의 목구멍 같았다. 곧장 무언가에 삼켜져도 이상하지 않아 보였다.

사람들의 시선에 등이 떠밀려 물로 들어섰다. 물은 차가웠다. 물속에 들어가자마자 소름이 돋았다. 기재도 입술이 파랗게 질려서는 몸을 떨어댔다. 멍도 더욱 파랗게 물들어가는 것 같았다. 신부님이 손으로 물을 떠서 기재 머리에 뿌렸다.

"성부, 성자, 성령의 이름으로 너에게 세례를 주노라."

기재의 얼굴에서 물이 떨어져 내렸다. 눈물처럼 보였다. 반항조차 하지 못하고 기재는 몸을 떨기만 했다. 곧이어 내 차례가 왔다. 그런데 신부님의 손짓이 멈추었다. 허공에 떠 있는 손에서 물방울이 흘러 떨어졌다.

신부님은 굳은 표정으로 사람들이 즐비하게 서 있는 물가를 바라보았다. 나는 신부님의 시선을 쫓아 뒤로 고개를 돌렸다.

엄마는 신부님을 바라보고는 고개를 끄덕였다. 신부님은 떨리는 손으로 다시 물을 담아 내 머리에 뿌렸다.
"세례를…… 주노라."
그리 말하고서 신부님은 도망치듯 빠르게 물 밖으로 걸어 나왔다. 기재와 나는 서로 눈치를 보다가 그를 따라 물 밖으로 걸어 나왔다. 수녀님이 우리에게 수건을 건네주었다. 그런데 신부님의 표정이 좋지 못했다. 엄마가 신부님에게 다가서자, 신부님은 까만 셔츠에서 로만칼라를 집어 들고는 바닥에 내던지려 했다. 그러나 엄마의 눈을 보더니 차마 그러지는 못하고 주머니에 쑤셔 넣었다. 신부님이 엄마에게 말했다.
"환속할 생각입니다. 찾지 마세요."
엄마는 동요하지 않았다. 오히려 태연한 표정으로 물었다.
"언제 돌아오실 건가요?"
신부님은 도끼눈을 하더니 물가에 있던 자갈을 발로 차버렸다. 자갈은 구르고 굴러, 호수에 떨어지며 작은 파동을 내었다. 신부님이 엄마에게 손가락질하며 말했다.
"당신이란 인간이 지옥으로 떨어질 때."
엄마가 미소를 지으며 대답했다.
"제가 어디로 갈지는 아무도 모르지요. 어쩌면 앞으로 그런 건 상관없을지도 모르고요."
특유의 뱀 같은 표정. 원하는 바를 얻었을 때 짓는 표정이었다. 신부님은 엄마를 흘겨보고는 먼저 올라가버렸다. 이어서 엄마와 한 사장이 떠났고, 우리는 경호원들, 수녀님과 함께 다시 교회로 발걸음을 옮겼다.

기재와 불과 한 걸음 정도의 거리였으나 대화를 나누지는 못했다. 복도를 따라 남긴 물 자국이 평행선을 그리고 있었다. 기재와는 본당 앞에서 헤어졌다. 기재는 내 쪽으로 한 번도 시선을 주지 않았다. 충분히 기분이 상했을 만도 했다. 한 사장네 경호원이 나타나 기재를 넘겨받았다. 그들 중 하나가 기재의 어깨 위에 손을 올렸다. 그러자 기재가 갑자기 경호원의 인중에 박치기하더니 내 쪽을 향해 한 바퀴 몸을 굴렸다.

"잡아!"

기재는 경호원을 붙잡고는 한동안 놓아주지 않았다. 그런데 바닥에 기재가 무언가 떨어뜨리는 것을 보았다. 젖은 채 구겨진 종이공이었다. 경호원이 기재를 향해 달려들어 난장판이 되었다. 그사이 나는 슬쩍 몸을 숙여 종이공을 줍고는 재빨리 방으로 돌아갔다. 주변에 아무도 없는 것을 확인하고 종이공을 펴 보았다.

─네 방으로 갈게. 말할 게 있어.

*

가슴을 졸였다. 무얼 말하려는 걸까? 그리고 내 방으로는 어떻게 올 거고. 불안감에 질식할 것만 같았다. 그러나 동시에 가

숨이 두근거렸다. 긴장이나 불안과는 다른 두근거림이었다. 나는 숨을 죽이고 창밖을 살폈다. 해가 지고 있는 마당에 불은 꺼져 있었다. 큰 저택 안에서 움직이는 존재라고는 바람에 흔들리는 파초뿐이었다.

인기척은 맞은편 방이 아니라 한 층 위 방에서 느껴졌다. 불이 켜지더니 기재의 몸이 불쑥 창문 밖으로 튀어나왔다. 나는 입을 틀어막았다. 그의 얼굴은 어제 맞은 상처로 통통 불어 있었다. 몸놀림도 어기적거리는 것이 다리를 다친 모양이었다. 가슴이 찢어질 것 같았다. 나는 다급하게 종이에다 문장을 적어 그에게 보였다.

—여기로 오려고?

기재가 고개를 끄덕였다. 끄덕임에 주저함은 느껴지지 않았다. 나는 '오지 마'라고 종이에 적으려다 말았다. 대신 그를 가만히 보았다. 그에게서 내가 보이는 듯했다. 은희의 눈동자 속에서 보았던 나였다. 그녀와 함께라면 어디든 가려 했던, 막대한 돈과 달콤한 안전함을 비롯해 내게 주어진 모든 것을 버려도 상관하지 않던 나 말이다. 나는 다시 그에게 종이를 들어 보였다.

—오지 마.

마지막 순간, 나는 한발 내딛기를 주저했다. 그 결과, 은희가 죽는 것을 바라볼 수밖에 없었다. 죄책감을 안고 살아가기를 선택한 비겁한 인간, 그게 나였다. 그러나 기재는 달랐다.

그는 내 말을 무시하고서 빠르게 움직이기 시작했다. 내 방 창문과 바닥을 번갈아 보며 높이를 확인하더니 자기 방 안으로 돌아섰다. 커튼을 아예 벽에서 떼고는 침대를 들어 올리고는 침대 시트를 매트리스에서 벗겨냈다. 이어서 이불과 커튼, 시트의 끝을 묶어내니 엉성한 밧줄이 되었다. 기재는 줄을 문고리부터 침대 프레임, 이어서 커튼을 고정하던 봉에도 칭칭 감았다.

기재를 막을 수는 없었다. 아니, 막고 싶지 않았다. 심지에 불이 당겨진 것만 같았다. 기재가 도망가고 있다며 소리치는 대신 나는 건물 주변을 둘러보았다. 이상하다는 생각이 들 만큼 주변은 고요했다. 그때 본당 쪽에서 소리가 들려왔다. 철문이 열리는 소리와 함께 자동차가 여러 대 안으로 들어섰다. 하나같이 귀가 아플 정도로 쩌렁쩌렁한 배기음을 내고 있었다. 다행히 경호원들은 본당에 집중하고 있는 모양새였다.

내가 고개를 끄덕이며 기재에게 안전하다는 신호를 보내자 그는 밧줄 끝으로 내 쪽을 가리키면서 그곳으로 던지겠다는 뜻을 전했다. 나는 창에다 몸을 앞으로 최대한 쭉 빼고는 줄을 받을 준비를 했다. 기재가 밧줄을 힘껏 던졌으나, 아쉽게도 내게 닿지 못하고 바닥에 힘없이 떨어지고 말았다.

기재가 나를 향해 다시 한번 밧줄을 던지려 했다. 그런데 그 순간 문밖에서 발소리가 들렸다. 기재에게 멈추라며 팔로 엑스를 그렸지만, 이미 기재는 밧줄을 던진 후였다. 밧줄은 정확히 내게 전달됐다. 그러나 나는 허겁지겁 바닥을 향해 밧줄을 내던졌고, 기재는 그제야 눈치를 채고는 빠르게 밧줄을 끌어 올렸다.

이어서 걸쇠 풀리는 소리와 함께 문에 작게 난 작은 구멍이 열렸다. 눈높이에 있는 작은 구멍이었다. 나는 침대에 엎드린 채로 자는 척했다. 실눈을 뜨자, 작은 구멍을 통해 방 안을 살피고 있는 눈이 보였다.

가까스로 이불로 입을 가려 소리 내는 것을 막았다. 다행히 구멍이 닫히더니 배식구가 열리면서 음식이 담긴 쟁반이 그 위에 놓였다. 내가 침대에서 일어나지 않자 문 건너의 사람이 문을 소리가 나게 주먹으로 쳤다. 내가 고개를 들자 그제야 말했다.

"아가씨, 음식 받아 가시죠."

나는 자다 깬 사람처럼 머리를 붙잡고 침대에서 일어나 쟁반을 집어 들었다. 그러자 배식구 문이 소리 나게 닫혔다. 쟁반에는 올리브절임과 비둘기고기조림, 버섯수프 그리고 보기만 해도 목이 막히는 통밀빵이 은으로 된 식기 위에 담겨 있었다. 배가 고팠으나 바로 먹지는 않았다. 나는 쟁반을 책상 위에 놓고서 가만히 기다렸다. 멀어지는 발소리가 들리지 않았다. 문 밖의 경호원은 움직일 생각을 하지 않았다. 나는 커튼으로 가려진 건너편에 시선을 보내면서 그의 발소리가 들리기만을 기다렸다.

*

한동안 경호원들은 문 주위를 떠나지 않았다. 조용함은 사라진 지 오래였고 어느덧 주변이 소란스러워지고 있었다. 저녁 어스름이 깔린 것으로 보아 일곱시 정도인 것 같았다. 연회장과의 거리가 꽤 있었음에도 달아오른 분위기가 이곳에까지 전해졌다. 음식을 볶고, 찌고, 굽는 냄새와 더불어 달그락거리는 식기 소리 속에 고함이 간간이 섞여 들려왔다. 차들이 들어오는 소리로 보아 사람들이 교회 안으로 끝없이 몰아치는 것 같았다. 나는 어둠 속에서 문과 창밖을 번갈아 곁눈질하며 기회를 엿보았다. 문 쪽에서 한 남자의 목소리가 들려왔다. 다소 지분거리는 말투였다.

"우리도 가자니까. 와인도 끝내주게 맛있대."

아까 내게 음식을 건네던 경호원의 목소리가 들렸다.

"난 됐어."

"야, 괜찮아. 여기서 어딜 가겠어? 보니까 자는 것 같은데."

나는 일부러 자는 듯한 숨소리를 냈다. 짧은 침묵 후에 경호원이 말했다.

"그런가?"

"나도 몸이 쑤셔서 저기서 못 있겠다니까. 이 박 삼 일 동안 쉬는 시간도 없이 혼자서 어떻게 감시를 해? 거기다 어제 주방에서 일하는 애들 봤지? 걔들이 아까 나한테 음식 많이 남는다고 먹으러 오라고 하더라."

"나도?"

경호원의 목소리는 들떠 있었다.

"그래, 인마. 너 딱 데리고 오라고 했다니까."

"저기 있는 놈도 아무것도 안 해. 나도 너처럼 하루 종일 그 앞에 서 있었는데, 무슨 수도승 같아. 불도 안 켜고. 아무 소리도 안 들려서 아까 슬쩍 보니까 자고 있더라고."

부추김은 점차 심해졌다. 경호원의 구두 소리가 반복적으로 들려왔다. 앞으로, 뒤로. 남자는 쐐기를 박았다.

"CCTV도 돌아가고 있고, 어차피 저기 사람들도 다 취했어. 완전히 맛이 갔다니까. 다들 헛소리만 해. 그 잘난 우리 여왕님도 술 취해서 비틀거리더니 경호원들 좀 쉬라고 했고."

남자가 말하는 '그 잘난 여왕님'은 엄마를 가리키는 것 같았다. 경호원이 놀란 목소리로 말했다.

"웬일이야? 그 사이코패스가."

나는 그와 다른 부분에서 놀랐다. 엄마가 술에 취했다는 사실보다 '그렇게 많은 사람 앞에서' 취했다는 것에 놀랐다. 엄마는 집에서만, 특히나 내 앞에서만 흐트러진 모습을 보였지 다른 이들에게는 늘 말끔하고 맵시 있는 모습으로 나타났다. 그런 엄마가 술에 취해 있다니. 게다가 경호원들에게 쉬라고 했다니. 이해가 되지 않았으나 머리는 빠르게 굴러갔다. 기회가 성큼 다가온 것 같았다.

"야, 마지막 기회야. 잘 생각해. 언제 저렇게 비싼 걸 먹어보 겠냐?"

그 순간, 경호원은 걸쇠를 풀고는 배식구를 열었다. 나는 침대에서 눈을 감고 자는 척했다. 일부러 코까지 골았다. 속으로 제발 가라고 몇백 번이나 되뇌었다. 얼마 지나지 않아 배식구가 닫혔고, 경호원이 말했다.

"와인은 몇 년산이야?"

*

발소리가 멀어지자 나는 용수철처럼 침대에서 튀어 올라 커튼을 열어젖혔다. 기재는 이미 움직이고 있었다. 만들어놓은 밧줄을 잡고서 내 쪽으로 던지려 했다. 나는 창을 열고서 밧줄을 잡을 준비를 했다. 첫 번째 시도는 실패했다. 방향을 잘못 잡아서였다. 밧줄은 옆방 창문을 아슬하게 빗겨 쳤다. 기재는 당황한 표정을 짓고는 그대로 몸을 숨겼다. 숨죽여 반응을 기다렸으나 아무 일도 일어나지 않았다. 생각해보니 방에 갇혀 있는 동안 양옆 방에서 인기척을 느낀 적이 없었다. 이곳에는 우리뿐인 것 같았다. 기재는 조심스럽게 밧줄을 자기 쪽으로 끌었다. 다시 한번 기재가 밧줄을 힘차게 던졌다. 다행히 이번에는 정확하게 내 창문으로 향했고, 가까스로 나는 밧줄을 잡을 수 있었다. 나는 줄을 길게 당겨 문고리를 비롯해 침대 프레

임과 봉에 강하게 묶었다.
 집라인처럼 줄은 기재의 방과 내 방을 잇고 있었다. 기재가 창틀에 발을 올리고는 밧줄을 잡아당겼다. 팽팽하게 당겨졌으나, 내가 묶은 부분이 오래 버틸 수 있을지 의문이 들었다. 내 방은 눈대중으로 오층 높이라서 자칫 잘못해 바닥으로 떨어지면 크게 다칠 것이었다. 내 우려에도 기재는 밧줄에 나무늘보처럼 거꾸로 매달려 나를 향해 다가왔다. 금방이라도 그가 줄에서 손을 놓칠까 위태로웠다. 기재가 나를 향해 다가올수록 줄을 꽉 잡고 있던 내 손에도 땀이 찼다. 묶인 부분에서 불길한 소리가 나고 있었다.
 이윽고 기재가 나를 향해 팔을 뻗었다. 나는 줄을 놓고는 달려가 그의 손을 잡으려 했고, 그 순간 문고리에 묶어놓은 매듭이 풀렸다. 나는 눈을 질끈 감았다. 모든 게 끝났다고 생각했다. 그러나 손에 따스한 감각이 느껴졌고, 그 따스함에 눈을 뜨자 기재가 내 손과 함께 아슬하게 창문틀을 잡고 있었다. 줄은 바닥에 스르륵 떨어졌다. 기재는 창문틀을 붙잡고는 힘을 주어 방으로 넘어왔다.
 "괜찮……."
 그가 나를 와락 안더니 말했다.
 "괜찮아, 아무 일도 없을 거야."
 충분히 경호원들에게 들킬 위험한 상황이었음에도, 이십 년 동안 강박에 가까운 압박으로 단 한 순간도 마음을 놓고 산 적이 없었음에도, 나는 기재의 그 말 한마디에 바로 수긍해버리고 말았다. 마치 다른 사람이 된 것처럼, 불안을 느끼는 뇌의 한 부분을 절제한 것처럼 기꺼이 그의 품에 고개를 파묻었다.

다른 존재가 내게 주는 따스함. 앳됨이 묻어 나오던 중저음의 목소리. 값비싼 희귀 동물의 깃털로 채워진 옷에서, 백금으로 도금된 스피커에서 느껴본 적 없는 따스함과 목소리였다. 걱정이 사라지는 것과 동시에 다리에 힘이 풀렸다. 침대에 널브러지듯이 주저앉았다. 한동안 우리는 서로를 보았다. 흰자위 가득한 서로의 눈이 오가는 게 어둠 속에서 보였다. 기재는 부끄러운지 내 시선을 피해 방 안을 훑었다.

"내 방이랑 비슷하네."

"그렇겠지. 기도하는 분들을 위해 만들어진 곳이니까."

그리고 또다시 정적. 나도 말할 거리를 찾으려 했으나 허사였다. 모든 것을 말하고 싶었다. 기재와 나누고 싶은 말이 지나치게 많다 보니 목에 탁 하고 걸려 무엇 하나 나오지 않았다. 그간 교수들에게 배웠던 스피치 강의도, 대화 예절 실습도 이런 상황에서는 쓸모가 없었다. 기재가 책상 위를 가리키며 물었다.

"나 이거 먹어도 돼?"

기재의 손가락은 내가 책상 위에 올려놓은 쟁반을 가리키고 있었다. 여태 음식에 손도 대지 않은 상태였다. 내가 괜찮다고 말하자, 기재는 배가 무척이나 고팠다면서 허겁지겁 음식을 먹어치우기 시작했다.

기재는 아까 저지른 일에 대한 벌로 저녁을 받지 못했다고 했다. 나에게도 숟가락을 들이밀며 같이 먹자고 했으나 거절했다. 너무 긴장한 탓에 속이 쪼그라든 것만 같았다. 기재는 그릇 바닥을 숟가락으로 소리가 나게 긁으며 소스까지 먹어치웠다. 마지막으로 남은 비둘기의 얇은 뼈까지도 소리를 내며 씹어 삼켰지만 그 모습이 흉해 보이지는 않았다.

그러다 또 서로 눈이 마주쳤고, 불현듯 기재가 소리 내어 웃었다. 나는 놀라 기재의 입을 막았다. 문 쪽으로 시선이 갔으나, 너머에서는 별다른 반응이 없었다. 당황한 나와는 다르게 기재는 여전히 웃고 있었다. 여러 번 손가락으로 조용히 하라고 주의를 주고는 기재의 입에서 손을 천천히 뗐다.

"미쳤어? 밖에서 들으면 어떻게 하려고?"

"미안해."

그제야 기재는 머쓱한 듯 머리를 긁어댔다. 너무 몰아붙였나 싶었다. 몰려든 어색함에 나는 말머리를 돌리려 했다.

"왜 웃었어?"

기재는 능청스럽게 받아넘겼다.

"여자는 처음 봐서."

"그게 무슨 소리야? 집에 여자가 한 명도 없었어?"

"응, 요리사도 집사도 교수들도 전부 남자였어. 어머니는 날 낳으시다가 돌아가셨고."

부모님의 부재. 그러나 나와 결은 달랐다. 기재는 '어머니'라는 단어를 말할 때마다 오묘한 표정을 지었다. 내가 내 아버지를 생각할 때와는 달랐다. 원망보다는 감사함, 증오보다는 그리움, 그 끝에 맞닿은 행복감. 이해할 수 없었다. 그는 능글맞은 목소리로 말했다.

"이 말은 내가 본 여자 중에 네가 제일 아름답다는 말이지."

나는 얼굴이 달아오른 것을 느꼈다. 고개를 숙여 대답하려고 했으나 혀가 꼬이며 말이 나오지 않았다. 내 모습을 보고 기재는 더욱 크게 웃었다. 그 웃음 탓에 내 머릿속은 더 하얗게 변했다. 간신히 화제를 돌릴 수 있었다.

"네 아버지는?"

"아까 봤잖아. 나 때린 사람."

한 사장이 기재의 아버지였다. 기재는 성이 난 목소리로 말했다.

"미친 사람이야. 자식을 집에 가두고 절대 바깥에 못 나가게 하고. 관심은 온통 회사를 유지하는 데만 있어."

우리 엄마도 그렇다고 말하려 했으나 말할 틈이 없었다. 기재는 침을 튀겨가며 불만을 늘어놓기 시작했다.

"얼굴은 또 어떻고. 곧 죽을 사람처럼 얼굴에는 반점들이 가득하고, 주름도 많아."

"난 네 아버지 얼굴은 제대로 못 봤어. 손만 봤어."

"다행이야, 그런 사람 얼굴 봐서 뭐 해."

나도 모르게 반사적으로 기재의 말을 잘랐다.

"너도 크면 그렇게 되겠지?"

갑자기 왜 그런 말을 했는지 모르겠다. 기재와 더 가까워지고 싶었음에도.

나도 내가 엄마 같은 괴물이 되지 않기를 바랐다. 그러나 아이는 부모의 손아귀에서 벗어날 수가 없었다. 사람들은 내가 엄마를 닮아갈 것이라 했다. 두려웠다. 엄마와 가까워지지 않으려는 몸부림조차도 엄마다운 행동이라 했으니까. 그런 두려움을 기재와 나누고 싶었던 걸까? 기재는 내 손목을 강하게 잡더니 말했다.

"아니, 우리는 다를 거야."

나는 그를 올려다보았다. 기재의 목소리에는 힘이 있었다. 폭풍우 속에 던져진 배를 인도하는 등대처럼, 어둠 속에 손에 쥐인 실타래처럼. 기재라면 내가 느끼고 있는 이 모든 것을 함께 나눌 수 있지 않을까 싶었다. 기재의 손을 놓고는 방을 한 바퀴 돌았다. 감정을 추슬러야 했다. 기재에게 물어보고 싶은 것들이 많았다. 우물쭈물하던 사이, 기재가 내게 물었다.

"혹시 너도 바깥에 처음 나왔어?"

"설마, 너도?"

우리는 동시에 놀란 표정을 지었다. 금이 크게 난 댐에 물이 터져 나오듯 대화가 순식간에 이어졌다. 처음 바깥에 나왔을 때 현기증이 날 정도로 심장이 뛰었으며, 차창 밖의 사람들은 또 얼마나 다른지 이야기했다. 기재도 사람들이 자기를 보고 있는 줄 알았는데, 알고 보니 자기가 타고 있는 차를 보고 있었다며 아쉬워했다.

기재는 나보다 한술 더 떠서 주먹으로 자동차 창문을 깨버렸다고 했다. 그리고 몸을 창문으로 빼고는 소리를 지르다가 그대로 차에서 뛰어내렸다고. 다행히 크게 다친 곳은 없었지만 경호원들에 의해 구속복을 입은 상태로 이곳에 납치되듯이 도착했다고 했다.

우리는 각자 입을 막고 웃음을 터뜨렸다. 밖으로 웃음소리가 새어 나갈까 걱정된다는 말은 그때쯤 되자 핑계가 되었다. 조심스럽게 서로의 얼굴을 어루만지면서 숨결을 느꼈다. 손에 닿기만 해도 웃음이 터져 나왔다. 기재는 미소 짓는 나를 바라보며 말했다.

"난 언젠가 여길 벗어날 거야."

*

종종 기재는 집에서 탈출을 계획했고, 실제로 성공한 적도 있었다. 〈쇼생크 탈출〉 속 앤디 듀프레인처럼 열네 살 때부터 감시 카메라가 없는 지하 이층 선반 뒤쪽을 꾸준히 망치와 삽을 이용해서 팠고, 하수구를 따라 바깥으로 나갔다고 했다. 기재는 자세하게 설명을 이어갔다.

"가다가 그만 흙이 무너져서 죽을 뻔했는데도 나는 멈추지 않았어. 계속 기어서 나아갔어. 어디로 향하는지도 알지 못했어. 빛이 보였을 때는 참……. 그땐 자유를 얻은 것만 같았어."

기재가 나온 곳은 숲으로, 기재의 집 지하실에서 약 200미터나 떨어진 장소였다. 그때까지 그 누구도 기재가 달아났는지 모르는 것 같았다. 곧장 기재는 숲속을 내달렸다. 누군가를 만나기만 하면 될 것 같았다. 계속해서 달렸다. 그 순간만을 위해서 그는 매일 달리기 연습을 했다. 마라톤 선수들의 루틴을 매일같이 따라 했다.

이야기를 하던 기재는 너털웃음을 짓더니, 어이가 없다는 표정으로 말했다.

"근데 미친 게 뭔지 알아? 마당이 끝나지를 않더라. 아무리 달려도 계속 반복되는 거 있지? 다리가 후들거릴 정도로 내달렸는데 마당조차도 벗어날 수가 없었어."

결국 기재는 붙잡혔다. 알고 보니 한 사장이 기재의 모든 계획을 이미 알고 있었다. 기재가 지하 이층에서 땅굴을 파고 있는 것도 알고 있었고, 언제 기재가 탈출할지도 알고 있었다. 기재가 탈출을 시도했을 때, 한 사장은 이미 사람을 시켜 실시간으로 기재의 위치를 추적하며 감시하고 있었다.

"내가 아버지에게 왜 그랬냐고 물으니까 아버지가 뭐라는 줄 알아? '재밌잖아'라고 하더라. 미친놈."

탈출 시도를 하다 잡히면 벌로 구속복을 입고 한 달을 살았다고 했다. 집사가 먹여주고 입혀주고 운동도 시켜줘서 생활에 큰 제약은 없었으나, 답답해서 미치는 줄 알았다고. 기재는 구속복을 입고는 팔을 못 쓰는 흉내를 냈다. 일부러 혀를 내밀어가며 웃긴 표정을 지었고, 나는 웃음을 참을 수 없었다. 기재가 고개를 숙여 숨죽여 웃는 나를 가리키며 말했다.
"어, 웃었다."
기재는 고개를 돌리는 나를 따라다니며 놀려댔다.
"나보고는 웃지 말라면서 너는 왜 웃어."
그 목소리가 너무 커서 나는 다시 기재의 입을 막았다. 기재는 숨 막히는 소리를 내면서 나와 실랑이를 벌이다가 침대로 넘어졌다. 나는 기재와 가까이 붙어 있다가 황급히 자리에서 일어났다. 그러나 기재는 침대에 누운 상태로 손으로 머리 베개를 만들고는 묘한 미소를 띠었다.
"왜? 또 왜 웃어?"
"그냥. 이렇게 웃어본 게 오랜만이라서."
기재는 내 얼굴을 가리키며 말했다.
"너도 그런가 보네."
나는 웃음기를 감추고는 침대에 걸터앉았다. 방금까지만 해도 나를 가두기 위한 감옥 같았던 이 방은 이제 기재와 나를 만나게 해준 공간이 되었다. 시간이 조금 지나자 과거 베개와 이불로 만들었던 아지트가 된 것만 같았다. 엄마 몰래 이 모든 것을 하고 있다는 사실이 걱정보다는 상황을 더욱 짜릿하게 했다.

엄마도 기재가 내 방으로 줄을 타고 넘어오리라고는 절대 생각하지 못했을 것이다. 알았더라면 분명 기재와 내 방의 창문이 서로 마주 보도록 방을 배치하지 않았겠지. 경비 인력도 하나가 아니라 넷으로 이루어 팀으로 기능하게 했겠지. 엄마라면 자기가 철저히 세뇌한 대로 내가 집에서처럼 무엇도 하지 않고 자신의 명령에 따르며 그저 가만히 있을 것으로 생각했겠지. 엄마는 나를 몰라도 너무 몰랐다.

기재가 내게 물었다.

"너희 어머니는 어때?"

나는 너희 아버지와 크게 다르지 않다고, 나를 집에 가두어 키웠으며 내 존재 자체를 무시하고 있다고 말했다. 나는 감정을 주체하지 못하고 기재에게 모든 것을 털어놓았다.

"그룹 후계자? 개나 주라 그래. 내가 그걸 바랐어? 내가 그걸 원했냐고. 태어나니까 엄마 자식이었고, 나한테 너무 많은 게 걸려 있었어. 내가 원하지도 않았던 건데 왜 나한테 전부 지랄이야……"

울지 않으려 했으나 눈물이 차올랐고, 목소리를 낮추려고 했지만 감금당한 채로 엄마에게 맞은 이야기를 할 때면 복도에 쩌렁거리며 울릴 만큼 목소리를 높였다. 기재는 나를 말리지 않고 가만히 듣기만 했다.

그리고 은희 이야기를 했다. 어쩌다가 이야기가 그리로 흘렀는지는 모르겠다. 은희와 함께 메탈리카 노래를 들으며 침대 위를 뛰었을 때처럼 머리가 어지러웠고 토가 나올 것만 같았다. 은희의 얼굴과 했던 행동들을 하나하나 묘사하며 그녀와 나누었던 낯간지러운 말들을 늘어놓았다. 우리는 집과 시설에서 벗어나 함께하려고 했고, 그 순간을 생각하면 아직도 눈물이 난다고. 나는 끝내 은희가 내게 남기고 간 말을 되뇌었다.
"은희가, 나한테 말했어. '나는 나야'라고. 그리고……."
목이 잠겨 내 목소리가 아닌 것 같은 소리가 나왔다.
"나만 없으면 된대."
말하고 나서 후회가 밀려왔다. 나에 대해서 누구에게도 말하지 말아야 했다. 그것은 숨을 쉬고, 소화를 하고, 눈을 깜빡이는 것처럼 아주 어릴 때부터 엄마가 내게 직접적으로 한 유일한 경고였다. 그런데 만난 지 얼마 안 된 낯선 이에게 고문도 당하지 않고서 스스로 늘어놓고 만 것이다.
본능적으로 그만 이야기해야겠다는 생각이 들었다. 입을 다물고는 울음을 참았다. 실수라는 생각이 들었다. 그간 이뤄놓은 모든 것이 한순간에 사라질지도 몰랐다. 엄마가 경고한 대로 나로 인해 내가 소중하게 생각하는 것들과 더불어 아무 관련도 없는 사람들이 다칠지도 몰랐다. 마치 은희처럼 말이다.
이제 어떤 위험이 닥쳐올까? 기재도 나를 괴물이라 생각하지는 않을까? 나에게서 멀어지고, 떨어지려 하지는 않을까? 후회는 걱정을 불러왔고, 눈에는 눈물이 고였다. 나를 덮고 있는 장막이 걷히고 진짜 나를 보게 되면 기재가 은희처럼 나를 향해 이를 갈지도 몰랐다.
"괜찮아."
그러나 기재가 나를 끌어안았고, 나는 순식간에 다시 무너져 내렸다. 가슴에 얼굴을 묻고는 울었다. 이 생활에서 벗어나고 싶다고, 모든 게 내 목을 옭아매고 내 어깨를 두드리고 있다고, 우리는 어떻게 살아야 하는 거냐고 소리쳤다. 기재를 올려다보았다. 기재라면 내 물음에 대한 대답을 해줄 수 있을 것만 같았다.
기재가 말했다.
"나도 몰라."
기재의 눈에 푸른 불꽃이 이는 것 같았다.
"근데, 선택지는 하나야."
어두컴컴한 주변을 환하게 밝히는 푸른 불꽃이었다. 장애물과 부정한 것들을 순식간에 불살라버릴 것만 같은 푸른 불꽃이 나를 응시했다.
"우리 도망가자."

피살 30일 후

 기자들은 복도는 물론이고 건물 밖 도로까지 대기하고 있었다. 만약 카메라가 대포라면 얇은 대기실 벽 따위는 종잇장처럼 순식간에 뚫릴 것만 같았다. 이들은 신문지를 바닥에 깔고 앉아 졸거나, 미리 기사를 여러 가지 준비해놓고 누구보다 빠르게 업로드할 준비를 하고 있었다.
 아주 오랜만에 삼일그룹 회장이 공식 석상에 나타나는 것이었으니 그럴 만도 했다. 그들은 영역 다툼을 하는 개들처럼 하나가 화장실이라도 다녀오면 빈자리를 차지하고서 모르쇠로 일관했다. 대기실 밖에서 욕설과 함께 으르렁거리는 소리가 들려왔다. 내가 플라스틱 빨대를 쓰는 건 헤드라인으로 장식되면서 이런 건 왜 기사가 되지 않는지. 몰려오는 두통에 관자

놀이를 붙잡았다.

보기 싫어 뒤집어놓은 거울을 집어 다시 들었다. 거울에 보이는 대상은 꼭 엄마와 닮았다. 아니, 똑같았다. 일반 대중들은 물론 엄마와 오랫동안 일했던 사람들도 내가 직접 밝히지 않는 이상 나를 엄마로 생각할 정도였다. 보톡스 등을 활용한 간단한 미용 시술과 메이크업만으로도 기가 막힐 정도로 나는 엄마와 닮아 보였다.

처음 그 모습을 보는 순간, 나는 소스라치게 놀라 소리를 질렀다. 화장을 받던 도중에 그대로 화장실로 달려갔다. 세면대에 물을 받아놓고서 얼굴을 닦아댔다. 피가 나도 이상하지 않을 정도로 문질러댔다. 그런데도 엄마의 얼굴이 계속해서 수증기 낀 거울에 어른거렸다. 세면대에 물을 받아놓고 아예 얼굴을 담갔다. 화장이 벗겨지며 물은 금방 뿌옇게 변해버렸다. 숨이 쉬어지지 않았다. 이대로 숨이 막혀 죽어버렸으면 했다.

'대체 나는 무엇을 위해 이렇게까지 하는 걸까?'

권 상무가 말했다. 내 손에 달린 수많은 목숨을 생각해보라고. 내가 없으면 일어나는 상황들. 기업이 외국계 펀드에 의해 매각되고, 그룹이 여러 갈래로 갈라지는 건 물론 사람들이 직장을 잃게 되며, TPE-1120의 출시를 간절하게 바라는 사람들의 삶의 의지를 꺾어버릴 것이라고. 물론 그런 같잖은 이유에 넘어갈 내가 아니었다. 망설이는 나를 보며 권 상무가 말했다.

"한기재와 최은희, 둘을 생각하세요."

씻을 수 없는 얼룩을 씻어내고 싶었다. 용서를 받지 못한다 하더라도 용서를 받기 위해 나는 멈추지 않고 움직여야 했다. 스스로라도 마음의 무게를 덜기 위해서는.

엄마가 죽은 뒤 한 달 동안 엄마의 얼굴로, 엄마처럼 행동하며 여러 사람을 만났다. 말단부터 나라별 정재계 인사까지 모두 만났다. 그 사람들은 다들 내 손을 잡고서 고맙다고, 덕분에 가족을 먹여 살릴 수 있게 됐다고 말했다. 제삼세계 지도자들은 삼일그룹이 실시한 식량 생산 개선 프로젝트와 백신 무료 배포 프로젝트로 영아 사망률이 60퍼센트나 감소했다고 공식적으로 발표했다. 대표들은 나 같은 사람이 한 명만 더 있어도 세상에 굶는 사람은 없을 거라 했다. 대부분의 사람이 직간접적으로 삼일그룹과 연결되어 있었고, 내가 모르게 그룹에 은혜를 입은 사람들이 많았다. 엄마의 생일날에는 엄마의 건강을 바라는 편지들로 그 큰 거실을 메울 정도였다.

엄마가 관리하던 시설에도 방문했다. 갓 태어난 아이들부터 은희와 같은 중학생과 성인들도 몇 있었다. 가장 먼저 은희에게 몹쓸 짓을 한 관리자를 그 자리에서 해고하고서 권 상무에게 그를 처리하라고 명령했다. 권 상무는 팀장에게 그 일을 시켰고, 나는 인간이 줄 수 있는 가장 큰 고통을 그에게 주라고 덧붙였다.

이어서 내부감사가 시행되었으며, 그 과정에서 시설 원장의 부정 회계가 드러나 해임시켰다. 나는 아이들에게 목소리를 낼 수 있도록 상담 전문가를 배치했고, 모든 게 마무리될 무렵 그들에게 약속했다. 최상의 교육과 성공 기회를 받게 될 것이라고. 아이들은 나를 향해 환호하면서 내 가슴에 직접 만든 카네이션을 달아주었다. 나는 화장실 벽에 기대서 생각했다.
'그래, 내가 없으면 이런 사람들은 어찌해야 해. 내가 아니면, 누가 그들을 위해서 일할 수 있을까. 나는 오직 나를 위해 존재하는 게 아니야. 나는 나만을 위해 존재하지 않아.'
그리고 기재를 떠올렸다. 나를 기다리고 있을 기재. 나 때문에, 나를 위해서 희생하고, 희생당한 그를 위해서는 그룹의 기술력이 필요했다. 애초에 만나지 않았더라면 어땠을까. 나라는 존재가 너에게 어디에나 있는 흙 알갱이보다도 의미가 있을 것 같지는 않은데. 왜 나를 위해서.
엄마의 짓이었다. 기재가 나를 부추겨 교회에서 도망쳤다고 생각했겠지. 틈만 나면 병원 복도에 주저앉아 기재의 뭉개진 비명을 들었다. 귀를 막았다. 귀에서 손을 떼고서 그 앞에 꿇어앉고는 비명을 들어야 했으나 도저히 그러지 못했다. 그때 나는 이미 그를 그렇게 만든 악마의 얼굴을 하고 있었으니까.
기재를 다시 되돌려야 했다. 현재 의료 기술로는 치료하지 못하니 TPE-1120을 활용해서 다시 기재를 되살릴 셈이었다. 시제품을 기재에게 투입하고, 효과를 보려면 적어도 이십 년. TPE-1120을 한 달에 한 번씩 투약해야 했기에 비용도 만만치 않았다. 기업이 데이비드라는 사람에게 넘어가면 TPE-1120

프로그램 자체가 폐기될지도 몰랐다. 원망스러웠지만 내게 아직은 엄마가 필요했다.

내 목에 걸려 있는 엄마의 목걸이를 손에 쥐었다. 하루에도 열쇠를 몇 번씩 바닥에 내팽개치고 싶었지만 참아야 했다. 그룹을 완전히 장악하지 못한다면 내게 남은 것은 아무것도 없었다.

"준비되셨습니까?"

화장실 문 너머에서 권 상무가 내게 물었다. 나는 눈을 잠시 감았다가 떴다.

"그래."

나는 고개를 끄덕이고 화장실을 나섰고, 권 상무는 정중한 태도로 문 쪽으로 나를 안내했다. 그 순간, 거울에 보이던 표정은 엄마의 것과 한 치도 다를 바가 없었다. 여전히 나는 이 세상에 존재하지 않았고, 엄마는 살아 있었다. 거울을 세워둔 채로 그대로 두었다.

피살 365일 전

숨이 차올랐다. 달리는 게 아니라 날고 있는 것처럼 발이 무얼 밟고 가는지조차 알 수 없었다. 그저 내 눈에 보이는 건 내 손목을 잡고 끄는 기재와 기재에게서 흩날리는 땀방울, 교회에서 멀어지면 멀어질수록 선명해지는 별빛이었다. 별들은 우리에게 금방이라도 떨어질 것처럼 밝게 빛나고 있었다. 점차 거칠어지는 우리 둘의 숨소리가 너무나도 익숙하게 들렸다. 마치 오래전부터 이 순간을 기다려온 것만 같았다. 기시감마저 들었다. 아무리 달려도 집 지하에 머물러 있는 러닝머신과 달리 발을 구르면 구를수록 우리는 앞으로 나아갔다.

우리는 교회에서 바로 벗어나 산을 향해 내달렸다. 이날의 도망이 충동적이었다는 걸 부정하지 않겠다. 다만, 이날의 도망이야말로 우리가 내릴 수 있는 단 하나의 선택이라는 점은 분명했다. 엄마와 기재의 아버지는 취해 있었고, 감시자들은 쥐새끼처럼 그들이 먹고 남은 찌꺼기를 먹기 위해 자리를 비운 지 오래였다. 우리는 손에 집히는 대로 방에서 쓸 만한 것들을 챙겼고, 기재가 내 방으로 건너올 때처럼 이불과 침대 시트, 커튼을 엮은 밧줄을 타고 건물 아래로 내려갔다. 그리고 길을 내달렸다.

얼마나 달렸을까? 입에서는 단내가 났고, 얼굴이 부어올랐다. 발은 욱신거려 걷기가 힘들었다. 온종일 아무것도 먹지 않은 상태에다 죽을힘을 다해 달리기까지 했으니 몸이 처질 만했다. 평소 운동을 하기는 했으나, 맨바닥을 짚고 달리는 것과는 차원이 달랐다. 결국 나는 발을 헛디뎌 넘어지고 말았다. 기재는 화들짝 놀라 나를 바위에 앉히고는 신발을 벗겼다. 온통 물집투성이였다. 손톱으로 터뜨릴까 하다가 기재가 덧나면 아예 걷지 못할 것이라며 말리는 바람에 그만두었다. 대신 잠시 몸 숨길 곳을 찾기로 했다.

"찾았다."

기재가 절벽 근처에서 작은 동굴을 발견했다. 사실 굴이라 부르기도 어려울 정도로 작은 구덩이였다. 멧돼지 같은 들짐승들이 눈이나 비를 피해 몸을 숨길 법한 곳이었다. 달리 선택지가 없던 우리는 그곳에 잠시 쉬어 가기로 했다. 땅에서 올라오는 찬 기운을 막기 위해 넓은 잎들이 달린 나뭇가지를 꺾어 바닥에 깔았다. 가져온 나뭇가지 중에 쓸모없는 것들을 추려 불을 피우고 싶었으나 기재가 말렸다.

"연기를 보고 쫓아올 수도 있어."

젖은 나무로 불을 피우면 연기가 날 것이고, 그 연기를 보고 엄마가 찾아올지도 모른다고 했다. 죽자고 도망간 우리를 쉽사리 잡을 수 없을 것 같았지만 언제나 조심해야 했다. 상식적으로 이 넓은 지역 전부를 한 번에 수색하기는 어려울 것이었다.

굴 안으로 몸을 쑤셔 넣자 기재가 따라 들어와 나뭇가지들을 엮어 만든 문으로 입구를 막았다. 그러고는 임시로 만든 문에 작게 구멍을 내서 주변을 살필 수 있도록 했다. 생각보다 안은 꽤 아늑했다. 아니, 마음만은 바닥에 깔아놓은 나뭇가지들은 전에 살던 집에 있던 영국산 매트리스보다 더 푹신하게, 몸을 덮은 잎들은 양털 이불보다도 포근하게 느껴졌다. 모기가 귓가에 날아들었으나 신경 쓰지 않았다.

기재는 문의 잎을 뒤로 젖히더니 바깥을 살폈다. 딱히 움직임이 보이지 않는지, 그는 벽에 등을 기댔다. 바닥에 가져온 것들을 모두 풀어놓았다. 500밀리리터 물병 두 개와 성냥이 든 성냥갑 두 개, 작은 나이프, 손수건이 전부였다. 기재는 그중 작은 나이프를 내게 주었다. 자기가 아주 어렸을 때 아버지의 서재에서 훔친 것이라 했다. 탈출할 때마다 몸에 지니고 다녔다고도 했다. 기재는 나이프를 들어 칼날을 보였다. 살갗을 꿰뚫을 수 있을 만큼 날카로워 보였다.

"쓸 일이 없었으면 해."

기재는 내 손에 주머니칼을 쥐여주며 말했다. 그의 목소리는 걱정과 불안을 한껏 안고 있었다. 서로 말은 하지 않았지만 우리는 알고 있었다. 일이 풀리지 않는다면, 정말 누군가에게 잡히게 된다면 이 칼로 누군가의 목숨을 끊어야 할지도 몰랐다. 무거운 마음으로 나는 주머니에 칼을 챙겨 넣었다.

"괜찮을 거야, 전부."

기재의 낮은 목소리가 굴을 채웠다. 아무것도 없는 굴 안이 목소리 하나만으로도 가득 찬 느낌이 들었다. 땀에 젖은 머리와 몸에서 나는 축축한 냄새에 이어 굴을 채우는 낮은 목소리까지. 내가 아닌 다른 사람에게 이토록 의지하고 싶었던 적이 있었을까. 이것이 사랑이라면, 내 손에 들려 있는 이 모든 돈과 권력, 명예를 땅바닥에 팽개치고서 나만을 위한 선택을 할 수도 있지 않을까. 그러면 세상 사람들도 이해해주지 않을까. 그들도 나와 같은 것을 경험했더라면.

나는 기재의 품에 달려들고 싶은 마음을 억눌러야만 했다. 감정이 계획을 망치게 두어서는 안 됐다. 최대한 감정을 억누르며 고개를 끄덕였다.

"응, 나도 알아."

우리 둘은 자리에 함께 누워 서로를 바라보았다. 내게는 환상 같은 순간이었다. 원시 부족민들처럼 작은 굴에서 나뭇잎과 나뭇가지로 만든 카펫에서 잠을 자고, 옅게 난 구멍으로는 달빛과 짠 내 가득한 바람이 불어왔다. 모기가 내 다리를 쏘아 대지 않았더라면 내 볼을 스스로 꼬집었을 것이다. 그것도 피가 날 때까지. 피가 나지 않는다면 분명 아주 약한 환상이라 생각할 정도였다.

기재에게 말했다.

"우릴 찾고 있지 않을까?"

"괜찮을 거야. 지금 다들 술에 취해서 동물에 영이 있다느니, 튜링테스트를 통과한 인공지능과 인간의 차이점에 대한 신학적 규명이니 하는 헛소리나 해대고 있을걸."

기재가 어깨를 으쓱거렸다.

"넌 어떻게 그걸 알아?"

"어제 본당에서 신부님이 아버지랑 이야기하는 걸 들었어. 신부님이 너희 엄마랑 우리 아버지를 대할 때 악마라도 본 것처럼 핏대를 세우던데?"

"그렇다면 잘 보신 거네."

내 대답에 기재는 미소를 지어 보이더니 나를 향해 엄지를 치켜들었다. 내가 이어서 물었다.

"그래서, 둘은 어떤 이야길 하고 있었는데?"

"테세우스의 배라는 역설 알아?"

내가 고개를 젓자 기재가 설명을 이어갔다.

"테세우스는 옛날 그리스 영웅이야. 그 사람이 다른 영웅들과 멀리 모험을 떠날 때 탔던 배가 해변에 서 있었어. 영웅들의 배니까 귀중한 보물이었지. 근데 시간이 갈수록 부식이 되는 거야. 나무판자가 바닷물에 썩기도 했고, 이음 못이 녹이 슬어서 빠지기도 했지. 그래서 사람들은 아주 오랜 시간 동안 서서히 배의 부품들을 교체했어. 그런데 어느 순간에 이르자, 과거 테세우스 배의 부품들은 하나도 남아 있지 않고, 교체된 부품들이 전체를 이루고 있는 거야."

기재는 눈을 크게 뜨고는 말을 이었다.

"그러면 이때 배는 과거의 배와 같은 걸까? 아니면 전혀 다른 배인 걸까? 넌 어떻게 생각해?"

기재의 표정이 밝아졌다. TPE-1120의 임상 성공을 말하던 과학자들과 각종 철학적 사상들을 말하며 열변을 토해내던 철학 교수들에게서 볼 수 있는 표정이었다. 얼굴이 상기되어 있었고, 말은 걷잡을 수 없이 빨라졌다. 나는 고개를 저었다.

"잘 모르겠어."

"신부님은 두 존재가 전혀 다른 존재라 했어."

기재는 나를 따라서 생각에 잠기는 듯한 표정을 지었다.

"너희 어머니는 변한 존재와 이전의 존재는 같은 존재라고 말했고."

나는 TPE-1120을 떠올렸다. 서서히 인간의 세포를 재생시켜 원래 세포들을 대체하는 원리였으니, 언젠가는 약을 사용하기 전에 존재했던 모든 세포가 사라지고, 완전히 새로운 세포들로 대체될 것이었다. 그렇게 된다면 그 사람과 전에 있던 사람이 같은 사람인 걸까? 더 나아가서 단순하게 DNA가 같다고 해서, 그 기억을 공유한다고 해서, 그 사람을 과거와 같은 사람이라 할 수 있는 걸까? 연구를 이끄는 엄마라면 분명 현재의 배와 과거의 배가 같다고 주장했을 것이다. 그렇지 않다면 인간을 영생시키겠다는 개발 의도에도 벗어날 테니까. 철저히 경영자적 입장에서는 그 편이 약을 팔아먹기에도 훨씬 좋을 것이었다.

"신부님은 왜 아니라고 하시는 걸까?"

이 물음에 대한 대답은 기재가 대신했다.

"신부님 주장은 이래. 하느님이 주신 영혼은 하나고, 이는 절대 복사할 수 없으며, 공유할 수도 없는 불변의 존재라서, 인위적으로 재구성된 존재는 빈껍데기라는 거야. 결론적으로는 너희 어머니가 하는 실험 결과물들을 전량 폐기해야 한다고 말하는 거지."

나는 엄마가 영혼이나 하느님을 조금이라도 고려하리라고는 전혀 예상치 못했다. 엄마는 돈이나 그룹 영속을 위해 종교를 이용하고 있는 것이 아니라 정말 하느님을 믿고 그들의 세계로 가고 싶은 걸까? 나에게는 손에 쥐고 있는 것을 놓칠까 봐 전전긍긍하고 있는 모습으로 보였다. TPE-1120과 돈만 있다면, 죽음을 통해 하느님을 마주할 일은 없을 텐데, 하는 의문이 스쳐 지나갔다.

"뭐 어때."

말을 마친 기재는 자리에 벌러덩 누워버렸다. 티셔츠가 말려 올라가며 배가 드러났으나, 기재는 티셔츠를 내리지 않고 그대로 두었다. 나는 시선을 어디에 둘지 몰라 고개를 숙일 뿐이었다.

기재가 말했다.

"영혼이 있든 없든 상관없어. 지금 현재는 정확히 존재하잖아."

그때 우리는 감옥에서 도망쳐 나온 탈옥수와 같았고, 잡혀서 다시 그 감옥에 들어가느니 죽는 게 더 나을 거라 믿었다. 후에 엄마에게 죽임을 당하거나, 집에 갇힌 상태로 쓸쓸하게 죽어가면서 영혼이 말 그대로 하나인지 컴퓨터 파일처럼 복사가 가능한지 그때 가서 확인하면 됐다.

지금은 오직 기재와 함께 있는 이 시간부터 앞으로 살아갈 날들, 함께 자유라는 것을 누리면서 여행을 다니고 사람들을 만나는 그 순간들에 집중하기로 했다. 내 옆에 있는 기재와 떨어지지 않았으면 했다. 문득 서글픈 감정이 몰려왔다. 줄에 묶여 있는 개가 된 것만 같았다. 기재를 만나기 전에는 감정이라는 것을 가질 필요가 없었는데. 이러지 않기 위해 기재를 밀어내려 했었다. 기재의 가슴팍에 머리를 기대었다. 기재는 내 머리에 손을 올리고는 말했다.

"만약에 잡히면 어떻게 될까?"

이미 머릿속으로는 과거를 회상하듯 일들이 펼쳐지고 있었다. 나는 집으로 끌려갈 것이고, 다시는 기재를 보지 못할 것이었다. 가장 희망적인 처분은 과거와 같은 생활을 유지하게끔 하는 것이겠지. 적어도 이십 년은, 어쩌면 영원히 집에서 나오지 못할 테다. 그게 아니라면 종아리를 걷어 올리고 더는 피가 흐르지 않고 살이 모두 파여 나올 때까지 맞을 것이다. 최악의 경우는 세상에 없던 사람처럼 만들어버릴 수도 있을 것이었다. 마치 은희처럼 말이다. 엄마라면 충분히 그럴 만했다.

"물어뜯어버릴 거야. 턱에 힘주고, 죽을힘으로 말이야."

기재는 정신을 똑바로 차리고 한 번에 물어야 한다면서 몸소 시범을 보였다. 악어처럼 입을 벌리고는 과장해서 치아를 맞부딪쳤다. 그 모습에 또 웃음이 나왔다. 내 웃음을 보더니 기재는 그 괴상한 행동을 멈추지 않았다. 내가 배를 붙잡고 큰 소리로 웃자 기재가 따라 웃으며 말했다.

"괜찮을 거야. 정말 다 괜찮을 거야."

지금 나는 그때 기재가 한 말이 자기 자신에게 하는 최면일지도 모른다고 생각한다. 바르르 떨리는 손과, 커다래진 동공, 거칠어진 숨소리가 그가 얼마나 큰 트라우마에 짓눌려왔는지를 말해주고 있었다. 그때 우리는 막 우리를 벗어난 새들 같았다. 자유를 갈구하면서도 정작 야생의 두려움은 알지 못했으니까.

우리는 한동안 그렇게 서로에게 기대어 있다가 바닥에 누웠다. 내일도 달리려면 조금이라도 잠을 자야 했지만, 쉽게 잠들지 못했다. 평생을 집에 갇힌 채로 살아서 할 이야기가 없을 줄만 알았건만 이야기는 끊이지 않고 이어졌다.

음악적 취향에서 좋아하는 요리까지. 기재는 올드 스쿨 힙합을 좋아한다고 했다. 투팍과 비기가 거리에서 마약을 팔며 그들 자신의 삶을 말하던 때를 동경한다면서 독을 품은 두꺼비처럼 몸을 부풀리고는 비기를 따라 했다. 이어서 켄터키 치킨과 치킨샌드위치를 말하며 자기가 가장 좋아하는 음식이라 했다. 나는 먹어본 적이 없다 말하자, 기재는 안타깝다는 듯 혀를 차며 꼭 먹어보자 했다. 그것도 미국 본토에서. 나는 노파심에 물었다.

"갈 수 있을까?"

"당연하지. 이 속도면 내일이면 바닷가에 도착할 거야. 아까 배 봤지? 엄청 많잖아. 저 중 하나에 올라타면 돼."

기재가 고개를 끄덕이더니 걸고 있던 목걸이를 풀어 보였다. 어둑했으나, 목걸이는 달빛을 반사하여 반짝하고 빛을 냈다. 엄마가 늘 차고 다니는 사파이어 목걸이와 같이 한눈에 봐도 값비싸 보이는 목걸이였다. 기재가 내게 목걸이를 건네며 말했다.

"선장한테 이걸 주면 다른 나라로 데려다줄 거야."

나는 기재의 눈을 바라보았다. 희망에 가득 차 있었다.

"선장이 거절하면? 처음 보는 사람인데 위험을 감수하면서까지 우릴 태워줄까?"

"안 되면 협박이라도 해야지."

"협박해서도 안 되면?"

어느새 말다툼이 되어 있었다. 행복한 상상들에 억눌려 있던 불안감이 나도 모르게 삐져나왔다. 땀이 식고 몸에서 나던 열이 가라앉을수록, 우리가 정상적으로 살아가기까지 거쳐야 할 장애물들이 눈에 보이기 시작했다. 건강, 돈, 신분을 숨기고 사는 것까지. 장애물 중 하나에라도 발목이 걸리면 그대로 주저앉아버릴 것 같았다. 두 사람 다 각자의 부모가 얼마나 냉정한지 알고 있었으니까. 그 순간, 기재의 눈빛이 거세졌다.

"죽여야지."

분위가 순간 얼어붙었다. 땀이 완전히 식어서 그런지 한기가 돌았고, 등과 팔뚝에 닭살이 돋았다. 기재가 주먹을 말아 쥐었다.

"살아남으려면 어쩔 수 없어."

절망적이면서 광기가 느껴지는 대답이었다. 우리는 가만히 서로에게 눈을 맞췄다. 그가 무슨 생각을 하는지 알 것만 같았다. 다음 말을 하지 않기로, 더는 망가지지 않기로 약속한 듯 오래도록 서로를 바라보았다.

자연스럽게 우리는 키스했다. 침과 땀이 섞여 입술 주변이 축축하게 젖어갈수록 호흡이 거칠어졌다. 머리에서 무언가 터져 나오듯이 또 다른 감정들이 깨어나는 것 같았다. 기재의 손길에 따라 감각이 한 곳에 집중되었다가 흩어졌고, 주체할 수 없이 몸이 떨리다 못해 울음이 나올 지경이었다.
기재의 몸은 단단했다. 겨드랑이는 젖은 냄새로 가득했고, 머리카락은 땀에 뭉쳐 안으로 굽어 있었다. 촉촉하게 젖은 기재의 입은 자기 눈망울처럼 한없이 맑았다.
"괜찮아?"
대답을 하기도 전에 기재가 내 목덜미에 키스를 퍼부었다. 나는 반사적으로 대답했다.
"응."
우리는 사랑에 가까운 몸짓을 했고, 사랑을 모르면서도 사랑하기 위해 서로를 향해 손을 뻗었다. 순간을 영원처럼 기억하고자 숨소리 하나 놓치지 않고 서로에게 집중했다. 기재는 빠르게 내 옷을 벗기면서 동시에 자기 옷도 벗었다. 기재가 몸을 움직이기 시작했다. 나는 입을 막아야 했다. 신음이 터져 나왔기 때문이다. 어디서든 누군가 듣고 있을 것만 같았다. 카메라를 들이밀고는 붉은빛이 나를 겨냥할 것만 같았다.
기재가 말했다.
"괜찮아, 여긴 너랑 나밖에 없어."
그 말에 나는 마음껏 소리를 질렀다. 기재의 등을 손으로 쓸자 손바닥만 한 흉터가 만져졌다. 스며들듯 상처가 느껴지는 것 같았다. 나는 기재를 부여잡고 울었다.
그때 흘린 눈물은 기재에 대한 동정이었을까? 아니면 내 처지에 대한 슬픔이었을까? 그런 복잡한 생각들을 저 밀리 던져버리고는 현재에 집중했다. 기재가 숨을 헐떡이며 말했다.
"내가 느끼고 있는 걸 너도 느끼고 있다면 우리는 사랑하고 있는 걸 거야."

*

나는 배를 타고 있었다. 『톰 소여의 모험』에서 나올 만한 통나무 뗏목이었다. 뗏목 가운데에는 꺾어온 나뭇가지들을 서로 엇갈려 만든 텐트가 있었다. 나뭇가지가 넓은 이파리로 이루어진 텐트는 강한 햇빛으로부터 우리를 보호했다.
이상하게도 모험을 하는 것 같은 설렘은 느껴지지 않았다. 다만 그들이 느꼈을 불안감, 두려움 등 모험가들이 스스로 목을 옭아맨 감정들에 허둥거리고 있었다. 그 감정들은 뒤편에서부터 비롯되고 있었다.
한 사람이 뗏목 뒤편에서 나무 막대기로 엉성하게 만들어진 노를 젓고 있었다. 희뿌옇게 피어오른 물안개에 그의 얼굴이 보이지 않았다. 점차 물살이 빨라지더니 뗏목이 크게 흔들렸다. 그 사람은 그대로 바닥에 넘어졌다. 앞으로는 거대한 산이 보였고, 뗏목은 그곳으로 돌진하고 있었다.
방향을 바꾸라고 외쳤으나 노를 잡고 있던 그 사람은 미동도 없이 앞만 바라보고 있을 뿐이었다. 끝내 뗏목은 거대한 바위에 정면으로 부딪혔다. 물에 빠지기 직전 나는 내 머리 위로

튕겨 날아가는 그를 보았다. 얼굴이 명확하게 보이지 않았으나 한 가지 분명한 점은 그가 기재는 아니라는 사실이었다. 그는 남자가 아니라 여자였다. 머리가 길었고, 눈이 매서웠다. 나는 그 사람을 향해 외쳤다.

'엄마!'

꿈에서 깼을 때 주변이 밝게 빛나고 있었다. 몽롱한 상태로 눈을 떴을 때, 나뭇가지로 된 문을 잡고서 힘을 쓰고 버티고 있는 기재가 보였다. 헛것을 보는 건가 싶었다. 순간 기재가 내게 외쳤다.

"도망가!"

정신이 번쩍 들었다. 본능적으로 뒤로 물러섰다. 누군가 굴 안으로 들어오려 하고 있었다. 팔뚝만 한 마체테가 엉성한 나뭇가지 문을 뚫고 들어섰고, 기재는 칼을 피하려다가 그만 나뭇가지를 잡고 있던 손을 놓쳤다. 그 순간을 노려 굴 안으로 팔 여럿이 들어와 기재를 잡아챘다. 기재는 끌려가지 않으려 필사적으로 벽에 다리를 올리고서 저항했으나 얼마 가지 못했다. 결국 기재는 굴 밖으로 끌려갔고, 비명이 들려왔다.

악몽을 꾸고 있는 것처럼 비현실적인 장면들에 정신이 없었다. 굴 안으로 사람이 들어섰다. 검은 양복을 입은 남자였다. 검정 마스크를 쓰고 있었는데, 그 위로 드러난 눈매를 보고서 나는 그가 과거 내가 집에서 불을 지르려 했을 때 김 기사를 폭행한 남자라는 것을 기억해냈다.

달아날 곳이 없었다. 나는 잠시간 남자와 대치했다. 막힌 굴 안이었고, 바깥으로 나간다고 하더라도 다른 사람들이 기다리고 있을 것이었다. 기재의 비명조차 들려오지 않았다. 남자는 천천히 나를 향해 다가왔다. 내가 가려는 방향마다 그가 막아섰다. 남자의 왼쪽 구석을 노려 달려갔으나, 금방 붙잡히고 말았다.

"가만히 있어."

주먹으로 남자의 다리를 쳤으나, 남자는 꼼짝하지 않았다. 순간적으로 주머니에 손을 넣어 기재가 건넨 주머니칼을 집어 들고는 남자의 팔에 찔러 넣었다. 나를 붙잡고 있던 팔에 힘이 빠졌고, 그 틈에 바깥으로 내달렸다. 앞으로만 달렸다. 발바닥에 생긴 물집이 터져 양말이 축축해지고 고통이 밀려왔으나 무시하고 달렸다. 주변을 돌아보며 기재를 찾으려 했으나 그 어디에도 보이지 않았다. 그때 기재의 목소리가 들렸다.

"그냥 가!"

고개를 돌리지 않았다. 기재를 보면 마음이 약해질 것만 같았다. 누구라도 도망칠 수 있다면 그걸로 된 것이었다. 그렇게 생각해야 했다. 눈을 질끈 감았다.

생각이 짧았다. 엄마를 얕보면 안 됐다. 자기 혹은 그룹의 이익을 위해서라면 오랜 시간 함께했던 사람도 하루아침에 배신하고, 누구든 주저하지 않고 죽일 사람이었다. 엄마의 삶에 예외 사항이란 없었다. 그런 사람이 쉽게 우리를 놓칠 리 없었다.

퍽 하고 뭔가가 터지는 소리가 들렸다. 머리를 주먹으로 내리칠 때 나는 소리였다. 영화에서 같은 소리를 들었던 적이 있었다. 서로의 머리통을 부수고, 그 골을 먹는 식인종들처럼 검은 양복의 사람들이 기재를 둘러싸고 있었다. 나는 고개를 옆으로 돌려버렸고, 그곳에서 피를 잔뜩 흘린 상태로 살려달라고 빌고 있는 기재를 보았다. 그 순간 의문이 떠올랐다.

'애초에 전부 계획된 거 아닐까?'

내가 기재와 함께 도망치는 것까지 엄마의 계획 아래에 있을지도 몰랐다. 일부러 기재를 만날 수 있도록 방을 마주하게 하고, 기재와 도망가게 내버려둔 거지. 그렇지 않다면 아무리 돈이 많고 전문가들을 불렀다고 하더라도 굴에 숨어 있는 우리를 이렇게 빠르게 찾은 것을 설명할 수 없었다.

'도대체 뭐 때문에?'

기재와 나를 도망가게 하고, 다시 잡아들이는 과정을 통해 엄마는 무엇을 얻으려 한 걸까? 그것도 변수를 그렇게 만들기 싫어하는 사람. 혹시 이 경험을 통해 내가 절대 자기 손에서 벗어날 수 없음을 인식하게 하려는 걸까? 이해할 수 없었다.

그저 괴롭히는 것이 목적일 수도 있겠다는 생각도 들었다. 엄마는 그런 사람이니까. 탈출할 수 있다면, 벗어날 수 있다는 희망에 차오른 순간 추락시켜 버둥거리는 모습을 보며 쾌락을 느낄 엄마의 모습이 떠올랐다. 차라리 죽였으면 했다. 서재 서랍에 보관되어 있는 권총으로 내 머리를 쏘았으면 했다.

순간 누군가가 뒤에서 나를 덮쳤고, 나는 그대로 바닥에 고꾸라졌다. 하늘이 몇 바퀴 돌았다. 주머니칼을 손에서 놓쳤고, 바닥에 박힌 돌에 얼굴이 찍히면서 피가 났다. 발목을 붙잡힌 채 뒤로 끌려갔다. 바닥에 몸이 쓸리면서 비명을 질렀다. 아까 굴에서 마주한 남자가 내 멱살을 잡아채고는 바닥을 향해 내던졌다. 정신을 차릴 틈도 없이 그는 내 목을 조르기 시작했다.

"팀장님."

팀장의 팔에서 흐른 피가 내 머리를 적셨다. 나는 몸부림을 쳤지만, 팀장은 마치 나를 죽일 듯이 날 선 눈매를 하고 있었다. 부하 하나가 다가와 그를 말렸다.

"이 초 남았습니다."

팀장의 손에 힘이 슬쩍 풀렸다. 기회를 놓치지 않고 바로 그의 손을 물었다. 팀장이 손을 뒤로 뺀 순간, 나는 떨어진 주머니칼을 발견하고는 그것을 줍기 위해 몸을 날렸다. 다행히 팀장에게 붙잡히기 직전에 주머니칼을 집어 들 수 있었다.

"물러나."

버튼을 눌러 칼날을 꺼냈다. 날카로웠다. 팀장이 다가오려 하자 나는 칼날을 내 목에 가져다 댔다. 엄마의 명령을 받는 사람이라면 나를 해치지 못할 것이었다.

"다가오면 찌를 거야."

그런데 팀장은 팔짱을 끼고는 내게 말했다.

"해보십쇼."

"뭐?"

팀장은 내 반응을 보더니 더욱 기세등등하게 나를 향해 외쳤다.

"뭐 합니까? 안 하고."

팀장은 내가 절대 내 목을 찌르지 못할 거라 확신하고 있었다. 무관심한 표정으로 그는 도발에 이어 나를 말리려는 검은 양복의 남자들을 손을 들어 멈춰 세우기까지 했다. 나는 주머니칼의 날 부분을 내 목에 가져다 대고는 눈을 감았다. 목 근처에 차가운 금속 느낌이 났다.

조금만 더.

용기를 내어야만 했다. 동맥을 제대로 찌르기만 한다면 금방 정신을 잃을 것이다. 또 나를 보며 비웃고 있을 엄마의 얼굴을 생각하며 조금씩 손을 들어 올렸다. 증오하고 또 증오하는 그 얼굴에 마지막이라도 피를 묻혀주고 싶었다. 괜찮겠냐고 묻는 부하를 향해 팀장이 말했다.

"절대 못 찔러."

나는 비겁한 사람이었다. 도망치고자 하는 마음보다 살고자 하는 마음이 더 컸다.

'이 정도는 용서해주지 않을까?'

잠시 주저하는 그 순간, 팀장이 달려와 발로 내 손을 찼다. 주머니칼은 그대로 바닥에 떨어졌고, 나는 사람들에게 잡히고야 말았다.

"놔! 이거 놓으라고!"

몸을 흔들며 저항했건만 허사였다. 그대로 사람들에게 붙잡혀 트럭 짐칸에 내던져졌다. 기재와 온종일 달려왔던 길을 한 시간 만에 차로 지나갔다. 빠르게 지나치는 풍경에는 현실감이 없었다. 눈이 부어서 앞도 제대로 보이지 않았다. 부하 하나가 나를 가리키며 물었다.

"팀장님, 저렇게 만들어도 됩니까?"

팀장은 마스크를 반쯤 벗고는 바닥에 피가 섞인 가래침을 돋우어 뱉어냈다.

"당연하지. 전부 회장님 지시대로야."

부하가 고개를 갸웃거리며 팀장에게 물었다.

"이것도요?"

엄마다웠다. 역시나 엄마는 계획대로 행동했고, 성공했다. 나를 잡으러 온 사람들은 나를 물건처럼 다뤘다. 나는 이들에게 거래 수단이나 짐에 지나지 않았다.

"얼굴 좀 봐."

이마에 큰 점이 나 있는 부하 하나가 나를 가리키며 다른 이들과 이야기를 나눴다. 내가 꼭 도살장에 끌려온 돼지 같았다. 팀장은 나에게 무관심한 듯 보였다. 어떨 때는 나를 때리고, 또 어떨 때는 나를 지켜주고, 그러다가도 무시해버리는. 이것도 계획의 일부인지 아닌지. 팀장의 의중을 알 수가 없었다.

차는 모래바람을 일으키며 교회에 도착했다. 나는 차에서 내리지 않으려 했다. 두려움에 미쳐버릴 것만 같았다. 어떤 처분을 받을지 알 수 없었기 때문이었다. 나도 모르게 다리가 떨려 내쳐지듯 바닥에 던져졌다. 넘어진 상태로 팀장의 발목을 물려고 하자, 그는 예상했다는 듯 발목을 슬쩍 뒤로 뺐다. 팀장이 정중하게 나를 일으켜 세우고는 말했다.

"가시죠, 아가씨."

끌려가듯 복도를 따라 걸었다. 양복 입은 사내들은 오와 열을 맞추어 걸었다. 그들은 기계 같았다. 무표정하게 프로그래밍된 것처럼 움직이며 임무를 수행했다. 우리가 향한 곳은 어제 갔던 본당이었다. 본당 안은 어제에 이어 토론이 이어지는 듯 고함이 오가고 있었다.

"기다리고 있어."

팀장은 부하들을 대기시키더니 홀로 안으로 걸어 들어갔다. 그러나 분명 팀장이 본당 안으로 들어갔음에도 느껴지는 변화는 없었다. 본당 내부 분위기가 어수선해지거나, 조용해지지 않았다. 틈으로는 고함이 계속해서 쏟아졌다.

생명, 영혼, 구세주와 삼위일체 등 일상적이지 않은 철학적인 용어들이 간간이 들렸다. 토론은 한 방향으로 나아가기보다 영혼의 실체에서 시뮬레이션 세계관, 아트만과 브라흐만 같은 힌두 철학에까지 방향성이 보이지 않을 정도로 난해하게 흘러갔다. 수학자로 보이는 한 사람은 수식을 나열하며 영혼의 무결점성을 말했다. 그러면 종교 철학자가 즉시 반박했고, 이어서 증거들을 늘어놓았다.

  그것들이 바로 내 귀에 와닿지는 않았다. 이해할 수 있는 말도 그리 많지 않았을뿐더러 나에게 그들은 엄마에게서 뜯어낸 돈으로 무얼 할지를 고민하는 짐승같이 보일 뿐이었다. 나는 그 수많은 목소리 중에서 오직 하나의 목소리를 필사적으로 찾고 있었다.

  "잠시만요."

  엄마의 목소리였다. 지금 내가 의지할 곳이라고는 오직 엄마뿐이었다. 나는 엄마가 만들어놓은 함정에 걸렸으면서 엄마를 찾는 상황에 스스로에 대한 혐오감을 느꼈다. 그러나 진실은 내 몸이 엄마의 목소리에 먼저 반응하고, 나를 비롯해 기재를 꼭 용서해달라고 빌려고 했다는 것이었다.

  "엄마!"

  나의 외침에 순식간에 토론장의 말소리가 끊겼다. 사람들이 내뿜는 훈기마저도 사라져 사람이 살지 않는 폐허처럼 느껴졌다. 질량과 영혼의 상관관계에 대해 말하던 사람은 다소 기분이 상한 듯 구두 뒷굽으로 바닥을 세 번 내리쳤다. 팀장은 엄마와 낮은 목소리로 이야기를 이었다. 소곤거리는 소리가 들려왔고, 나는 속으로 빌었다.

'엄마가 나를 용서하기를.'
잠시 뒤 문이 열렸고, 사우나처럼 더운 기운이 얼굴로 훅 끼쳐왔다. 그러나 엄마의 모습은 보이지 않았다. 팀장만이 뒷걸음질 치며 본당에서 걸어 나올 뿐이었다. 누군가의 박수 소리와 함께 토론이 다시 시작되었다. 소란스러웠다. 팀장이 부하들에게 말했다.
"연회장으로."
팀장의 미간에 주름이 잡혔다. 무언가 의도대로 되지 않은 모양이었다. 부하가 그에게 물었다.
"다른 말은 없었습니까?"
팀장은 부하를 노려보더니 그에게 가까이 다가가더니 귀에다 속삭였다.
"지시받은 대로 행동해. 괜히 변수 만들지 말고."
팀장의 말투에는 살기가 담겨 있었다. 부하는 그의 눈빛에 잔뜩 겁을 먹고 고개 숙였다. 나는 팀장을 바라보았으나 그는 내게 눈길조차 주지 않고 무리를 지나쳐 연회장을 향해 갔다.
연회장은 본당에서 그리 멀지 않은 곳에 있었다. 연회장에는 어제 벌어졌던 파티의 흔적이 전혀 남아 있지 않았고, 정갈하게 손님을 맞이할 준비를 하고 있었다. 팀장은 자리에 꼿꼿한 자세로 앉아 있었다. 거센 바람이 불어도, 심지어 엄마의 명령에도 흐트러지지 않을 것 같았다.
나는 팀장 옆에 앉아 고개를 숙였다. 눈물이 나오려 해서 손을 꽉 쥐었다. 팀장에게 기재가 살아 있는지, 괜찮은지 묻고 싶었다. 고개를 들어 올리니 팀장과 눈이 마주쳤다. 팀장이 내게 말했다.

"너무 마음에 담아두지 마십쇼. 언젠가는 전부 이해하실 겁니다."

그와 눈을 더 마주치지는 못했다. 그의 표정은 차가웠고, 그의 말은 귓구멍을 후벼 파는 듯한 느낌이 들었다. 구역질이 나올 것만 같았다. 입을 다물고 눈도 꼭 감았다. 눈을 다시 떴을 때 집에서 다시 깨어나기를 바랐다.

삼십여 분 동안 아무도 연회장에 찾아오지 않았다. 부하들은 정자세로 서서 눈치를 보며 땀을 흘렸다. 분위기는 시간이 갈수록 가라앉았다. 누구라도 와줬으면 했다. 팀장은 어떤 생각에 잠겨 있는 듯 어두운 표정을 하고 있었다.

갑자기 문이 열리더니 누군가 걸어 들어왔다. 기대했던 하이힐 소리가 아니라 남자 구두 소리였다. 연회장으로 들어온 사람은 권 상무였다. 권 상무는 경호원도 없이 홀로 연회장 안으로 걸어 들어와 내 옆에 섰다.

그는 말끔하게 손질된 머리를 하고서 각진 안경을 쓰고 있었다. 권 상무는 내게 다가와 내 얼굴을 면밀히 살피고는 묶인 손을 풀어주었다. 나는 황급히 권 상무 등 뒤에 섰다. 권 상무가 팀장에게 말했다.

"얼굴이 많이 상하셨네?"

팀장이 이 자국이 선명한 손을 권 상무를 향해 들어 올렸다.
"예상치 못한 일들이 있었습니다."
권 상무는 한숨을 내쉬면서 말했다.
"계획은 그게 아니었을 텐데."
팀장이 고개를 숙였다.
"세부 계획은 아니었겠죠. 전체 계획에서는 크게 벗어나지 않았습니다."
권 상무는 불만족스러운 듯 팀장을 가만히 보았다. 부하들은 둘을 곁눈질하며 긴장감에 마른침을 삼켰다. 권 상무는 주머니에서 지갑을 꺼내더니 수표 몇 장을 팀장을 향해 건네려 했다.
"감사합니다."
팀장이 손을 뻗어 현찰을 받으려는 순간, 권 상무는 현찰을 그대로 바닥으로 내던지고는 팀장을 향해 주먹질했다. 팀장은 그대로 권 상무의 주먹을 맞고는 나가떨어졌다. 팀장은 눈을 치켜뜨면서 권 상무를 노려보았다. 권 상무가 발로 현찰을 짓이기듯 밀면서 말했다.
"계획은 완벽해야 해, 알겠어?"
숨죽여 둘을 바라보았다. 권 상무를 노려보던 팀장은 말없이 쭈그려 앉아 바닥에 떨어진 돈을 주워 들더니 권 상무를 향해 고개를 숙였다. 권 상무가 내게 속삭였다.
"따라오시죠, 아가씨. 회장님께서 찾으십니다."

나는 재빨리 자리에서 일어나 권 상무의 뒤를 쫓았다. 어둠에서 벗어나 빛을 향해 달리듯이. 역겹지만 나를 이들에게서 아무런 위협 없이 구출해준 것에 마음 한편으로는 감사함을 느끼면서 말이다.

권 상무는 연회장을 나서기 전에 팀장에게 가까이 다가가 속삭였다. 무슨 말인지 이해할 수 없었다. 권 상무는 시종일관 미소를 짓고 있었고, 팀장은 무슨 위협적인 소식이라도 들었는지 얼굴이 하얗게 질려 있었다. 권 상무는 팀장의 표정을 확인하고는 미소를 지으며 어깨를 두들겼다.

*

권 상무는 육층 꼭대기로 나를 데려갔다. 엘리베이터 안에서 권 상무는 직접 손수건으로 내 얼굴에 묻은 피를 닦아주었다. 손수건에 묻은 피를 보고는 권 상무는 장난을 치듯이 웃으며 투덜거렸다.

"조심 좀 하시지."

울고 싶었다. 나 때문에 기재가 엄마에게 어떤 해를 당할지 알 수 없었다. 쥐도 새도 모르게 죽임을 당할지도 몰랐다. 기재가 나를 만나지 않았더라면, 이런 일도 벌어지지 않았겠지.

더 역겨운 점은 내게 내려질 처분이 더 두려웠다는 것이다. 분명 굳게 다짐했는데도, 내가 누려온 삶들이 한순간에 무너질까 두려웠다. 희수 아주머니나 내가 모아놓은 책이나 영화들과 영원히 멀어져 은희처럼 사라져버릴지도 모른다는 생각이 커져만 갔다. 육층에 도착할 무렵 권 상무는 옷을 가다듬더니 헛기침했다.
"긴장 푸세요. 늘 있는 일 아닙니까?"
엘리베이터 문이 열렸고 기하학적 무늬가 가득한 붉은 카펫이 먼저 보였다. 곡선이 서로 교차하다가도 평행선을 달렸고, 원들이 선을 걸쳤다가 저들끼리 뭉쳤다. 물방울처럼 퍼졌다가 좁아지기를 반복하는 모습이었다. 나는 죄인처럼 고개를 떨구고 걸어가면서 떨리는 시선으로 방 안을 둘러보았다.
방 안은 20세기 러시아 궁전처럼 화려했다. 거대한 샹들리에가 눈길을 끌었다. 육 인용 소가죽 소파의 발에는 금빛 소 발굽이 표현되어 있었다. 이어서 매끈한 마호가니 책상에 황금색 의자가 자리를 차지하고 있었다. 벽에는 각종 그림이 걸려 있었는데, 고흐부터 클림트, 마티스, 바스키아까지 창문도 나무판자로 막아버린 채 아예 한쪽 벽을 그림으로 걸어놓았다. 색도 크기도 다양했다. 권 상무의 발걸음이 멈췄을 때 나도 따라 멈췄다. 차마 고개를 들 수 없었다.
"상무님, 자리 좀요."
엄마의 목소리는 다행히 평이했다. 권 상무가 물었다.
"무슨 일이신지……."
아주 짧은 시간이었지만, 침묵이 흘렀다. 그러다 권 상무는

90도로 허리를 숙이고는 자리에서 물러나 엘리베이터 앞에 섰다. 엄마는 내게 명령했다.

"이리 와."

나는 고개를 들고서 엄마를 보았다. 무수히 많은 서류에 파묻혀 수백, 수천의 사람들에게 영향을 끼치는 시급한 일과는 다르게 나 같은 존재가 벌인 일은 자신의 관심 축에도 끼지 못한다는 듯 무표정했다. 엄마가 고개를 들어 나를 보았다. 엄마의 얼굴이 일그러졌다.

"넌 창의성이라곤 없어."

엄마는 서랍에서 담배를 꺼내고는 성냥으로 담배에 불을 붙였다. 담배를 물고서 한숨을 내뱉듯 연기를 내뱉었다.

"나도 마찬가지였고."

변명하지 않으려 했다. 그저 엄마와 이야기하고 싶었다. 엄마의 억압 속에서 나는 내가 아닌 것 같고, 그저 엄마의 소유물 같다고. 나를 놓아주면 안 되겠냐고. 그게 안 되면 차라리 죽여달라고. 그러나 입을 차마 뗄 수가 없었다.

"내 유전자를 가지기는 했나 보네."

엄마는 재떨이에 담뱃재를 털어냈다. 담뱃재가 이리저리 흩날렸으나 멀리 가지는 못했다. 엄마는 얼굴에 묘한 미소를 띠고는 내게 고갯짓하며 말했다.

"한 가지만 나한테 물어봐, 대답해줄게."

울음이 터지고야 말았다. 무엇을 물어야 할지 알 수 없었다.

나에게 왜 이러는 건지 물었어야 했을까? 나를 왜 가두고, 억압했는지를. 그것도 아니면 이렇게 살게 할 거면 왜 나를 낳았는지를 물었어야 했을까? 묻고 싶은 게 많았으나, 한 가지라니. 용서해달라고 빌고 싶기도 했다. 물음은 마음속에 던져버리고, 아무것도 모르는 상태로 전과 같이 살고 싶은 충동도 들었다. 엄마가 담배를 재떨이에 비벼 껐다.

"없어?"

엄마는 자리에서 일어나려 했다.

"기재."

나는 힘겹게 입을 다시 뗐다.

"기재는 어떻게 되는 거야?"

엄마와 눈이 마주쳤다. 그녀의 이마에는 주름이 잡혀 있었다. 익숙지 않은 반응이었다. 그 눈빛. 평소라면 나를 나약하다며 경멸적으로 보았을 테다. 그러나 엄마는 담배에 연이어 불을 붙이더니 앉아 있던 의자에 완전히 등을 기대고는 잠시 생각에 잠겼다. 애초에 이렇게 오래 서로를 마주하고 있던 적도 처음이었다. 엄마가 내게 말했다.

"벌을 받을 거야. 어디서 너를 넘봐, 자기가 뭐라고."

숨이 턱 하고 막혀왔다. 다시 엄마의 눈빛은 나를 보던 본래 그 모습으로 바뀌었다.

"걔는 널 위해 태어났어. 널 위해서 행동해야 하는데 네 얼굴 좀 봐. 이걸 못 막았잖아."

나약함과 경멸 그리고 우월감. 엄마는 연기를 쉼 없이 내뿜으며 말을 이었다.
"앞으로 네가 아는 기재는 없어. 넌 그것만 알면 돼. 이전과는 모든 게 달라질 거야."
하늘이 무너져 내리는 것 같았다. 분노는 엄마를 향했다가 다시 나에게로 쏟아졌다. 어떻게든 막아보고 싶었다.
"기재는 나 때문에……."
그다음에 엄마가 한 말은 나를 더욱 비참하게 만들었다.
"너한테는 아무 일도 없을 거야. 그러니까 안심해."
"왜!"
나는 소리쳤다. 권 상무가 뛰쳐 와서 엄마와 나를 향해 다가오려 했으나, 엄마가 손을 들어 올려 그를 말렸다. 권 상무의 표정이 구겨졌다.
"차라리 날 죽여!"
책상을 쳤다. 엄마의 얼굴을 찢어버리고 싶었다. 옅게 보이는 엄마의 비웃음에 속이 끓어올랐다. 나는 엄마를 향해 달려들었다. 엄마는 내 목을 잡아채고는 바닥에 내쳤다. 책상 위에 쌓여 있던 서류가 찢어지고 흩날렸다. 여러 물건이 아래로 떨어졌다. 순식간에 사방이 난장판이 됐다. 권 상무가 말리려 다가오자 엄마가 검지로 권 상무 얼굴을 찌를 듯 내밀며 외쳤다.
"오지 마!"
내가 엄마의 압박에서 빠져나오려 몸을 흔들자 엄마가 내 뺨을 후려쳤다. 고개가 돌아가고 터졌던 핏줄이 또 터지면서 피멍이 들었다. 엄마는 사정없이 내리쳤다. 반항하면 할수록 뺨을 맞았고, 뺨은 터질 듯 화끈거리며 부풀어 올랐다. 그러다 내 목을 졸랐다. 숨이 쉬어지지 않았다. 엄마는 정말 나를 죽일 것처럼 있는 힘껏 졸랐다.

"그만하시죠."

권 상무가 한 걸음 떨어진 곳에서 뒷짐을 지고서 말했다.

"이미 처벌 횟수를 초과하셨습니다. 시간도 지났고요."

그러나 엄마는 그만두지 않았다. 머리가 터질 것만 같았다. 엄마가 외쳤다.

"조용히 해!"

엄마는 손에 더욱 힘을 주었다. 내가 정신을 잃기 직전에 권 상무가 직접 엄마를 내게서 떼어놓았다. 나는 바닥에 엎어진 상태로 숨을 골랐다. 움직일 수가 없었다. 엄마가 숨을 고르고는 내게 손가락질하며 말했다.

"왜, 화나? 나도 그래. 잘 들어, 네가 살아남기 위해서는 내 말을 따라야 해. 우리는 하나라고. 잘 알고 행동해."

엄마는 바닥에 나를 내버려둔 채 다시 의자에 앉아서는 손수건으로 피 묻은 손을 닦았다. 그리고 깨진 손톱을 다시 붙이려다가 붙지 않자 바닥에 손톱을 던져버렸다. 그리고 권 상무에게 명령조로 지시했다.

"볼일 다 끝났어요. 짐 싸요."

권 상무는 엄마와 나를 번갈아 보더니 엄마에게 물었다.
"어디로 가시겠습니까?"
"어디긴요."
엄마는 나를 보고서 코웃음을 쳤다.
"집이죠."
그날 나는 김 기사에게 업혀서 차에 올랐다. 마치 짐짝처럼. 김 기사는 운전을 하면서도 안절부절못하며 나를 걱정했다.
"아니, 애를 이렇게까지……."
김 기사의 걱정에도 나는 창에 머리를 기대고는 아무 말도 하지 않았다. 밖은 며칠 전과 어느 하나 달라진 것이 없었다. 도로에 차들은 움직였고, 사람들은 그 속에서 울고, 웃고, 무표정했다. 때로는 가족끼리, 때로는 연인끼리 그리고 홀로. 나는 함께 있었지만 혼자인 채로 어디에도 속하지 못한 존재였다. 그럼에도 누군가는 죽을 것이고, 누군가는 살아남겠지. 나는 멀어져가는 교회를 보면서 눈물만 흘릴 뿐이었다.

*

우리의 도망은 이렇게 싱겁게 끝나고 말았다. 영화나 소설처럼 조력자의 도움으로 잡히기 직전 아슬하게 빠져나오지는 못했다. 어이없게도, 별다른 희망도 없이 순간에 끝나버렸다. 주인공 남녀가 평생을 행복하게 살았다는 극적인 결말도, 해피 엔딩도 없었다.

원래 세상이란 야만적이고 무자비할지도 모른다.

그날의 도망이 우리에게 남긴 것이라고는 이제껏 이야기 속에만 존재할 줄 알았던 세상의 두려움과 무서움이었다. 나는 엄마에게 맞아 고막이 터져서 영구적으로 청력을 조금을 잃었다. 가끔 이명이 들릴 때면 혼자 화장실 변기 위에 앉아 다리 사이에 고개를 파묻고 소리를 지른다. 소리를 아무리 질러도 이명은 사라지지 않는다. 나는 그 이명을 목소리를 잃은 기재의 비명이라 생각한다.

당신에게는 아이러니하겠지만, 나는 가끔 바란다.

이 모든 결과물이 누군가의 의도에 의한 것이 아니라 내가 가진 의지에 의한 것이었으면 하고.

피살 323일 전

그 일이 있고 난 후 일주일 동안 방 밖으로 나가지 않았다. 커튼도 치지 않고서 이불을 뒤집어쓰고는 어둠 속에 얼굴을 파묻었다. 눈이 완전히 멀어버리기를 바라기도 했다. 어둠 속에서만 기재 얼굴이 계속해서 어른거렸으니까. 그러나 반가움은 잠시였고 고통이 더욱 컸다. 창을 마주하고 서로를 보았던 순간은 짧았고, 사람들에게 맞아 코피가 터지고 바닥에 고꾸라진 순간은 길게 머릿속에 남았기 때문이었다.

어느 날 새벽, 나는 책상에 앉아 그림을 그리기 시작했다. 수시간 동안 정성을 들여 자리에 앉아 그림을 완성하려 애썼다. 기재의 얼굴이 떠오르지 않을 때면 눈을 감고서 필사적으로 그때를 떠올렸다. 보이는 것은 붙잡혀 가는 기재의 얼굴뿐. 눈물이 흘러 종이를 적셨다. 젖은 종이를 찢고 또 찢었다. 방 안이 찢어진 종이로 가득 들어차고 나서야 비로소 손과 혀끝에 남은 감각들을 더듬으며 그림을 완성할 수 있었다. 그러나 그림이 완성되자마자 침대 밑으로 던져버렸다. 그 어느 것으로도 기재를 담아낼 수 없었기 때문이었다.

외로웠다. 온갖 물건들로 넘쳐나는 방은 내게 수용소와 같았고, 창으로 내다보는 노을은 스크린으로 투영되는 것과 별반 다르지 않게 느껴졌다. 내 마음은 온통 바깥을 향해 있었다. 기재와 서로 창으로 마주 보았던 순간과 자유를 향해 함께 내달리던 모습이 눈에 선했다.

'이렇게 살아야 하는 걸까? 그 순간만을 떠올리고, 또 떠올리면서 살아가야만 하는 걸까?'

엄마는 전과 같이 나를 대했지만 나는 그럴 수 없었다. 고개를 숙이고, 눈을 질끈 감았다. 엄마를 마주칠 때면 목이 짓눌렸던 순간이 자꾸만 떠올라서 미칠 것 같았기 때문이다. 대화도 하지 않으려 했다. 이제는 엄마라는 존재에게 인간으로서 기대했던 일말의 감정도 느끼고 싶지 않았다.

*

나는 기재의 행방을 찾으려 했다. 그가 어디에 있더라도 살아만 있다면 찾아가고 싶었다. 아니, 살아만 있었으면 좋겠다고 생각했다. 만약 그가 죽었다면 나는 이 지옥에서 살아갈 의지가 사라질 것만 같았다. 그의 곁이라면 내게 주어진 모든 것들을 포기할 수 있었다.

그러나 정보를 얻을 방법은 한정되어 있었다. 바깥으로 나가지도 못했고, 인터넷도 사용할 수 없었으니까. 유일한 방법은 집과 바깥을 오가는 사람에게 부탁하는 것뿐이었다. 나는 사람들을 살피며 조력자를 물색하기 시작했다.

가장 먼저 희수 아주머니가 제외됐다. 아주머니는 우리 집에 들어오고 나서는 바깥으로 나간 적이 없었으니까. 그리고 그녀를 이런 일에 휘말리게 할 수는 없었다. 나는 더 이상 소중한 사람을 잃을 수 없었다.

권 상무는 믿을 수 없었다. 속내를 알 수 없는 남자였다. 기획전략실 말단에서 팀장을 거쳐 상무에 이른, 그룹 내에서는 입지가 큰 사람. 곁에서 그를 보다 보면 그럴 만도 했다. 그의 삶에는 오직 일뿐이었으니까. 그룹 내 정치, 파벌 싸움은 무의미하게 만들 정도로 부모나 친구도 만나지 않고 회사에서 살아온 그는 그룹 내 모든 실무를 장악하고 있었다. 그룹 내 예산 집행, 인사, TPE-1120 개발과 같은 굵직한 일부터 집 안팎 경호, 감시 인력에 대한 관리까지.

그러면 남은 사람은 하나였다.

나는 방에서 창을 내다보며 오랜 시간 기다렸다. 시선은 오로지 철문으로 가 있었다. 저녁 아홉시가 되자 철문이 열리고 차가 안으로 들어섰다. 강한 헤드라이트에 눈살이 찌푸려졌다. 나는 차가 지하로 내려가는 것을 확인한 뒤 방에서 나와 복도로 달려갔다. 엘리베이터를 타려다가 말았다. 엄마가 엘리베이터를 타고 올라올 것이었다. 나는 소리 나지 않게 까치발을 들고는 계단으로 내려갔다

이층에서 엘리베이터 멈추는 소리가 들렸고, 나는 계단에 몸을 숨겼다. 엄마가 엘리베이터에서 걸어 나왔다. 엄마는 핸드백을 바닥에 내던지고는 옷을 하나씩 벗기 시작했다. 김 기사는 고개를 숙이고 있었다. 셔츠 단추를 풀던 엄마가 고개를 돌려 말했다.

"차 좀 닦아놔요. 아침에 보니까 더럽더라."

김 기사가 고개를 숙인 채로 대답했다.

"지금 당장 조치하겠습니다."

엄마는 서재로 들어갔고, 그와 동시에 엘리베이터 문이 닫혔다. 나는 내 방 화장실로 달려갔다. 창문을 열어 아래를 내려다보니 서재 발코니가 보였다. 곧 발코니에 불이 켜졌다. 나는 조심스럽게 지하로 내려갔다. 발끝을 세웠는데도 발소리가 복도를 울려댔다.

일층에서는 희수 아주머니가 선짓국을 끓이는지, 시래기 삶는 냄새가 가득했다. 고양이처럼 소리를 내지 않으면서도 빠르게 아래로 내려갔다. 지하 이층에 도착하자마자 땡 하는 종소리와 함께 엘리베이터 문이 열렸다.

"깜짝이야!"

김 기사는 나를 보고 놀라 가슴을 움켜쥐었다.

"무슨 일이십니까?"

김 기사라면, 엄마 차를 운전하며 바깥과 집 안을 오가는 그라면 기재가 어떻게 됐는지 알 수 있을 것이었다. 나는 김 기사를 붙잡고 차 안으로 밀어 넣었다. 김 기사는 당황해서 떨리는 목소리로 물었다.

"아가씨, 왜 이러세요……."

차 안이야말로 그나마 감시의 손길이 덜 닿는 영역이었다. 엄마 차 안에까지 감시 카메라를 설치하거나, 녹음기를 달지는 않았을 테니까. 어쨌거나 집 안에 있는 모든 감시 카메라와 녹음기는 나를 감시하기 위해 있는 것들이었다.

"나 부탁 하나만 들어줘요."

"무슨 부탁 말씀이신지요?"

나는 주머니에서 종이를 꺼냈다. 종이는 사등분으로 접혀 있었다. 김 기사는 그것을 천천히 열어 보았다. 그 위에는 절대 잊을 수 없는 얼굴이 그려져 있었다. 김 기사는 종이에 그려진 얼굴을 보더니 강하게 손사래를 쳤다. 김 기사도 알고 있었을 것이다. 그날 교회에 있었고, 나를 차에 태워 집으로 왔으니. 그는 못 볼 걸 봤다는 듯이 종이를 내던졌다.

"안 됩니다. 이건 진짜……."

김 기사의 이마에서 식은땀이 흘렀다. 나는 종이를 주워서 김 기사의 가슴팍을 향해 밀었다.

"제발요, 한 번만."

"안 된다니……."

김 기사는 막무가내로 내게 종이를 넘기려 했다. 목소리가 커서 들킬까 김 기사의 뺨을 내리쳤다. 화들짝 놀란 김 기사의 앞주머니에 종이를 쑤셔 넣었다. 김 기사가 뺨을 감싸 쥔 채로 목소리를 낮춰 울먹였다.

"아가씨, 회장님이 아시게 되면 저 진짜 죽어요. 해고당하는 선에서 안 끝난다니까요."

나는 구걸하듯 김 기사에게 부탁을 이어갔다.

"그럼 소식만 알려주세요. 저 이 사람 때문에 잠도 못 자요. 정말 죽을 것 같아요. 이 사람이 죽었는지, 아니면 어디라도 아픈지 알아야 살 수 있을 것 같아요. 제발요. 한 번만 부탁드릴게요."

미안했다. 이건 사실이다. 같잖은 합리화는 하지 않겠다. 매일같이 죄를 고백하지만 김 기사가 이해해줄 거라 생각하지도, 바라지도 않는다. 그에게 벌어진 일들은 모두 내 책임이었다. 나는 오롯이 내 욕심으로 김 기사를 사지로 몰아넣었다. 그렇게 해서라도 나에게는 찾아야 할 사람이 있었다.

들려온 발소리에 김 기사는 고개를 들어 바깥을 살폈다. 계단 쪽에서 인기척이 느껴졌다. 시간이 얼마 없었다. 나는 그에게 매달리다시피 하며 빌었다.

"여기서 내가 이렇게 부탁할 사람 김 기사밖에 없어요. 제발요, 한 번만 저 좀 도와주세요."

"아가씨, 진짜 안 돼요. 저 여기 아니면 갈 데가 없다니까요."

이대로는 부탁을 들어주지 않을 것 같았다. 엄마 눈 밖에 날 것을 알면서도 덜컥 내 부탁을 들어줄 수는 없겠지. 어쩔 수 없었다. 나는 김 기사의 손을 잡아 들고는 내 옷 속에 넣었다. 김 기사는 당황해서 금방 손을 뺐었다.

"이게 무슨……."

말이 통하지 않는다면 협박할 수밖에. 김 기사에게 말했다.

"부탁 안 들어주면 엄마한테 바로 말할 거예요. 김 기사가 내 몸에 손댔다고."

김 기사는 그대로 좌석에 무릎을 꿇더니 나를 향해 두 손을 비비기 시작했다.

"아가씨, 저 여기 보육원 나와서 회장님께 평생 받기만 하며 살아온 사람이에요! 어떻게 제가 회장님을 배신해요!"

나도 김 기사와 마찬가지로 무릎을 꿇고는 두 손을 비볐다.

"그만큼 저도 절박해서 그래요. 제발요, 이렇게 빌게요."

간절했다. 기재만 찾을 수 있다면, 그럴 수만 있다면 나는 무엇이든 할 수 있었다. 김 기사는 어이가 없는지, 가만히 내 얼굴을 바라보다가 한숨을 크게 내쉬었다.

언젠가는 꼭 내가 할 수 있는 최대한으로 그에게 보상하고 싶었다. 김 기사는 세운 머리를 헝클이더니 발을 굴렀고, 고개를 젖히며 탄식을 내뱉었다. 그러다 결국 자신의 안주머니에 그림을 쑤셔 넣었다. 김 기사는 무릎을 꿇은 채로 내게 물었다.

"이름이 뭐예요?"

나는 그의 손을 붙잡고는 말했다.

"한기재요."

"특이 사항은요?"

"머리가 곱슬이었어요. 나머지는……."

김 기사는 혼자서 반복해서 한기재, 한기재 하며 외우더니 나를 향해 고개를 끄덕이고는 차에서 내렸다. 그러고는 내 눈치를 보다가 트렁크에서 걸레를 꺼내 보닛을 비롯해서 차를 닦아내기 시작했다.

나는 조심스럽게 차에서 내려 계단을 올라가면서 손바닥으로 입을 틀어막고는 울음을 참으려 애를 썼다. 엄마가 있는 이 층을 지나칠 때는 말들이 터져 나올 듯 입안을 맴돌았다. 김 기사를 향한 미안함이 가슴을 찌를 때마다 생긴 구멍에서 엄마에 대한 증오심이 더욱 자라나고 있었다.

피살 319일 전

 기다림에 지쳐가는 날들이었다. 지하 이층에서 이야기를 나눈 후 삼 일 동안 김 기사와 마주칠 일은 없었다. 엄마가 두바이로 해외 출장을 간다고 했고, 운전기사로 김 기사를 데려갔기 때문이었다. 비즈니스 출장이라 금방 귀국할 예정이었지만 그 삼 일 동안은 매시간, 내 생각에 따라 지옥과 천국을 오가면서 속을 끓였다.
 모든 관심은 차가 들어올 철문 쪽으로 향해 있었으나 아이러니하게 동시에 김 기사의 부재가 이어지기를 원하기도 했다. 왜냐하면 부재 속에 희망이 있었으니까. 어쩌면 기재가 아무런 탈 없이 멀쩡하게 살아 있을지도 몰랐다. 나를 그리워하며 집에 갇혀 있을지도 몰랐다. 내 망상 속 기재는 과거 그가 말한 것처럼 구속복을 입은 상태로 우스꽝스럽게 버둥거리고 있었다.

그렇게 살아만 있다면 엄마와 기재의 아버지가 죽는 그 순간에 우리는 쇠창살이 녹슬어 닳아버린 죄수들처럼 자유로워질 것이다. 설령 그때가 머리가 하얗게 새고, 얼굴에는 검버섯이 가득하더라도 우리는 서로를 안고서 처음 만난 그날처럼 주위를 신경 쓰지 않고 울 수 있을 것이다.

부디 이 모든 것이 나의 기우이기만을 빌었다.

하루, 이틀, 삼일……. 시간이 지나자 나는 어느새 일상 속으로 돌아와 있었다. 경호원들이 가만히 있는 것을 보니 엄마가 아직 계획을 알아차리지 못한 모양이었다. 나는 다시금 침대 위에 놓인 계획표를 따라 아침에 일어나 씻고 운동하고 공부하기 시작했다. 머리를 잠시라도 쉬게 해서는 안 됐다. 공백은 기다림을 불러왔고, 기다림은 불안감을 피워냈다. 결정적으로는 엄마에게 틈을 보여서는 안 된다는 생각으로.

'나는 당신의 계획을 따르는 진실된 자녀이며, 당신을 두려워하고 있다.'

그렇게 보여야 했다. 적어도 겉으로는.

*

이윽고 엄마가 돌아왔다. 철문이 열리는 것을 확인하자마자 나는 곧장 일층으로 내려가 저녁을 먹는 척했다. 엄마는 현관에 도착하자마자 구두를 비롯해 겉옷과 속옷까지 모두 벗어서 바닥에 내팽개치고는 거실 소파에 알몸으로 누워서는 눈을 붙였다. 허물을 벗는 뱀 같았다. 희수 아주머니는 엄마 뒤를 따르며 주섬주섬 옷을 주워 들고는 잠든 엄마에게 담요를 덮어주었다.

김 기사는 현관에 서 있던 나를 보며 아래쪽을 향해 눈짓했다. 나는 먹지도 않은 식은 밥을 남겨두고는 재빠르게 지하 주차장으로 내려갔다. 나는 지하 이층 계단에 쭈그리고 앉아 김 기사를 기다렸다. 일 분이 한 시간 같았다. 마침내 엘리베이터 문이 열리더니 김 기사가 나타났다. 그도 고된 일정에 피곤한지 눈을 껌뻑이고 있었다. 나는 인사도 나누지 않고 김 기사를 끌고는 차에 태웠다.

"알아냈어요?"

김 기사가 조심스럽게 고개를 끄덕였다. 그러나 표정이 좋지 않았다. 불안함이 연기처럼 속에 꽉 채웠다. '죽었어요?'라는 말이 입가에 맴돌았다. 말을 뱉으면 금방이라도 연기에 불이 붙어 타오를 것만 같았다. 김 기사가 어렵게 말을 꺼냈다.

"살아는 있습니다."

다행이었다. 죽지 않고 살아 있다니. 내 머릿속에서 기재는 갖가지 방식으로 죽었다. 인간이 상상할 수 있는 모든 방식으로, 엄마가 할 만한 방식으로 기재는 비명을 지르며 죽어갔다.

희망이 보였다. 이제 어디로 가면 될까? 우리를 가둔 이 집이 무너지기만을 기다리면 되는 걸까? 나는 더 많은 정보를 원했다.
"많이 다치지는 않았어요? 어디에 있어요? 여기서 가까워요?"
김 기사를 향해 얼굴을 가까이 들이밀자, 그는 고개를 숙이며 말했다.
"그게…… 저도 잘 모릅니다."
"네?"
불길한 예감이 불쑥 다시 찾아들었다. 김 기사가 머리를 긁적이며 말했다.
"그때 교회에서 만난 한 사장님 있지 않습니까? 풍채가 크신 분 말입니다. 그분이 마지막으로 데려간 것 같습니다."
예상했었다. 그는 기재의 아버지니까. 나아갈 방향은 쉽게 정해졌다.
"그럼 그 사람 집에 있겠네요. 잘됐어요."
"잠깐만요, 아가씨. 한 사장님 집으로 알려진 곳만 수십 군데입니다. 경호 인력은 어떻고요. 여기보다 경비가 훨씬 삼엄하다고 소문이 자자해요."
내가 대답 없이 그를 노려보기만 하자, 김 기사는 답답하다는 듯 침을 튀겨가며 나를 말렸다.
"아가씨, 한 사장님 그분 보통분 아니십니다. 훨씬 더 무서운 분이에요."

김 기사는 천장을 올려다보며 말을 이었다.
"회장님보다도요."
"상관없어요. 나 그 사람 만나야 해요."
기재가 살아 있는 이상, 내가 해야 할 일은 이미 정해져 있었다. 그와 헤어진 순간부터 수없이 다짐하고 다짐했던 일이었다. 그 어떤 장애물이 나를 막아선다 하더라도 나는 그를 만나야 했다. 김 기사는 차에서 내리려는 나의 손목을 잡아채고는 언성을 높였다.
"솔직히 말해도 됩니까? 아가씨, 제가 봤을 때 그 남자애 못 찾습니다. 회장님이 어떤 분이신지 아가씨가 더 잘 아시지 않습니까? 지금 아가씨께 이렇게 따로 말하고 있는 것만으로도 저 골로 갈 수도 있어요. 아가씨가 그 남자애 찾으러 가시면 여기 몇 명이 죽어 나갈 줄 아십니까?"
물론 나도 알고 있었다. 주의 임무를 도외시한 경호원들이 직장을 잃을 것이고, 조사가 계속된다면 김 기사가 보복을 당할지도 몰랐다. 그리고 어쩌면 희수 아주머니까지도. 물론 김 기사를 기다리는 동안 나를 괴롭히던 의문이 있었다.
'이 모든 위험을 감수하면서까지 내가 기재를 찾아야 할 이유가 있을까? 기재가 그만큼 내게 소중한 사람일까? 그저 한 번 만났을 뿐인데.'
그러나 날이 가면 갈수록 이 의문에 대한 대답은 확고해져 갔다. 기재를 기다리며 무너져 내리는 내 마음이 바로 그 증거였다. 이윽고 기재의 행방을 김 기사에게 듣고 난 직후 나는 완전한 답을 내릴 수 있었다. 나는 기재를 사랑했다. 그가 없는 세상은 이제 나에게 아무런 의미가 없었다.

"그래서요? 가만히만 있어요? 나는 여기 이십 년 동안 갇혀 살았어요. 엄마한테 당하기만 했다고요. 남이 봤을 때는 여기서 뭐든 할 수 있는 것처럼 보이지만, 실제로는 저 좆같은 철문 밖으로 한 발자국도 못 나가고, 친구도 내 마음대로 못 사귀고! 왜 난 아무것도 못 하고 살아 있기만 해야 하냐고요!"

김 기사와 눈을 맞추었다. 그는 물끄러미 나를 바라보더니 차에서 내렸다. 그는 벽에 기대어 놓은 대걸레를 집어 들더니 바닥을 청소하기 시작했다. 김 기사가 나를 돕지 않으리라 결론을 내린 것 같았다. 하늘이 무너져 내리는 것만 같았다. 다리에 힘이 풀렸다. 울음이 나올 것 같았다. 그때 트렁크가 열리더니 김 기사의 목소리가 들려왔다.

"건너서 알게 된 사람이 하나 있습니다. 사람을 잘 찾는 전직 경찰이라 하더군요. 연락할 방법을 알아보겠습니다."

김 기사는 걸레를 꺼내 보닛을 닦는 와중에 고개를 슬쩍 들어 나를 보고는 고개를 끄덕였다. 마치 불구덩이로 뛰어가는 아이를 보는 눈빛이었다. 나는 차에서 내려 김 기사를 향해 달려가 안았다. 기재가 설령 지옥 끝에 붙잡혀 있다 하더라도 찾아가야만 했다. 그것이야말로 내가 유일하게 할 수 있는 기재를 향한 사죄였다.

김 기사가 말했다.
"아가씨, 부디 몸조심하세요."

피살 32일 후

나는 김 기사에게 깊은 감사를 느낀다. 나의 생물학적인 아버지라도 내리기 힘들 결정을 김 기사는 내렸다. 그리고 그에 따른 결과로 내가 살았고, 엄마가 죽었다.

엄마를 죽이고 난 뒤, 나는 김 기사의 행방을 뒤쫓았다. 김 기사는 내가 집에서 탈출한 지 삼 일 만에 사표를 냈고, 그로부터 한 달 만에 캐나다 북부로 이민을 갔으며, 보일러용 기름을 구매하기 위해 이월 겨울, 영하 40도라는 대대적인 추위 속에 밖으로 나갔다가 실종되었다. 당시 경찰관 증언으로는 김 기사가 화이트아웃이 찾아온 상황에서 기름을 넣으러 갈 멍청이는 아니었다고 했다. 김 기사는 매일 생글생글 웃으며 이웃들의 차나 기계장치를 정비해주었다고. 자살 가능성 또한 제기

되었으나 마을 사람들은 입을 모아 말했다.
"자살할 사람은 아니었어요."

피살 317일 전

 탈출 과정은 간단했다. 엄마는 적어도 한 달에 한 번 골프를 치러 갔다. 물론 취미가 아니라 비즈니스의 연장으로 다른 기업 대표 및 정치인들과 시간을 보내기 위해서였다. 골프를 치러 가는 날이면 엄마는 평소와 다르게 새벽녘에 일어나서 집을 나섰는데, 그 시간이 빽빽한 내 계획표에서 감시가 덜한 시간인 데다 엄마를 태우고 집을 나서는 '차'까지 있었다. 나는 그 순간을 노리기로 했다.
 골프 백은 내 몸을 숨기기에 적당한 크기였다. 가방 속을 비우고 몸을 욱여넣는다면 표면적으로는 티가 나지 않을 것 같았다. 엄마 골프 백에 내 몸을 숨긴 상태로 차에 올라탈 수만 있다면 집을 빠져나갈 수 있을 것이었다. 엄마가 타고 있는 차는 수색도 하지 않을 것이고, 차를 타고 있다면 거대한 마당도 빠르게 빠져나갈 수 있을 테니까. 영 불안하다면 철문을 빠져나간 후에 CCTV가 없는 커브 길에서 언덕 아래로 뛰어내리기만 하면 됐다.

계획대로만 이어진다면 탈출할 수 있다고 믿었다. 나는 김 기사와 만나 일정을 조율했다. 김 기사는 운도 필요하지만 단순하기도 너무 단순한 계획이라며 처음에는 반대했으나, 달리 방도가 없었다. 어쩔 수 없이 김 기사는 계획을 따르기로 했다.

"제 전임자 서랍에 있던 명함이에요."

그는 내게 명함 한 장을 건넸다. '사람 찾아드립니다'라는 문구와 함께 뒷장에는 전화번호도, 이메일도 없이 엉성한 약도만 덩그러니 그려져 있었다.

김 기사가 말했다.

"회장님께서도 권 상무님 통해서 일을 맡기신다고 들었습니다. 일 특성 때문인지 무조건 의뢰인과 직접 대면하고 일을 받는다고 하더라고요. 아가씨께서 직접 찾아가셔야 할 것 같습니다."

엄마와 일을 해본 사람이라니. 그를 믿을 수 있을까 의심의 눈초리를 보내자 김 기사는 머리를 긁적였다.

"돈만 준다면 의뢰를 최우선으로 한다고 합니다. 이 부분은 믿으셔도 될 겁니다."

"어떻게요?"

김 기사는 불안한 눈빛으로 말을 이었다.

"삼일그룹 회장님께 전임 회장님이 과거에 저지른 불법적인 일들에 관해서도 전부 입 닫고 있으니까요. 저희에게 다른 방법은 없습니다."

오히려 눈에 보이지 않는 도덕이나 정의감으로 행동하는 이들보다는 그렇게 보이는 것들에 따라 행동하는 이들이 다루기가 쉬웠다. 나는 명함을 받아 들고 약도를 머릿속에 그리며 반복해서 되뇌었다.

"감사해요."

자리를 피하려는데, 김 기사가 나를 붙잡았다.

"아가씨."

무언가를 말하려는 것 같았으나 김 기사는 끝내 말하지 않았다. 대신 내 어깨를 톡톡 두드릴 뿐이었다. 나는 그가 내게 무엇을 말하려는 것인지 너무나도 잘 알고 있었다. 막으려 했겠지. 내가 나아가려는 길은 가시밭길 그 자체였고, 그 길 끝에는 엄마가 있었으니까. 나는 멈추지 못하고 엄마에게 달려가겠지.

*

탈출하기 전날이었다. 나는 다음 날 계획표를 보았다. 평소와 다름없이 계획들이 빽빽하게 채워져 있었다. 별다른 특이

점은 보이지 않았다. 계획표를 수첩에다 끼워 넣고는 덮었다. 모든 것이 계획대로 되어가고 있었다.

김 기사는 지하 이층 주차장에서 대기하다가 새벽에 엄마의 서재로 올라와 골프 백을 들고 다시 주차장으로 내려갈 것이라 했다. 김 기사가 누구보다도 빨리 서재에 올라가서 골프 백을 들어 옮기는 것이 탈출 과정에서의 핵심이었다. 만약 김 기사가 아닌 다른 누군가가 골프 백을 든다면 이상함을 느낄 게 분명하니까. 차가 출발한 이후의 결과는 나에게 달려 있었다.

전날 밤, 김 기사는 앞으로 못 볼 것 같다며 나에게 마지막으로 고개를 숙였다. 내가 김 기사를 안자 김 기사도 나를 안아주었다. 미안함과 감사함이 뒤섞였다. 말로 표현할 수가 없어 울기만 했다. 김 기사는 얼른 여기서 나갈 준비를 하라면서 나를 지하 주차장에서 쫓아냈다. 계단 아래에서 김 기사의 우는 소리가 들렸으나 뒤를 돌아보지는 않았다.

희수 아주머니께도 탈출 소식을 알리고 싶었으나 알리지 않았다. 아주머니를 믿지 못하는 것은 아니었다. 밥을 먹으면서도, 내 머리를 빗으로 쓸어줄 때도 입이 근질거려서 혼났다. 아주머니에게 다 털어놓고 묻고 싶었다. 괜찮겠냐고. 내가 떠난 후 아주머니에게 어떤 일이 일어날지 몰랐다. 나로 인해 직장을 잃을 수도 있었다. 더 나아가 목숨을 위협받을 수 있었다. 그러나 끝내 알리지 않기로 했다. 비밀이라는 건, 두 사람 이상이 알게 된 순간부터 비밀이 아니게 되었으니까. 만약 들키게 된다면 알고도 모른 체한 아주머니에게 더욱 큰 벌이 내려질 테니까.

피살 316일 전

탈출 당일 새벽, 서재로 향했다. 복도로 걸어가는 짓은 하지 않았다. 어디에나 감시자와 경호원들이 있었으니까. 대신 화장실에 들어가서는 창문을 열고 바로 아래층, 서재 발코니를 향해 뛰어내렸다. 경보음이 울리거나 하지는 않았다. 그 전에 몇 번이고 물건들을 던져보며 확인했으니까.

문을 열고 들어가보니 구석에 엄마의 골프 백들이 놓여 있었다. 총 세 가지 색상이었는데, 나는 고민에 고민을 거듭하다가 전체적으로 흰 바탕에 갈색 그리즐리 베어가 중심부에 수놓여 있는 투어 백을 골랐다. 골프채들을 밖으로 빼내고 가방 안을 칼로 파냈다. 질긴 가죽이라 그런지 생각보다 애를 먹었다. 손가락 근육이 꼬일 만큼 힘을 주어야 간신히 가죽들이 잘려 나갔다. 골프채와 잘라낸 가죽들은 다른 골프 백에 쑤셔 넣었다. 골프채를 다른 곳에 숨기려다 오히려 들킬 수도 있었으니 이게 최선이었다. 이제 남은 계획의 성공 여부는 김 기사에게 달려 있었다.

몸을 골프 백 안으로 구겨 넣고는 지퍼에 묶어놓은 실을 이용해 완전히 잠갔다. 희수 아주머니에게 계획표에 맞춰 깨우라 말하고 욕실 앞에 옷도 벗어두고 샤워기도 틀어놓았으니, 설령 아주머니가 내 방에 들어온다고 하더라도 그저 목욕을 오래 한다고 생각할 것이었다. 잠들지 않으려 소리 나지 않게 볼과 허벅지를 꼬집었다.

새벽 다섯시가 되었고, 복도를 오가는 소리가 들렸다. 서재 문이 열렸고, 누군가 걸어 들어왔다. 나도 모르게 소리를 낼까 봐 입을 틀어막았다. 틈으로 난 작은 구멍으로 바깥을 보았다. 방 안의 불이 환하게 켜지면서 잠옷 차림의 엄마가 보였다. 뒤로는 김 기사가 서 있었다. 그런데 예상치 못한 사람이 또 한 명 있었다. 권 상무였다. 이 새벽에도 역시나 머리를 세우고, 말끔한 정장을 차려입고 있었다.

권 상무가 엄마에게 물었다.

"뭘 들고 가시겠습니까?"

엄마는 귀찮다는 듯 스치듯 살피면서 말했다.

"아무거나요."

엄마는 그렇게 말하고는 의자에 앉아 컴퓨터를 켜더니 메일을 확인하기 시작했다. 권 상무는 구두 소리를 내며 성큼성큼 나를 향해 다가왔다. 숨을 최대한 죽였다. 그는 골프 백들을 살피더니 까만 것을 집어 올리며 엄마에게 물었다.

"까만 건 어떻습니까?"

엄마는 모니터에서 고개를 빼서 슬쩍 살피더니 다시 컴퓨터로 시선을 향했다.

"별로요."

권 상무는 이어서 바탕색으로 갈색에 가죽 질감이 들어 있는 골프 백을 들어 올리려 했다. 골프채들과 자른 가죽들을 쑤셔 넣어놓은 골프 백이었다. 가슴이 철렁했다.

"이건……."

권 상무가 골프 백을 집어들기 전에 엄마는 고개를 들지 않은 채로 대답했다.

"그거로 해요."

실패였다. 눈물이 나올 것만 같았다. 권 상무가 김 기사에게 손짓하며 골프 백을 들라고 했다. 그렇게 끝이라고 생각했을 때, 김 기사가 나섰다.

"회, 회장님. 오늘 흰색은 어떠십니까?"

김 기사의 이마에는 식은땀이 가득했다. 말 더듬는 것도 무척이나 어색해 보였다. 권 상무가 김 기사를 노려보자, 김 기사는 사람 좋게 웃어 보였다. 엄마는 모니터에 시선을 둔 채로 대수롭지 않은 듯 평온한 목소리로 물었다.

"갑자기 왜요?"

김 기사는 더듬거리며 설명하기 시작했다.

"그게…… 오늘 날씨도 좋고, 뭘 입으실지는 모르겠지만 흰색이면 어디든 다 어울리지 않습니까? 까만색이나 갈색보다는 흰색이 조금 더……."

엄마가 등받이에 등을 기대고는 김 기사를 가만히 바라보았다. 엄마의 날카로운 눈빛에 김 기사는 겁을 먹고는 말을 잇지 못했다. 권 상무가 김 기사에게 협박하듯 낮게 말했다.

"자네가 관여할 사항은 아닌 것 같은데."

김 기사가 90도로 허리를 반복해서 숙였다.

"죄송합니다."

엄마는 김 기사를 뚫어져라 바라보다가 다시 모니터 쪽으로 시선을 옮겼다. 김 기사는 땀으로 흥건한 손을 몰래 허벅지에 문질렀다.

엄마가 말했다.

"김 기사 말대로 흰색으로 해요."

권 상무가 내가 숨어 있던 골프 백을 향해 손을 뻗었다. 순간 나를 향해 손을 뻗는 것 같아 소리를 낼 뻔했다. 입을 틀어막고서 억지로 숨을 죽였다. 권 상무가 내가 들어 있는 골프 백을 들어 올린다면 분명 무게가 다른 것을 알아차릴 것이다.

"제가 들겠습니다."

권 상무의 손이 미처 손잡이에 닿기 전에 김 기사가 재빨리 골프 백 손잡이를 잡아챘다. 권 상무는 김 기사에게 한마디 하려는 듯 노려보았다. 그때 엄마가 권 상무에게 말했다.
"상무님, 잠깐 이리 오세요."
권 상무가 엄마에게 향하는 사이, 김 기사는 내가 든 골프 백을 번쩍 들어 올렸다. 그러나 무게가 상당한지 제대로 들지 못했다. 결국 골프 백을 끌다시피 옮겼다. 김 기사의 그런 모습을 본 권 상무가 비꼬듯 말했다.
"그것도 못 들어? 내가 들어줘?"
"아, 아닙니다."
김 기사는 두 번의 시도 끝에 힘겨운 신음을 내뱉으며 골프 백을 어깨에 멨다. 서재를 나가서는 엘리베이터를 잡았다. 엘리베이터가 오는 시간이 얼마나 길었는지. 김 기사의 등에서 열기가 느껴졌다. 엘리베이터에 올라타자마자 김 기사는 긴 한숨과 함께 나를 내려놓았다. 얼굴이 식은땀으로 범벅되어 있었다. 엘리베이터 문이 닫히려는데, 서재가 열리더니 권 상무가 뛰어왔다.
"같이 좀 내려가지."
김 기사는 권 상무 옆에서 다시 정자로 서 있었다. 권 상무는 엘리베이터에 있는 거울을 보며 머리를 정리했다. 고작 네 개의 층만 내려가면 됐는데, 긴장감이 엘리베이터 내부에 감돌았다. 권 상무가 거울을 응시한 채로 말했다.
"조심해."

"네?"

권 상무가 김 기사를 향해 돌아보더니 어깨에 손을 올렸다.

"알잖아, 무슨 말인지."

김 기사의 침을 삼키는 소리가 엘리베이터 안에 퍼졌다. 엘리베이터는 일층에서 멈췄다. 엘리베이터 문이 열리자 권 상무가 불평하듯 앞주머니에서 행커치프를 뽑아 코를 막으며 말했다.

"엘리베이터 하나를 더 만들든지 해야지."

희수 아주머니가 엘리베이터를 타기 위해 기다리고 있었다. 앞치마에는 여러 얼룩이 묻어 있었고, 손에는 개어놓은 옷들이 들려 있었다. 아주머니는 권 상무를 향해 꾸벅 인사를 하고 아무렇지 않은 듯 엘리베이터에 올라탔다. 김 기사가 아주머니에게 물었다.

"어디 가?"

"회장님 옷 트렁크에 넣어놓으러. 당신은 왜 이렇게 땀을 많이 흘려?"

"더워서 말이야."

이윽고 엘리베이터는 지하 이층에 도착했고, 권 상무는 누구보다도 먼저 달려 나갔다. 이어서 희수 아주머니가 '왕재수'라며 입을 뻥긋하면서 엘리베이터를 나섰고, 마지막으로 김 기사는 힘겹게 골프 백을 끌고 차로 향했다. 차 가까이에 다가가자 자동으로 트렁크가 열렸고, 희수 아주머니가 트렁크에 있던 가방 하나를 꺼내더니 개어놓은 옷을 챙겨 넣었다. 아주머니가 땀을 삐질삐질 흘리면서 골프 백을 끌고 있는 김 기사를 보며 물었다.

"도와줘? 왜 이렇게 기운이 없어?"

"됐어."

김 기사는 조심스럽게 트렁크에 내려놓으려 했지만, 마지막에는 힘에 부쳐 트렁크 안으로 던지듯 밀어 넣었다. 이 과정에서 트렁크 천장에 머리를 박은 탓에 나도 모르게 소리를 냈다. 그러자 희수 아주머니가 고개를 까딱거렸다.

"트렁크에서 무슨 소리 안 났어?"

아주머니가 트렁크로 다가가자, 김 기사는 자신이 소리를 낸 것처럼 팔을 부여잡고는 곡소리를 냈다.

"무슨 소리? 오랜만에 무거운 걸 들었더니 팔이 아프네."

김 기사가 뻔뻔하게 받아치자 희수 아주머니는 고개를 갸웃거리며 다시 엘리베이터를 타고 올라갔다. 엘리베이터 문이 닫히자 김 기사가 트렁크를 정리하는 척 골프 백에 얼굴을 가져다 대고 말했다.

"조금만 버티세요."

그러고는 트렁크를 닫았다. 빛이라고는 들지 않았다. 번데기가 된 것만 같았다. 긴장된 탓에 소변이 마려웠으나 참아야 했다. 얼마 지났을까. 매연 냄새가 나더니 차에 시동이 걸렸다. 냄새 때문에 숨이 막혀오는 것 같았다. 숨을 천천히 나눠서 쉬어야 했다. 김 기사의 목소리가 들렸다.

"오셨어요?"

비릿한 쇠 냄새에 뒤이어 우드 계열의 향이 느껴졌다. 엄마가 도착한 모양이었다.

"바로 모시겠습니다."

김 기사는 괜히 너스레를 떨었다. 엄마는 피곤한지 몸을 뒤척이더니 크게 한숨을 내쉬었다. 엄마가 김 기사에게 말했다.

"에어컨 좀 틀어요."

"알겠습니다."

타이밍이 알맞았다. 에어컨이 가동되자, 다행히 매연 냄새가 조금 사라졌다. 숨을 조심스럽게 나눠 쉬었다. 정신을 잃을 뻔했는데 다행이었다.

김 기사가 기어를 움직이며 말했다.

"그럼 출발하겠습니다."

김 기사가 액셀을 밟으려다 멈췄다. 엘리베이터가 열리고 누군가 차를 향해 달려오고 있었다.

"회장님 골프 장갑을 안 넣었어!"

희수 아주머니 목소리였다. 갑자기 김 기사가 내려서 트렁크를 열어주기도 이상한 상황이었다. 김 기사가 우물쭈물하고 있자 엄마가 물었다.

"뭐 해요, 트렁크 안 열어주고?"

"아, 네."

트렁크가 열리자 다시 빛이 내부로 쏟아졌다. 그리고 어떻게 대처할 틈도 없이 골프 백이 열렸다. 희수 아주머니와 바로 눈이 마주쳤다. 희수 아주머니는 적잖이 당황한 표정을 지었다. 말을 할 수는 없었지만, 나는 필사적으로 희수 아주머니에게 해명하려 했다. 희수 아주머니는 얼굴이 새빨갛게 변하더니 손을 떨었다.

"왜, 무슨 일 있어?"

엄마가 창문을 내리고서 희수 아주머니에게 물었다. 미리 말을 하지 않은 나의 잘못이었다. 지금 엄마에게 다 말한다고 해도 내가 막을 수는 없었다. 엄마 밑에서 수십 년이나 일해온 희수 아주머니라면 말할지도 모른다. 나처럼 엄마를 잘 알고 있었으니까.

내가 모든 것을 포기하고 골프 백에서 나오려 할 때, 희수 아주머니가 바로 지퍼를 닫아버렸다. 그러고는 트렁크를 소리가 나게 닫고 말했다.

"이미 들어 있었네요. 죄송합니다, 회장님."

엄마는 아주머니를 향해 중얼거렸다.

"일 좀 똑바로 하지……."

아주머니는 90도로 허리를 숙이면서 잘못을 빌었다.

"죄송합니다."

"됐어."

엄마는 창문을 닫고 김 기사에게 출발하라 말했다. 차는 미끄러지듯 나아가더니 철문 앞에 멈춰 섰다. 브레이크가 밟히자 무게가 뒤로 쏠렸다. 이어서 개 짖는 소리가 들렸다. 가까이에 개가 있는 모양이었다. 개의 통통 튀는 발소리가 점점 다가왔다. 창문 열리는 소리가 들리더니 엄마가 말했다.

"피곤해, 바로 문 열어."

그와 동시에 개 짖는 소리는 멀어지고, 철문은 육중한 소리를 내며 열렸다. 차는 활짝 열린 철문을 통과해서 얼마 전 오갔던 도로로 나아갔다. 그때부터 정신이 하나도 없었다. 희수 아주머니에게 감사함을 느낄 새도 없이 차는 이리저리 흔들렸고, 골프 백에서 빠져나와 어둠 속을 더듬으며 트렁크를 열 레버를 찾아야 했다. 코너를 돌면서 흔들리는 충격이 고스란히 내게 전해졌다.

틈을 통해 내다보니 언덕을 넘고 또 넘어 거대한 울타리로 둘러싸인 외곽이었다. 걸어서 빠져나오려면 얼마나 오랜 시간이 걸릴지 알지 못했다. 아마 기재가 집에서 탈출했을 때와 마찬가지로 같은 곳을 계속 돌다가 붙잡혔을 것이다. 차가 울타리에 접근하자 자동으로 대문이 열렸다. 사람이 많은 대로변에서 뛰어내릴 수는 없으니, 일반도로와 차가 합류하기 전에 CCTV가 없는 커브 길에서 뛰어내려야 했다. 장소는 전에 김 기사가 사전에 지도로 가르쳐주었다.

대문에 다가갈수록 차는 속도를 줄였다. 나는 한참 동안 어둠 속을 더듬다가 마침내 레버를 찾았다. 김 기사에게 배운 대로 안에서 밖으로 당겼다. 그러자 트렁크 문이 활짝 열렸다. 아직 숲길이었다. 바람에 흩날리던 잎들이 트렁크 안으로 쏟아졌다. 당황한 나머지 억지로 트렁크를 닫으려다가 손가락을 삐었다. 다행히 뒤따라오는 차는 없었다.

나는 트렁크에서 고개를 내밀고는 밖을 내다보았다. 주변 풍경이 강물같이 빠르게 흘러갔다. 신이 세상에 홍수를 내렸을 때, 이런 속도로 물이 몰려오지 않았을까 싶었다. 흙빛으로 단단해 보이는 바닥에 선뜻 뛰어내리기가 힘들었다. 다시 가속해야 할 순간은 다가오고 있었으나, 두려움에 망설였다. 커브 길에서 잘못 착지하면 절벽으로 떨어질지도 몰랐다. 차 안에서는 노랫소리가 들렸다. 리스트의 〈헝가리안 랩소디〉였다. 악장을 거듭할수록 박자가 빨라졌고, 그에 따라 심장도 빠르게 뛰었다.

대문이 완전히 열렸고, 차는 대문을 통과했다. 속도를 줄이고 커브를 틀었을 때, 나는 아래로 몸을 던졌다. 오른팔이 아스팔트에 쓸리고 이어서 발목이 돌에 부딪히면서 쩍 하고 소리가 났다. 절벽으로 굴러가는 몸을 멈추려 오른손을 바닥에 짚다가 손바닥에 나뭇가지가 박혔다. 간신히 절벽에 떨어지기 직전에 멈췄다. 나는 숨을 고르고는 멀어져가는 차를 보았다. 트렁크가 열려 있었으나 차는 계속 앞으로만 나아갔다.

다행히 움직일 수는 있었다. 먼저 몸을 숨겨야 했다. 발목을 접질리기는 했으나 이동하는 데 크게 문제는 없었다. 나는 아래로, 더 아래로 내려갔다. 피가 흘러도 물처럼 아무렇지 않게 닦아냈다. 나에게는 찾아야 할 사람이 있었다.

피살 315일 전

행복은 그다지 멀리 있지 않다는 한 종교인의 말이 거짓이라고 느껴지기까지 걸린 시간은 불과 하루였다. 거지꼴로 거리를 돌아다녔다. 피로 얼룩진 옷에 다리를 바닥에 질질 끌었고, 머리는 산발이었다. 신경이 예민해져 포식자에게 쫓기는 먹잇감처럼 두리번거리며 명함 속 약도를 떠올리며 주변을 살폈다.

엄마가 보낸 사람들이 어디에 있을지 몰랐다. 엄마처럼 용의주도한 사람이라면 내가 집에서 사라졌다는 사실을 금방 알아차렸을 것이고, 기재와 함께 도망쳤던 지난번처럼 사람들을 풀어 나를 찾을 게 분명했다. 도로나 인도로는 걸어 다닐 수 없었다. 엄마의 얼굴이 떠올랐다. 금방이라도 그녀의 손이 단두

대 날처럼 허공으로 솟구쳤다가 내 뺨을 후려칠 것만 같았다. 인적이 드문 산길이나 뒷골목을 걸어 다녀야 했다.

기재를 구하는 데 돈이 얼마나 필요할지 몰랐다. 그래서 집에서 빠져나오기 전에 내 서랍에 있던 패물들을 주머니가 터질 만큼 쑤셔 넣었다. 혹여나 패물을 잃어버리거나 빼앗길까 봐 나무 아래에 나눠서 묻어놓았다. 현금을 가져오지 못해 음식을 사 먹을 수도 없었다. 남루한 행색에 피도 흘리고 있어 그런지 사람들은 내게 가까이 다가오지 않았다.

식당에 들어가 먹을 것을 구걸하기도 했으나 단칼에 거절당했고, 심지어 그들 중 일부는 경찰에 신고하려 했다. 정신 나간 사람이라 생각한 모양이었다. 다친 몸으로 종이 박스 더미나 버스 정류장에서 선잠을 잤다. 막상 사람을 찾으려 하니 어디서부터 시작해야 할지 감이 잡히지 않았다. 차에서 뛰어내리며 접질린 발목은 점점 부어오르고 있었다. 이틀째에는 신고 온 신발이 맞지 않을 정도였다.

그러다 "사람 찾아드립니다"라는 광고지를 보았다. 주머니에서 명함을 꺼내 비교해보았다. 김 기사가 말한 흥신소인 것 같았다. 흰 배경에 붉은색 글자가 쓰인 광고지는 지하철역에서 시작해 약 1킬로미터에 걸쳐 도배되어 있었다. 지도를 보는 방법에 익숙지 않아 두 시간가량 주변을 헤맸다. 낮에 찾기 시작해서 새벽이 되어서야 업체에 도착할 수 있었다.

업체는 삼층짜리 건물 꼭대기에 있었다. 철제 계단 같은 좁은 콘크리트 계단을 올라갔다. 발을 디딜 때마다 텅텅거리면서 공기가 울리는 소리가 들렸다. 업체의 문은 닫혀 있었다. 새벽이었으니 그럴 만도 했다. 복도로 난 작은 창 내부를 들여다보니 커다란 현수막 하나가 벽면에 걸려 있었다. 문구가 의미심장했다.

'우연이 쌓이면 운명이다.'

또 다른 한쪽 벽에는 빈 담뱃갑들과 함께 수사와 관련된 책들이 가득했다. 제대로 찾아온 것 같았다. 다음 날 사람이 올 때까지 기다리기로 했다. 몸을 최대한 웅크리고 벽에 기댔다. 여름이었지만 콘크리트 바닥에서 한기가 뻗쳐왔다. 서늘함을 넘어 살이 아린 느낌이었다. 한 점이 되려는 것처럼 움츠리다가 잠들려던 때였다.

"아가씨, 여기서 뭐 해요?"

'아가씨'라는 단어를 듣자마자 화들짝 놀라 눈을 떴다. 순간이었지만 김 기사가 나를 데리러 온 것일까 싶었다. 그러나 내 앞에는 김 기사 대신, 영화〈펄프 픽션〉속 브루스 윌리스처럼 생긴 남자가 계단 아래에서 한쪽 다리를 난간에 걸치고 나를 보고 서 있었다. 전체적으로 후줄근해 보였다. 가죽점퍼 양쪽 팔꿈치 부분은 닳아 있었고, 청바지 주머니 아래에는 구멍이 뚫린 채 튼살을 드러내며 실밥을 여럿 흩날렸다. 외양으로 보아 삼일그룹의 일을 받아 할 것 같지는 않았다. 남자는 경계하는 얼굴로 내 얼굴을 살폈다.

"어디 맞았어요?"

나는 손으로 얼굴을 가리고 물었다.

"사람 찾을 수 있어요?"

내 말을 듣자마자 남자는 헝클어진 머리를 매만지고는 점퍼 어깨에 묻어 있던 비듬을 털었다. 그러고는 미소를 지으며 지갑에서 명함을 꺼내 내게 건넸다. 나는 자리에 일어나 명함에 쓰인 글씨를 읽었다.

"전직 형사 강형수, 떼인 돈 받아드립니다. 도망간 사람 잡아드립니다. 고객을 먼저 생각하는 믿을 수 있는 대행업체……."

나는 주머니에 있던 명함을 들어서 비교해보았다. 내가 가지고 있던 명함과 달랐다. 강형수는 내가 들고 있던 명함을 보더니 말했다.

"그건 전에 여기 운영하던 사람 겁니다. 제가 더 실력 있으니까, 믿어보세요."

의심이 들었으나 달리 선택지가 없었다. 집을 빠져나온 지 벌써 만 하루가 지났고, 몸도 마음도 지칠 대로 지친 상황이었다. 강형수가 사무실 쪽으로 손짓했다.

"이쪽으로."

강형수의 사무실은 아주 아담했다. 크기는 내 방의 4분의 1 정도고 라면 봉지나 소주병이 분리수거장처럼 한쪽에 몰려 있었다. 강형수는 바닥에 널브러진 쓰레기를 흘끗 훑어보고, 미안하다는 말과 함께 나를 가죽이 벗겨진 소파에 앉혔다. 그러고는 거울 앞에서 흐트러진 머리를 정돈하더니 갑자기 화장실로 달려가 청록색 구강청결액을 입에 머금은 채 괴상한 소리를 내다가 뱉었다. 그러고는 자리로 돌아와 준비가 끝났다는 듯 양 손바닥끼리 비비며 나를 마주 보고 앉았다. 종교의식처럼 보일 정도였다.

종이를 찾던 강형수는 대충 신문지 더미에서 특가 아파트 분양 광고지를 꺼내 들고는 그 뒷면에다 '의뢰 접수 신청서'라고 수기로 적었다. 나는 물끄러미 강형수를 바라보았다. 그는 더 적지 않고 소파에 등을 기대며 말했다.

"먼저 이런 말씀 드리기는 뭐한데……."

강형수는 펜을 빙글빙글 돌리면서 나를 위아래로 훑어보기 시작했다.

"저희 단가가 조금 세요."

내게 돈이 없을까 봐 걱정하는 것 같았다. 그럴 만도 했다. 피투성이에 신발도 반쯤 벗고 있었으니 그렇게 보여도 할 말이 없었다. 나는 주머니에서 목걸이를 꺼내서 조심스럽게 내려놓았다.

"현물도 받죠?"

기재가 내게 준 목걸이였다. 아쉬웠으나 목적을 이루고 나면 훗날 내가 되찾을 수 있을 것이라 생각했다.

"아, 원래는 안 되는데……."

강형수는 목걸이를 집어 들더니, 내게 눈짓으로 양해를 구하고 고개를 뒤로 돌렸다. 이어서 딱 하는 소리와 함께 강형수는 턱을 감싸 쥔 채로 다시 고개를 원위치로 돌렸다. 그러고는 목걸이에 난 치아 자국을 보는 것과 동시에 손으로 어림잡아 무게를 재보더니 만족스러운 표정을 하고는 자리에서 벌떡 일어났다.

"아, 잠시만요."

나는 금방이라도 도망칠 준비를 했다. 그를 믿을 수가 없었다. 강형수 역시도 엄마와 한패일 수도 있었다. 그런데 강형수가 나를 안심시키려는 듯 두 손을 들고서 뒷걸음질 치며 창고 같은 작은방으로 들어가더니, 몇 가지 문서를 챙겨 나왔다. 각종 날인이 찍혀 있는 증명서들이었다.

"걱정하지 마십쇼. 저희 다 정부에 허가받고 하는 합법적 업체입니다."

오히려 그의 다른 손에 들려 있는 과자와 음료수에 눈이 갔다. 먹다 남긴 것인지 과자는 눅눅해 보였지만, 강형수가 책상에 내려놓자마자 나는 허겁지겁 먹어치웠다. 제대로 된 음식을 먹지 못한 지 삼 일째였다. 강형수는 내 모습을 보면서 짧게 혀를 차고는 말을 이었다.

"선금, 계약금, 착수금까지 이걸로 하시면 되고 추가 비용은 그때그때 청구하겠습니다. 그리고 안심하세요. 저희는 입금만 제대로 하시면 비밀 유지는 물론이고 지옥 불구덩이까지 들어가니까요."

한껏 과자를 입에 머금은 채 고개를 끄덕였다. 강형수가 볼펜을 집어 들고 광고지를 자기 앞으로 끌어다 놓으며 물었다.

"그래서 누굴 찾으시는데요?"

나는 한동안 침묵을 지켰다. 강형수가 기재는 물론이고 나에 대해 자세히 알아서 좋을 게 없었다. 사무실에 도착하고도 시간이 꽤 지났는데도 엄마의 사람들이 나를 잡으러 오지 않은 것으로 보아, 강형수가 엄마와 연결 고리가 있는 것 같지는 않았다.

그러나 그가 언제 나를 배신할지 알 수 없었다. 그룹 후계자라는 것을 알고서 돈을 더 달라고 협박하거나, 심지어 나를 납치할 수도 있었다. 더 나아가 내가 엄마의 딸이라는 사실이 세상에 밝혀지게 되면 그룹에 큰 불이익이 생길 수도 있었다. 엄마가 늘 경고한 대로 말이다.

돌이켜보면 그때도 나는 엄마의 손아귀에 사로잡혀 있었다. 세상이 나의 존재를 알면 안 된다고, 그게 나와 모두를 위한 길이라고 생각했으니까. 어찌 보면 겁쟁이였다. 가진 것을 손에서 놓지 못한 채로 내가 원하는 것을 찾으려 했으니.

어쨌든 나는 최소한의 정보를 강형수에게 제공하여 기재를 찾았으면 했다. 일단 김 기사와 이야기를 나눈 대로 한 사장, 즉 기재의 아버지를 찾아가보기로 했다. 이외의 것은 대충 둘러대기로 했다.

"친구 아버지요."

강형수가 예상치 못한 답변이라는 듯 고개를 갸웃거리더니 물었다.
"친구 아버지요? 친구 아버지를 왜?"
내가 노려보자 강형수는 고개를 푹 숙이고서 혼잣말을 했다.
"뭐, 그럴 수도 있지."
강형수가 광고지에 하나씩 항목을 썼다. 이름, 출신지, 학교, 전화번호, 주민등록번호, 특이 질병, 근무지 그리고 마지막으로 가족 관계까지. 가족 관계를 적다가 잘 나오지 않는지, 볼펜을 몇 번 흔들다가 결국에 책 더미에서 빨간 볼펜을 가져와 이어 적었다. 항목별로 하나씩 내게 묻기 시작했다.
"이름은요?"
"성만 알아요. 한씨."
"출신지는?"
"몰라요."
"전화번호는?"
"몰라요."
강형수는 볼펜으로 내게 삿대질하며 물었다.
"아니, 아는 게 뭐예요?"
광고지 위 항목에는 이미 수많은 빗금이 쳐져 있었다. 내가 말했다.
"몸집이 크고 손에 다이아몬드 반지를 끼고 있었어요. 그리고 집이 여러 군데라 옮겨 다닌다고······."

강형수는 내 말에 헛웃음을 쳤다. 내가 생각해도 정보가 너무 부족했다. 강형수가 볼펜으로 책상을 두들겨댔다.
"고객님, 이러면 못 찾아요. 뭐랄까, 고객과 나 사이의 유대? 그런 게 있어야 빨리 사람도 찾고, 비용도 적게 들죠. 아무것도 안 가르쳐주고 냅다 사람만 찾으라 하면 됩니까? 막말로 제가 작년에 바다에서 잡았다가 풀어준 돌돔 한 마리를 다시 찾아 달라는 거랑 똑같다니까요. 우리가 국정원도 아니고……. 이러면 비용이 천정부지로 솟습니다, 네?"
"상관없어요, 돈은 얼마든지 드릴게요."
강형수는 내 말을 듣자마자 구겼던 미간이 다시 펴졌지만, 입꼬리는 여전히 내려가 있었다. 강형수는 다시 볼펜을 바로잡고는 내게 물었다.
"어디서 마지막으로 만났는데요?"
"교회요."
"어느 교회요?"
"그건 잘……."
강형수가 한숨을 푹 내쉬었다. 한 사장에 대해서 그다지 아는 게 없었다. 나도 이런 정보로 사람을 찾을 수 있을까 싶었다. 강형수가 볼펜을 입에 물고는 말을 이었다.
"그러면, 좀 특정할 만한 거 없어요? 예를 들어 얼굴에 상처가 있다거나."
나는 교회에서 그를 처음 만났을 때를 가만히 떠올렸다. 마치 엄마를 오래전부터 알고 있던 사람처럼 거들먹거리며 뱉던 말과 거대한 풍채. 이윽고 다이아몬드 반지가 스테인드글라스를 통과한 여러 색의 빛들을 한데로 모으면 그 위에 출렁거리던 링거 줄이 빛을 다시금 흩어버렸다. 링거 줄, 수액 팩, 그 위에 적힌 장소. 번쩍 눈이 뜨였다.

"삼일병원이요. 그 사람, 수액 팩을 차고 있는 걸 보니 정기적으로 거기를 방문하는 것 같아요."

강형수는 뭔가 감을 잡은 사람처럼 자리에서 벌떡 일어나더니 컴퓨터 앞으로 갔다. 키보드 위에 쌓여 있던 쓰레기를 대충 한쪽으로 몰아놓고 검색을 시작했다.

"근데 이 사람 진짜 누구예요? 위험한 사람 아니에요?"

강형수는 나를 뚫어져라 바라보았다. 흔한 사건은 아니라 생각한 듯 돈을 더 달라는 것 같았다. 속으로 셈을 하는 것이 느껴졌다. 먼저 치고 나가야 했다. 나는 밀리지 않고 자리에서 일어나며 말했다.

"왜요, 무서워요? 그럼 다른 곳에 가볼게요."

내가 책상 위에 놓여 있던 목걸이를 가져가려 하자, 강형수는 필사적으로 손사래를 치며 나를 말리더니 자리에 앉으라 했다. 그러더니 핸드폰 계산기에다 금액을 쳐서 내게 보이고는 반응을 살폈다.

"이 정도만 더 주세요."

적지 않은 금액이었으나 기재만 찾을 수 있다면 삼일그룹과 관련한 내 지분을 모두 넘겨도 상관없었다. 나는 고개를 끄덕이고 차고 있던 팔찌를 하나 더 던졌다. 강형수는 씨익 미소를 짓더니 핸드폰을 주섬주섬 챙겨 넣었다.

"제가 한번 찾아보겠습니다. 뭐든 더 생각나는 게 더 있으면 전화로 언제든 말해주세요."

강형수가 자리에서 일어나 정문으로 나를 안내했다. 나는 문가에 서서 나가기를 머뭇거렸다. 강형수가 미소를 지으면서 문을 열어주고 90도로 인사했지만, 나는 문밖으로 나서지 않았다. 강형수가 한 번 더 고개를 숙여 인사했다. 그러나 움직이지 않았다. 갈 곳이 없었기 때문이었다. 강형수가 고개만 들고서 물었다.

"갈 데 없어요?"

힘겹게 고개를 끄덕였다. 강형수는 크게 숨을 내쉬더니 말했다.

"어디 모텔도 못 가요?"

"현금이 없어서……."

강형수가 잠시 머리를 긁적거리다가 문을 닫고 안으로 손짓했다.

"거기 어디 빈 데 앉아 계세요."

"감사합니다."

내가 건성으로 답하자, 강형수도 건성으로 말했다.

"아, 예. 뭐 보이는 거 아무거나 드셔도 돼요."

나는 그 말에 창고로 가서 과자 통을 통째로 들고 퍼먹기 시작했다. 볼이 터질 때까지 밀어 넣었다. 목이 마르면 냉장고에 있던 오렌지주스를 마셨다. 배가 차오르기 시작하자 긴장감이 살짝 풀어졌다.

그사이 강형수는 사무실 의자에 앉아 책상 위에 놓여 있던 유선 전화기를 들고 어딘가로 전화를 돌리기 시작했다. 전화기에는 중국집부터 치킨집까지 온갖 스티커들이 덕지덕지 붙어 있었다. 누군가 전화를 받자 강형수가 말했다.

"나야, 형. 동생 목소리도 몰라? 상철이가 삼일병원에서 일하지? 아니, 조카 얼굴 좀 보려고. 맨날 안 된다고만 말하지 말고. 알겠다, 알겠어."

돈에 관련한 이야기가 오가는지 강형수가 짜증을 냈다.

"약속한다니까. 그래, 내가 에어컨 하나 사줄게. 빨리 조카님 번호 좀 줘봐. 응, 그래."

강형수는 전화를 끊자마자 전달받은 번호로 다시 전화를 걸었다. 내게는 눈짓으로 바닥에 그만 흘리라고 핀잔을 주었다. 물론 나는 상관하지 않고서 먹는 데 집중했다. 조카가 전화를 받았는지 강형수는 목소리를 낮게 깔고는 말했다.

"그래, 상철아. 삼촌인데, 우리 얼굴 좀 보자. 삼촌이 보자는데 뭐라 하지 말고. 맛있는 거 사줄게. 근데 혹시 환자 하나만 찾아줄 수 있어? 몸집 크고, 주기적으로 수액 맞으러 오는 사람. 다이아몬드 반지……."

그는 노골적으로 자신의 통화 내용에 집중하고 있는 내 시선에 부담감을 느꼈는지 의자를 뒤로 돌렸다.

"응, 그래. 고맙다."

전화를 끊고 나서 강형수가 자리에서 일어나 박수를 쳤다. 나는 놀란 탓에 강냉이가 목에 걸렸다. 기침을 몇 번 하고 나서야 숨을 쉴 수 있었다. 강형수가 겉옷을 챙겨 입고는 말했다.

"갑시다."

"어디요?"

"아까 못 들었어요? 삼일병원."

"저도 가야 해요?"

"그럼 주인도 없이 여기 혼자 있게요?"

나는 강형수를 따라 건물 아래로 내려갔다. 차 한 대가 인도를 반쯤 물고 서 있었다. 바퀴에는 흙이 가득 묻어 있었고, 조수석 문짝은 녹이 슬어 있었다. 강형수가 차 문을 열자, 삐걱하고 나무문이 열리는 것 같은 소리가 났다. 내부에는 담배 냄새가 진하게 났다. 눈이 뻑뻑해지고 금방이라도 기침이 나올 것 같은 냄새였다. 강형수가 시동을 걸자, 프로펠러 도는 소리와 함께 죽음을 앞둔 노인처럼 차가 앞으로 천천히 나아갔다.

*

삼일병원 대기실에서 대기한 지도 여덟 시간째였다. 수액

스탠드를 끌고 대기실 안을 걷는 환자들이 많았다. 수백, 아니 수천에 가까운 사람들이 오갔다. 응급실 쪽에서는 늘 고성이 들렸다. 그때마다 양복을 입은 사람들이 응급실로 달려가 취객이나 진상 고객을 밖으로 내쫓았다. 나는 마스크와 책으로 얼굴을 가리고 있었다. 그 경비원들은 우리가 찾는 팀장과 함께 있던 사람들과 같았다.

내 옆에 앉아 있던 강형수는 하마처럼 하품을 크게 하더니 편의점에서 사 온 2리터짜리 페트병에 든 아메리카노를 물처럼 들이켰다. 병원 TV에서 방영하는 야구를 보면서 혼자 숨죽여 팔을 흔들다가 어느 순간 자기 입을 막고는 화를 내었다. 나는 그 옆에서 들어오는 사람들을 보면서 팀장을 찾으려 했다. 여유로운 모습의 강형수를 보며 불안감에 휩싸였다. 강형수가 말했다.

"불안해하지 마요."

그는 나를 비추고 있는 거울을 가리키며 말을 이었다.

"그렇게 분장을 했는데 어떻게 알아요?"

혹시 몰라 모자를 눌러쓰고 마스크를 하고 있었다. 거기에 강형수의 도움으로 옷을 사서 입고는 화장품으로 할 수 있는 한 본래 얼굴과 달라 보이려 했다. 조잡하기는 했으나, 병원에 마스크를 쓴 사람이 많았기에 발각되지 않을 것 같았다. 강형수가 의자에 주저앉듯이 앉으며 말했다.

"계획이 완벽하니까, 꼭 될 겁니다."

세 시간 전, 우리는 강형수의 조카를 만났다. 조카는 다섯 시간 동안 말없이 기다리고 있는 우리를 보자마자 한숨을 내쉬더니 물었다.

"찾을 수 있겠어요?"

조카의 손에는 음료수가 하나 들려 있었다. 그는 내게 복숭아 음료수를 건넸다. 나는 고맙다고 말했으나, 조카의 찡그런 표정을 보아하니 괜한 짓을 하고 있다는 말을 하려는 것 같았다. 강형수가 실실 웃으면서 조카에게 물었다.

"여기에 왔다며. 이야기 들어보니 그 사람, 밖에 잘 돌아다니지도 않는 것 같은데 그런 사람이면 주치의 부르는 거 아니면 백 프로 여기에 오겠지."

"그렇기는 한데요. 그 사람이 맞는지도 정확히 모르고, 그 사람이 맞다고 하더라도 아까 말한 대로 불규칙적으로 온다니까요. 무슨 일인지 의료 기록도 없어요. 제가 여기 살다시피 일하니까 봤던 거죠."

강형수는 조카의 어깨를 세게 주물렀다.

"원래 기본적인 게 제일 효과적이라니까. 내가 예전에 육 개월 동안 용의자 집 앞에서 먹고 자고 싸면서 기다려서 그 새끼 목덜미를 확 잡았다니까."

"아, 예. 그러세요."

조카는 데스크를 향해 돌아보더니 주변을 살폈다. 데스크 직원들이 힐끔힐끔 우리를 보고 있는 것이 느껴졌다. 그는 강형수에게 가까이 다가가 고개를 숙이고는 속삭였다.

"그래도 여기 이렇게 오래 계실 줄은 몰랐죠."

"나도 네가 이렇게 돼지가 되어 있을 줄은 몰랐다. 옛날에는 그렇게 여리여리하던 놈이 지금은 뭐……."

조카는 강형수를 노려보며 물었다.

"근데 어떻게 잡을 거예요?"

강형수가 침묵하자, 조카는 자연스럽게 강형수에게 손을 내밀었다. 그러자 강형수가 주머니에서 봉투를 꺼내 쥐여 주었다. 조카는 고개를 돌려 몰래 봉투 내부를 확인하더니 스파이라도 되는 것처럼 비장한 표정으로 속삭였다.

"수액만 맞는 건데, 이상하게 수술실을 통째로 빌리더라고요."

"왜?"

"왜긴요, 남들한테 얼굴 보이기 싫으니까 그렇겠죠. 혼자서 약 맞고 헤벌레……."

강형수가 조카의 말을 잘랐다.

"됐고, 그때를 노리자는 거지?"

조카가 고개를 끄덕였고, 그렇게 계획이 정해졌다. 잠복한 지 세 시간이 지나자 허리가 아픈지 강형수는 의자 아래로 다리를 뻗고는 등받이에 목을 기댔다. 흡사 자라처럼 보이기도 했다. 점퍼에 공기가 차자 불룩해졌다. 조카는 한숨을 크게 쉬고는 문을 주시하고 있던 내게 말했다.

"배 안 고파요?"

나는 고개를 저었다. 조금이라도 빨리 자리를 피하고 싶었다. 언제 어디서 엄마의 사람들이 나타날지 알 수 없었다. 강형수가 실실 웃으면서 말했다.

"괜찮으시단다. 도대체 친구 아버지는 왜 찾으려고 하시는 건지."

나는 귀걸이를 풀어서 강형수에게 내던졌다.

"좀 닥쳐요. 두 번째 의뢰예요."

그제야 강형수가 입을 다물었다. 그러나 그로부터 또 세 시간이 지나자 불안감이 치솟았다. 어쩔 수 없이 나는 강형수에게 제대로 봐달라 말하고는 화장실로 뛰어갔다.

강형수는 또다시 유도 3단에, 태권도 1단에, 주짓수까지 배웠다면서 자기를 믿으라며 허공에다가 주먹을 날렸다. 바람에 흩날리는 종이 인형 같았다. 가슴을 치면서 자기를 믿으라고 했지만, 영 믿음이 가지 않았다.

*

걸어 나오는 사람을 밀치고는 화장실 변기 칸에 들어가서 머리를 부여잡았다. 숨을 쉬기가 힘들었다. 어디선가 엄마가 나를 지켜보고 있는 것만 같았다. 어설픈 계획과 어설픈 사람들. 엄마는 과연 정말로 모르는 것일까, 모르는 척하는 것일까? 모르는 척하는 것이라면 대체 왜? 그러나 한 가지는 확실했다. 엄마가 어떻든 내가 나아갈 수 있는 방향은 하나라는 것. 가슴팍이 조여올 듯 아파왔다.

똑똑. 노크 소리가 들렸다. 덜미가 잡혔나 싶었다. 숨을 죽이고는 빠져나갈 방법을 생각했다.

"저기요."

여자 목소리였다. 조심스럽게 문을 열고 머리를 내밀자 한 간호사가 팔짱을 낀 채로 나를 내려다보고 있었다.

"왜 사람을 밀치고 그래요?"

간호사는 아까 내가 밀친 사람이었다. 나는 고개를 숙이고는 다시 자리로 돌아가려 했다.

"미안해요."

그녀가 이죽거리며 내 어깨를 잡아챘다.

"미안하면 다야?"

나는 간호사의 명찰을 잡아채고 가까이 다가가 속삭였다.

"김채연……. 이름 기억해둘게."

"뭐?"

"나중에 추하게 일자리 구걸하지 말고 꺼져."

그 순간, 데스크 쪽에서 이상한 소리가 들렸다. 퍽 하고 주먹이 얼굴을 때리는 소리였다. 나는 또다시 여자를 밀치고는 소리가 나는 곳을 향해 달려갔다. 강형수가 바닥에 누워 있었다. 입술이 터져 있었고, 눈은 부어올라 있었다. 주위로는 양복을 입은 사람들이 그를 둥글게 에워싸고 있었다. 그들은 강형수의 겨드랑이에 손을 넣고 들어 올렸다. 강형수는 의식이 없는 것 같았다. 입에서 흐르는 피를 닦아낼 생각조차 하지 못하고 있었다. 강형수는 피를 토해내며 움찔거리다가 그대로 응급실로 옮겨졌다.

사람들의 시선이 강형수에게 향한 사이, 엘리베이터를 향해 무심하게 걸어가는 남자의 손이 눈에 들어왔다. 커다란 다이아몬드 반지. 반지에는 피가 묻어 있었다. 그는 엘리베이터를 타려고 했다. 나는 그를 따라잡으려 전속력으로 엘리베이터를 향해 달렸으나, 근소한 차이로 엘리베이터 문이 닫히고 말았다.

나는 얼른 엘리베이터가 멈춰 선 층수를 셌다. 사층, 칠층, 십일층이었다. 엘리베이터는 십일층에 멈춰 선 뒤에 내려올 생각이 없어 보였다. 곧장 접수대로 달려갔다. 조카가 겁에 질려 벌벌 떨고 있었다. 내 얼굴을 보자마자 말했다.

"저 해고될지도 몰라요……. 어떡해요, 삼촌이 방금 그 남자 어깨에 손을 올리자마자 저렇게……."

그는 삼촌이 당한 모습에 충격을 받았는지 울먹거렸으나, 나는 남자를 놓칠까 다급했다. 데스크를 손바닥으로 치면서 물었다.

"사층, 칠층, 십일층 중에 어디예요?"

조카는 눈물을 흘리면서 컴퓨터를 확인했다. 데스크 위 시선들이 내게 모였다. 그제야 이곳이 삼일병원이며 엄마의 손아귀에서도 중심부라는 것을 알아차렸다. 들키는 것은 시간문제였다. 조카의 목소리는 두려움으로 떨리고 있었다.
 "칠층, 수술실이요……."
 "저기요!"
 화장실에서 봤던 간호사가 씩씩거리며 서 있었다. 간호사가 뭐라 말하기도 전에 뒤편에서 굵은 목소리가 들려왔다.
 "저기!"
 양복을 입은 사내들이 응급실 쪽에서 나를 향해 걸어오고 있었다. 나는 간호사를 그들에게 밀치고는 엘리베이터를 향해 달려갔다. 엘리베이터를 타고 올라가려 했지만 십일층에서 엘리베이터는 멈춰 있었다. 몇 번의 외침에도 내가 반응하지 않자 경비원 둘이 나를 향해 달려왔다. 나는 바로 비상구를 열고 계단을 올랐다. 뒤에서 나를 잡으러 달려드는 소리가 들렸다.
 계단을 타고 올라갔다. 아래로는 따라오는 발소리가 들렸다. 종아리가 터질 것 같았지만, 멈추지 않았다. 지금 잡히면 모든 게 끝이었다. 칠층에서 옆으로 빠졌다. 어디로 갈지 몰라 주변을 두리번거렸다. 창고 같은 작은 방에 들어갔다. 선반에는 개어놓은 환자복이 보였다. 옷을 벗어 던지고는 환자복으로 갈아입었다. 머리를 풀어 헤쳐 얼굴을 가리고 벗어놓은 옷을 선반 아래에다 쑤셔 넣었다.
 문에 귀를 대고 남자들의 발소리가 지나가기만을 기다렸다. 십일층으로 갔는지 발소리가 들리지 않자, 문을 열고 복도를 나섰다. 다른 경비원들도 병실 곳곳을 돌며 나를 찾고 있었다. 나는 곧바로 병실에 들어가 빈자리에 앉았다. 그러고는 TV를 보는 척했다. 경비원들이 복도에서 머리를 싸매고 이야기를 나누었다.

"입구부터 봉쇄하고, 층별로 나눠서 찾아보자."

옆 침대에 앉아 있던 할머니가 나를 물끄러미 바라보았다. 창밖을 바라보듯 무심한 표정이었다. 나는 반응하지 않고 가만히 웃어 보였다.

"경선이여?"

나는 복도를 주시하면서 할머니를 향해 인사했다. 그러자 할머니가 냉장고에서 사과 하나를 꺼내더니 내게 내밀었다. 내가 거절해도, 계속해서 내 손에 들려주었다. 자리에서 일어나 할머니 침대 앞에 적힌 글자를 보니 '알츠하이머'라는 병명이 보였다. 할머니는 TV를 보며 전혀 다른 사람 이야기를 하다가 갑자기 울먹거리며 말을 이었다.

"딸, 왜 이제야 왔어?"

내가 당황하는 사이, 할머니는 나를 안았다. 할머니의 몸에서는 축축한 냄새가 났다. 자기는 딸이 하나라며 자기를 닮아서 말도 안 듣고, 맨날 싸우기도 한다면서 불평을 해댔다. 그러다가 갑자기 자기한테 딸이 어딨냐면서 스스로 반문했고, 화를 내다가 딸이 죽었다면서 울기도 했다.

문득 내게 할머니가 있다면 그녀와 같을 것이라는 생각이

들었다. 이유를 명확히 알 수는 없었다. 나도 모르게 그녀의 품에 얼굴을 파묻으면서도 점점 가까워지는 경비원들의 발소리에 할머니를 진정시키고자 그를 슬쩍 밀어냈다. 그러자 할머니가 눈을 동그랗게 뜨고는 내게 말했다.

"엄마."

할머니는 계속해서 나를 안으려 했다. 나는 벗어나려 할머니 어깨를 강하게 눌렀으나, 할머니의 악력이 더욱 강했다. 그때 문밖에서 경비원들의 발소리가 들렸고, 나는 할머니를 안고서 한동안 가만히 있었다. 경비원들은 서로 안고 있던 할머니와 나를 보고는 병실을 지나쳐 갔다.

할머니의 어깨를 물고 나서야 할머니의 품에서 가까스로 벗어날 수 있었다. 할머니는 자기 어깨를 쥐고는 어린아이처럼 울기 시작했다. 나는 알지 못할 말을 중얼거리고 있는 할머니를 침대에 다시 누이고 복도로 빠져나왔다.

*

수술실은 칠층 복도 가장 끝에서 두 번째에 있었다. 바로 옆 병실 안에 몰래 숨어 있다가 문을 지키고 있는 경비원이 수색을 위해 불려 나간 순간, 수술실을 향해 발을 내디뎠다. 조심스럽게 수술실 문을 열고 들어섰지만 불이 꺼져 있어서 그런지 앞이 보이지 않았고, 낮은 저주파가 스피커에서 흘러나오고 있었다. 폐쇄 병동 같은 느낌이 들었다. 저주파 속에서 누군가의 숨소리가 얕게 들렸다. 소리 나지 않게 문을 닫고 더듬거리며 불을 켰다.

거대한 체구의 한 사장은 수술 침대 위에 바로 누워 있었다. 해체를 앞둔 돼지를 보는 것 같았다. 그의 팔과 연결된 링거에는 노란 액체가 들어 있었고, 다이아몬드 반지는 수술 도구들과 함께 놓여 있었다. 나는 먼저 그를 수술 침대에 묶기로 했다. 고문을 해서라도 기재에 대해 알아내려 했다. 시간이 얼마 없었다.

에어컨 코드를 뽑은 다음 전기선을 잘라 그의 몸체를 수술 침대에 여러 번 묶었다. 그가 깨어나기까지 기다려야 했는데, 이대로라면 의사가 돌아올지도 몰랐다. 어디를 가더라도 마찬가지일 것이다. 문을 잠그고는 에어컨을 끌어 문을 막았다.

조금이라도 시간을 벌어야 했다. 나는 한 사장을 깨우기로 했다. 그의 머리맡에 서서 몸을 흔들었다. 그러나 그는 깨어나지 않았다. 마음 같아서는 바로 메스로 목을 그어버리고 싶었다. 뺨을 때렸다. 그가 기재를 때렸을 때처럼 힘을 담아 강하게 때렸다. 그러자 한 사장이 서서히 눈을 떴다. 정신을 차리지 못하는 건지 눈에는 흰자위가 가득했고, 신음이 들려왔다.

"일어나."

그는 마치 술에 취한 것 같았다. 화가 났다. 기재는 어디선가 죽어가고 있을지도 모르는데, 여기서 잠이나 처자고 있다니. 나는 화를 참지 못하고 수술대 위에 놓인 메스를 집어 그의 팔뚝을 찔렀다. 그러나 그는 윽 하는 소리만 낼 뿐 여전히 잠에 취한 표정을 짓고 있었다.

"기재 어딨어."

한 사장은 고개를 까닥거리다가 나를 발견하고는 손을 뻗으려 했으나, 침대에 묶여 그러지 못했다.

"최 여사……."

그가 어눌한 발음으로 말을 꺼내자 입에 고여 있던 침이 아래로 떨어졌다.

"기재 어딨어!"

메스를 뽑아 들고 이번에는 그의 반대쪽 허벅지를 찔렀다. 그제야 완전히 정신을 차린 듯 그는 몸을 버둥거렸다. 나는 한 사장의 얼굴에 내 얼굴을 가까이 가져가고는 속삭였다.

"네가 데려간 거 알고 있어. 말할 때까지 계속 찌를 거야."

그런데 그는 나를 보며 웃음을 터뜨렸다. 고문을 당하고 있는데도 침이 사방으로 튈 정도로 웃다니. 악마를 보는 것만 같았다. 한 사장이 웃음기를 머금은 목소리로 말했다.

"계속 찔러봐, 달라지는 건 없으니까."

나는 여러 번에 걸쳐 그의 허벅지를 찔렀다. 그는 그때마다 몸을 떨면서 소리를 질렀다. 피가 몸에 튀었으나 개의치 않았다. 그때 바깥에서 인기척이 느껴졌다. 의사가 찾아온 모양이었다. 의사는 문고리를 돌렸으나 문이 잠겨 열리지 않았다.

바깥에서 의사가 물었다.

"사장님, 괜찮으십니까?"

나는 한 사장의 목에다 메스를 들이밀고는 속삭였다.

"빨리 괜찮다고 말해."

한 사장은 내 눈을 바라보더니 입을 다물었다. 나는 메스를 더욱 가까이 그의 목에 들이밀었고, 그의 목에서 피가 흘렀다.

"빨리!"

내 손가락 위로 흐르는 피의 뜨겁고 끈적한 느낌에 소름이 끼쳤으나 메스를 쥔 손에 더 힘을 주었다. 나는 더 냉혹해질 수 있었다. 엄마의 딸이니까.

한 사장이 중얼거렸다.

"최 여사, 진짜 엿 같게 행동하는군."

대답이 없자 무언가 일이 있음을 직감한 의사가 다급한 손놀림으로 문을 열려고 했다. 한 사장이 문밖을 향해 외쳤다.

"괜찮아, 가봐."

의사가 문에다 대고 물었다.

"정말입니까?"

"그래."

한 사장은 전혀 긴장하지 않은 것처럼 보였다. 오히려 말투에서 여유가 느껴졌다. 목에 메스를 더욱 가까이 가져다 대도 한 사장의 태도는 변하지 않았다. 의사는 한숨을 내쉬더니 문고리에서 한 발자국 멀어졌다.

"약 더 필요하시면 말씀하세요."

의사의 발소리가 점차 멀어졌다. 나는 메스를 거두고는 한 사장을 내려다보았다. 그 역시 나를 물끄러미 보고 있었다.

"젠장, 엿같이 닮았군."

그렇게 말하고 한 사장은 눈을 감았다. 무슨 생각을 하고 있는지 알 수 없었다.

"지금이 마지막 기회야. 다 버리고 떠나."

"뭐?"

갑자기 무슨 말인가 싶었다. 한 사장이 덤덤하게 말을 계속했다.

"한기재 같은 건 찾지도 말고, 그냥 다 잊고 떠나서 혼자 살아."

"내가 왜?"

한 사장은 복잡한 표정을 지었다. 궁지에 몰린 사람에게서, 인질로 잡힌 사람의 표정에서 나올 법한 두려움이 아니라 어째서인지 동정과 연민이 느껴지고 있었다.

한 사장이 말했다.

"그 녀석, 그만한 가치가 없는 쓰레기니까."

그의 목소리에서 체념이 느껴졌다. 나를 설득할 수 없으리라는 것을 알고도 이야기하는 것 같았다. 이해할 수 없었다. 그의 뺨을 메스로 강하게 그었다. 한 사장은 고통에 몸부림쳤다.

"닥쳐, 기재에 대해서 함부로 말하지 마."

한 사장은 내게 눈을 부라리며 말했다.
"네 손에 얼마나 많은 목숨이 달려 있는지 생각해봤어? 그걸 감당할 수 있겠어? 때론 도망치는 게 정답일 수도 있어."
아니, 내가 없어도 사람들은 어떻게든 살아갈 것이다. 그러나 다른 한 가지는 명확했다. 내가 나서지 않으면 기재는 죽을 것이다.
"헛소리하지 말고, 기재 어딨어?"
한 사장은 잠시간 침묵을 지켰다.
"그래, 한번 끝까지 해보자."
내가 메스를 다시금 그의 목에 가져다 대자, 한 사장은 묶인 손가락을 까딱거리며 눈을 크게 떴다.
"병원에 있어."
"여기에?"
내가 주변을 살피자, 한 사장이 또다시 웃으면서 말했다.
"그럴지도."
"무슨 개소리야. 똑바로 말해."
한 사장이 정색하더니 말을 이었다.
"여기서 멀리 떨어진 정신병원에 있어."
나는 책상 위에 놓여 있는 수술 교본을 찢고 그 옆에 놓여 있던 볼펜을 손에 들었다.
"주소 불러."
한 사장은 천천히 주소를 불렀다. 외운 것처럼 자세히, 우편

번호까지 함께 말이다. 주소상으로 여기서 그렇게 멀지 않은 산속에 있었다. 그의 핸드폰으로 검색해보니 버려진 폐병원은 아니었고 조현병이나 우울증 등 정신병이 심한 환자들이 병원을 돌고 돌다 마지막으로 가게 되는 수용소 같은 곳이었다. 내가 주소를 전부 메모하자 한 사장이 말했다.
"나도 거기 간 적 있어."
"당신도?"
그가 씁쓸한 표정을 짓고는 말을 이었다.
"옛날에 네 엄마한테 한 방 먹었거든. 독한 여자야, 진짜. 자기 목적을 위해서라면 수단과 방법을 가리질 않아. 목적을 위해서라면 자기 자신도 죽일 사람이야."
그러고는 나를 똑바로 바라보더니 힘주어 말을 이었다.
"너도 참 그 여자 같구나."
그 말에 나는 그의 배를 주먹으로 힘껏 쳤다. 한 사장은 신음을 내며 고개를 떨구었다. 그의 외투에서 핸드폰을 꺼내 그에게 던지고는 말했다.
"경호원들한테 전해. 지금 내가 엄마한테 가고 있으니 그리로 가라고."
과연 그가 내 말을 따를지 알 수 없었다.
"그래, 난데. 최 여사 딸이 지금 최 여사 쪽으로 갔어. 전부 그리로 가."
나는 그의 목에 메스를 들이밀며 낮게 읊조렸다.

"한 놈도 빠짐없이 전부."

한 사장은 나를 잠시 쏘아보았다. 그와 동시에 메스를 쥔 손에 힘을 주었고 목에서 피가 흘렀다.

"전부 이동해."

그와 동시에 나는 그의 핸드폰을 밟아 부수고는 문을 막고 있던 에어컨을 치웠다. 문에다 귀를 대고는 천천히 바깥 동향을 살폈다. 아무도 모르게 빠져나가야 했다. 아무 소리도 들리지 않아 문을 나서려는데, 한 사장의 웃음소리가 들려왔다.

"뭐가 그렇게 웃겨?"

한 사장은 웃음기를 머금은 얼굴로 말했다.

"지금 웃을 수밖에 없으니까 웃지. 이건 웃겨서 웃는 게 아니야."

또 무슨 개소리인지. 돼지처럼 커다란 배를 흔들며 한 사장은 웃기 시작했다. 마치 나를 비웃는 것 같았다. 너는 어디에서도 벗어나지 못할 것이라고.

"이건 기재에 대한 복수야."

나는 그 웃음소리를 참지 못하고 메스로 그의 목을 그어버렸다. 이어서 무언가를 말하려는 그의 입에 거즈를 물리고 복도로 빠져나왔다. 남은 경호원 몇이 복도를 거닐면서 환자들의 신분을 확인하고 있었다. 다른 병실로 가려고 했으나 사람이 가득했다. 달리 도망갈 곳이 없어 보였다. 그런데 경호원 하나가 내 앞에 섰다. 손에는 환자들의 명부 같은 것이 들려 있었다.

"이름."

나는 말하지 못했다. 이대로 잡히는가 싶었다. 이곳을 빠져나간다고 하더라도 입구가 봉쇄되어 있었으니 금방 잡힐 게 뻔했다. 내가 대답하지 못하자 경호원의 눈빛이 달라졌다.

"이름 말하세요."

아무리 머리를 써도 도망갈 틈이 보이지 않았다.

"경선아, 아직도 안 갔어?"

뒤돌아보니 아까 병실에서 만났던 할머니가 서 있었다. 할머니는 아까 내가 두고 간 사과 하나를 손에 들고 있었다. 그 말을 들은 경비원이 차트를 확인했으나 고개를 저었다.

"박경선은 없는데요?"

경호원이 다시 의심의 눈초리로 나를 보았다. 그러자 할머니가 무작정 내게 다가오더니 내 등을 쓰다듬었다.

"오늘 퇴원한다더니 지금까지 안 나가면 어째?"

경호원은 무전기를 들더니 박경선이라는 환자가 있는지 물었다. 마음을 졸였으나, 머리로는 이미 잡혔다는 생각이 가득했다. 나는 할머니와 눈을 마주쳤다. 아무래도 치매 환자의 말을 믿을 수가 없었다. 할머니는 사람 좋은 웃음을 보이면서 내 손을 꼭 붙잡고 안심하라는 듯 고개를 끄덕였다. 무전기에서 목소리가 들려왔다.

"오늘 퇴원 절차 밟으신 분이래요."

경호원이 나를 향해 고개를 숙였다.

"죄송합니다. 허가받지 않은 외부인이 여기 있다고 해서요. 진심으로 사과드립니다."

경호원들이 나를 그대로 지나쳤다. 할머니는 나를 꼭 껴안으며 말했다.

"산책 가자, 산책."

나는 할머니를 휠체어에 태우고는 일층으로 내려갔다. 일층에는 경호원들의 경비가 더욱 삼엄해져 있었다. 그들은 문을 막아서고 방문객들의 신분을 일일이 확인했다. 내가 휠체어를 끌고서 문 앞에 도착하자, 경호원이 나를 막아 세우려 하다가 할머니 얼굴을 보더니 문을 열어주었다.

바깥에 나가서는 할머니와 주차장을 한 바퀴 돌았다. 그제까지 할머니는 말없이 휠체어에 앉아만 있었다. 도대체 무슨 일이 벌어지고 있는지 알 수 없었다. 할머니와 오래전에 만난 것 같은 익숙한 느낌이 들었다. 그러나 이 모든 의문을 풀 수 있을 정도의 시간이 내게 남아 있지 않았다. 그 순간에도 기재는 나를 기다리고 있었다. 마침 주차장에 있던 한 남자에게 화장실을 다녀오겠다며 할머니를 부탁하고는 그곳에서 도망치듯 나왔다. 할머니는 멀어져가는 나를 향해 말했다.

"다신 오지 마!"

피살 314일 전

"아, 그 새끼가 뒤에서만 안 때렸어도."

강형수는 피 섞인 가래를 돋우어 창문 밖으로 뱉어냈다. 그의 얼굴은 미라처럼 붕대로 둘둘 감겨 있었다. 강형수는 응급처치를 받은 후 경찰서로 끌려가 조사를 받고 난 후에야 풀려날 수 있었다. 그마저도 해당 파출소 경위로 근무하고 있던 옛날 후배를 마주치지 않았더라면 유치장에서 하루를 꼬박 보내야 했을 것이다.

병원에서 도망친 후 공중전화로 강형수와 어렵게 연락이 닿았다. 명함을 챙기지 않았더라면 그와 만나지 못했을 것이다. 우리는 한 사장이 건넨 주소를 향해 내달렸다. 시간은 이미 새벽 두시였다. 강형수는 피곤한지 사무실에서 조금 쉬었다 가자고 했지만, 나는 발찌까지 풀어 그에게 던지며 액셀을 밟으라 말했다. 일분일초가 급했다.

포장된 도로가 끝나고 산길이 시작됐다. 길은 깊숙한 산속으로 이어졌고 강형수는 자기 차가 SUV라 다행이라면서 너스레를 떨었다. 물론 대화로 이어지지는 않았다. 내 신경은 온통 룸미러를 향해 있었다.

엄마는 얼마 지나지 않아 한 사장의 죽음을 알게 되고, 내 행방에 대해 보고받았을 것이다. 그러나 이상하게도 아무런 일도 벌어지지 않았다. 강형수는 운 좋게 옛날 후배를 만나 석방됐고, 차는 빠르게 목적지를 향해 나아갔다. 이 수월함이 나를 안심시키기보다 태풍의 눈 속으로 들어가는 것처럼 나를 불안하게 했다. 룸미러 속 어둠을 뚫어져라 바라보며 생각했다.

'이마저도 전부 엄마의 계획이라면?'

몰이사냥을 하듯 나를 이 산속으로 모는 것이라 해도 내가 가야 할 곳은 정해져 있었다. 그곳에서 엄마의 경호원들이 나를 기다리고 있다고 하더라도, 결국 잡혀서 다시 그 지옥 같은 집으로 끌려간다고 하더라도 기재를 찾아야 했다. 길은 갈수록 거칠어졌다. 강형수는 자기 차를 긁어대는 나뭇가지를 보며 욕을 내뱉었다.

"길이 왜 이래? 뭔 짐승이라도 가둬놨나?"

차를 몰고 달리기를 삼십 분째였다. 갑자기 다시 포장된 도로가 나왔다. 전과는 달리 매우 말끔하게 포장되어 있었다. 도시에라도 나온 것 같았다. 강형수가 도로를 보며 중얼거렸다.
"도로를 깔려면 제대로 깔든가, 여긴 왜 이래?"
그렇게 도로를 따라가자 마침내 건물 하나가 나타났다. 녹음이 우거진 데다 새벽어둠이 짙게 풍겨 을씨년스러운 분위기가 가득한 곳이었다. 그런 산속에 건물이 있다니 다소 이질적으로 느껴졌다. 차를 멈추고 창문을 내려 고개를 내밀었다. 순간적으로 소름이 끼쳐 얼굴을 뒤로 뺐다.
강형수가 물었다.
"왜 그러세요?"
건물에서 간헐적으로 비명이 들려오고 있었다.
"비명이 들렸어요."
강형수가 나를 힐끔 보더니 껄껄 웃으며 말했다.
"바람 소리니까 안심하세요. 옛날에 애들끼리 저런 데서 같이 살았을 때 저도 비슷한 소리 듣고 놀라서 막 까무러쳤는데, 애들이 막 놀리더라고."
강형수는 당시 상황을 일부러 과하게 묘사했다. 차마 웃지는 못했다. 그 역시도 건물에서 어떤 불길한 기운을 느끼고 있는 것 같았다.
건물에서 조금 떨어진 곳에 차를 멈췄다. 강형수는 시동을 걸어놓은 상태로 차에서 내려 주변을 살폈다. 어둠 속에서 그의 얼굴에 긴장감이 역력했다. 나도 그를 따라 내리려 했으나 강형수는 차 안에 있으라면서 나를 말렸다.

강형수가 정문 주위를 서성였다. 높은 담벼락 위에는 넘어갈 수 없도록 날카로운 갈고리가 수십 개 달린 철사로 뒤덮여 있었다. 강형수가 돌을 주워 담벼락 위로 던졌다. 돌이 철사에 맞자 스파크가 튀었다. 그 광경을 본 강형수는 고개를 끄덕이고 차로 돌아와 안전벨트를 맸다. 어이가 없어 물었다.
"뭐 하는 거예요?"
"아침에 옵시다, 아침에."
강형수는 식은땀을 흘리면서 말을 더듬었다. 아무래도 겁을 먹은 것 같았다. 핸들을 꺾고 돌아가려는 것을 내가 잡아 세웠다. 차가 흙먼지를 일으키며 자리에 멈추었다. 차 브레이크 밟는 소리가 건물 쪽에서 메아리쳐서 돌아왔다. 강형수는 울상을 하고서 내게 물었다.
"지금 면회도 안 될 건데, 꼭 지금 가야겠어요?"
나는 그를 똑바로 바라보면서 고개를 끄덕였다.
"네."
강형수는 한숨만 푹 내쉴 뿐 답을 하지 않았다.
"같이 안 가셔도 돼요. 혼자 갈게요. 대신 사람은 내가 찾은 거니까 돈은 더 안 드릴 거예요."
강형수가 뭐라 말하기 전에 나는 안전벨트를 풀고 차에서 내려 건물을 향해 다가갔다. 호기롭게 말은 했으나, 나도 무서웠다. 슬쩍 뒤를 돌아보니 강형수는 두 손으로 머리를 헝클어뜨리며 낮게 욕을 내뱉고 있었다. 그러다 그도 곧 나를 향해 뛰어왔다.

강형수가 떨리는 목소리로 말했다.

"돈, 더 주셔야 해요."

나는 고개를 끄덕이고는 조심스럽게 몸을 낮춰 담벼락으로 다가갔다. 어둠 속에 몸을 숨겼다. 담벼락 너머로 인기척이 느껴지지는 않았으나, 아무리 주위를 살펴봐도 몸을 욱여넣을 빈 공간이라고는 눈에 보이지 않았다. 강형수가 내 팔을 살짝 잡아당기며 속삭였다. 손이 식은땀으로 축축했다.

"제가 그래도 경찰 생활 이십삼 년을 했는데, 이런 데는 유명한 도둑도 못 들어가요. 들어갔다고 해도 못 나오고요."

어쩔 수 없었다. 나는 팔을 뿌리치고 빠른 걸음으로 정문에 다가갔다. 강형수가 말릴 틈은 없었다. 정문에는 작은 인터폰이 달려 있었다. 카메라가 달린 작은 버튼이었는데, 뒤에서 울먹이며 귀신이라도 나오면 어떻게 하냐는 강형수를 무시하고 버튼을 눌렀다. 일정한 신호음이 이어졌다. 이윽고 스피커에서 여자 목소리가 들렸다.

"무슨 일이신가요?"

강형수는 주먹을 입에 쑤셔 넣고는 소리 없는 비명을 질렀다. 나도 달아나고 싶었으나, 기재의 얼굴을 떠올리며 가까스로 마음을 진정시켰다. 나는 심호흡하고 말했다.

"면회 왔어요."

여자는 단호한 목소리로 말했다.

"저희는 면회 안 받습니다."

뚝하는 소리와 함께 연결이 끊어졌다. 강형수는 호들갑을 떨더니 내 팔을 강하게 잡아챘다.

"내일, 내일 옵시다!"

오히려 여자의 단호한 거절에 오기가 나서 다시 버튼을 눌렀다. 짧은 신호음과 함께 같은 목소리가 들렸다.

"무슨 일이신가요?"

"찾는 사람이 있어서요."

짧은 한숨과 함께 여자가 사무적인 목소리로 말했다.

"면회 안 받는다고 아까 말씀드렸잖아요. 계속 그러시면 경찰 부르겠습니다."

강형수가 대신 얼굴을 카메라를 향해 들이밀고는 말했다.

"죄송합니다, 저희가 내일 다시 오겠……."

나는 강형수를 옆으로 밀어내고는 카메라를 향해 경고했다.

"저기요!"

가만 보니 연결이 끊어져 있었다. 나는 버튼을 강하게 반복해서 눌렀다. 내일 다시 이곳에 온다고 해도 이들이 면회를 거부한다면 방법이 없었다. 더불어 시간이 늘어짐에 따라 불안감도 점차 늘어났다. 곧 엄마의 사람들이 나를 잡으러 이곳에 올 것이었다. 내게 답변하는 사무적인 목소리에도 조금씩 짜증이 배어났다. 끝내 여자가 소리치듯 말했다.

"경찰 부르겠……."

"삼일그룹 최 회장님이 보내서 왔어요."

여자는 잠시 침묵했다. 나는 여자의 반응에서 희망을 보았다. 이어서 말했다.

"빨리 문 좀 열어주시겠어요?"

뚝 하고 연결이 끊어졌다. 강형수가 뒷걸음치기 시작했다.

"진짜 갑시다, 좀!"

그러나 나는 그 자리에 가만히 서 있었다. 얼마 지나지 않아 전자음과 함께 문이 열렸다. 강형수는 어리둥절한 표정으로 나를 보고 그 자리에 서 있었다. 나는 얼어붙은 강형수를 지나쳐 그의 차에 올라탔다. 멍하니 서 있던 그를 향해 외쳤다.

"안 가요?"

강형수는 얼이 빠진 사람처럼 차로 뛰어와서는 시동을 걸었다. 차는 기분 나쁜 소리를 내며 문 안으로 나아갔다.

*

건물 안으로 들어가서는 강형수에게 차에서 대기하라고 말했다. 강형수도 그러겠노라고 말하면서 연신 고개를 끄덕였다. 건물 입구는 평범한 병원 같았다. 다만 몇몇 장소를 제외하고는 불이 모두 꺼져 있었다. 유리문을 열고 안으로 들어서자, 소독약 냄새가 강하게 났다. 곧 불이 들어오더니 실루엣 하나가 보였다.

"어서 오세요."

간호사가 나를 기다리고 있었다. 언뜻 보았을 때 나이는 오십대 정도로, 반복된 교대근무로 피곤에 절은 듯 다크서클이 진했다. 간호사는 나를 향해 90도로 허리를 숙이더니 차가운 목소리로 내게 물었다.

"그런데 그룹에서 오신다는 연락은 없었는데요?"

아까 인터폰에서 들었던 사무적인 목소리였다. 나는 엄마를 떠올리며 차가운 목소리로 그에게 말했다.

"급한 일이 생겨서요. 왜요? 일일이 허락이라도 받고 와야 해요? 회장님이라도?"

간호사는 나를 빤히 쳐다보았다. 신분증이라도 요구하면 어떻게 하나 싶었으나, 그러지는 않았다. 그가 바로 내게 물었다.

"누구를 찾으십니까?"

"한기재라는 사람, 여기 있죠?"

당황하는 기색은 느껴지지 않았다. 간호사는 표정 변화 없이 목에 걸린 안경을 쓰고 손에 들고 있던 파일철을 열어 보았다. 우아하게 검지로 위에서부터 찬찬히 차트를 쓸어내렸다. 걸림 없이 내려가는 손가락을 보며 혹시나 기재가 없을까 봐 긴장했다. 한 사장이 잘못된 정보를 알려줬을지도 몰랐다. 다행히 간호사의 손가락이 서류철 한 지점에서 멈췄다. 그녀는 파일철을 소리가 나게 덮고는 말했다.

"따라오세요."

말과는 달리 간호사는 나를 지나쳐 내가 지나온 건물 문을 향해 다가가더니 문 아래위를 모두 잠갔다. 꼼짝없이 갇히고 만 것이었다. 간호사는 무표정하게 다시 나를 지나쳐 계단을 올라갔다.

나는 간호사를 따라 계단을 올랐다. 마치 속이 비어 있는 것처럼 건물 안에서는 인기척이 느껴지지 않았다. 그때 어디선가 비명이 들려왔다. 인간이 아닌 어떤 생명체가 공포에 질려 울부짖는 것 같았다. 나는 그저 바람 소리라는 강형수의 말을 떠올리며 진정하려 했지만, 등에는 식은땀이 흐르고 있었다.

"왜 그러세요?"

간호사가 몸을 돌려 나를 바라보았다. 나는 계단 아래에서 몸이 굳은 채로 얼어붙어 있었다. 본능적으로 이곳을 빠져나가야 한다고 느꼈으나, 발걸음은 간호사의 뒤를 따르고 있었다.

"자, 이리로."

간호사는 오층 끝에 다다라서 복도를 향해 손짓했다. 복도에는 교회 수도원처럼 철문 달린 방들이 늘어져 있었다. 감옥 같았다. 철문 눈높이에는 손바닥 크기의 창이 복도를 향해 나 있었고, 그마저도 쇠창살이 박혀 있었다. 복도에는 거대한 몸집의 직원들이 피곤한 눈을 하고 잠과 사투를 벌이고 있었다. 그들은 간호사를 보자마자 화들짝 놀라며 고개를 크게 숙여 인사했다. 간호사는 그때마다 겨드랑이에 끼고 있던 파일을 열어 무언가를 표시했다. 간호사에게 물었다.

"엘리베이터는 없나요?"

간호사가 기계적으로 대답했다.

"복도 양 끝에 하나씩 위치해 있습니다."

그녀의 손을 따라 시선을 움직였다. 엘리베이터가 있기는 했으나 붉은 줄이 엑스 자로 쳐져 있는 것과 함께 '운행 정지'라 쓰인 팻말이 보였다. 간호사가 말을 이었다.

"현재 엘리베이터는 특별한 상황이 아니면 이용하지 않고 있습니다. 과거에 환자 한 분이 엘리베이터로 도망치신 적이 있거든요."

그러고는 말이 없었다. 표정으로 보아하니 그 환자에 관해 물어도 대답하지 않을 것 같았다.

복도 안으로 걸음을 옮기면 옮길수록 소독약 냄새가 점점 강해졌다. 그 강렬한 냄새 속에서 알게 모르게 고약한 냄새가 느껴졌다. 냄새는 복도 중앙에 종양처럼 툭 튀어나온 공간에서부터 비롯되고 있었다. 간호사가 말했다.

"이곳부터는 멸균 상태를 유지하기 위해 소독을 하셔야만 들어갈 수 있습니다."

복도 벽면 선반에는 포장된 보호복과 덧신이 놓여 있었다. 간호사는 포장을 뜯어 보호복을 입고, 덧신을 신더니 이어서 멸균 상태로 보관되어 있던 마스크까지 썼다. 나도 그녀를 따라 방호복을 입고 벽에 걸려 있던 호스로 내 몸 곳곳에 소독액을 뿌렸다. 우리는 한쪽에서 잠시 대기하다가 삼 분 정도가 지나자 간호사의 손짓에 따라 방으로 이동했다.

방호복을 입은 상태로 걷기 시작하자 호흡이 버거웠다. 걸음에 맞춰 복도 등에 불이 켜지기는 했으나, 창문 하나 없는 바람에 심히 어두웠다. 뭔가가 튀어나올 것 같았다.

얼마나 걸었을까? 미로 같은 복도를 오랫동안 걸은 끝에 간호사는 어떤 방 앞에 멈춰 섰다. 방은 고요했다. 땀으로 가득 찬 방호복과 마스크 때문일지도 모르지만 어떤 소리도 들리지 않았고, 냄새도 나지 않았다. 간호사는 꼭대기 층에서도 가장 끝에 위치한 방을 향해 다가갔다. 방문 옆에 걸려 있는 팻말에는 '한기재(43)'라고 적혀 있었다. 나이를 잘못 적은 것 같았다.

간호사가 문을 열었다. 철문은 기분 나쁜 소리를 내며 열렸다. 나는 빨려 들어가듯 방 안으로 들어섰다.

내부는 환자용 침대와 무수히 많은 액체 팩들이 걸려 있는 링거대, TV 한 대뿐이었다. 침대 위에는 누군가 누워 있었다. 사람이라 부르기는 어려웠다. 갈변한 붕대 수백 개가 한데 뭉쳐져 있는 듯한 모습이었다. 그것이 사람이라는 걸 알 수 있는 유일한 것은 붕대 틈으로 튀어나온 왼손뿐이었다.

내가 간호사에게 물었다.

"이게 뭔가요?"

간호사는 건조한 말투로 대답했다.

"찾으시는 한기재 씨입니다. 지금 회복 중이십니다."

"이게……."

기재라고는 알아볼 수 없는 모습이었다. 죽은 번데기 같았다. 다가가서 만지려 하자 손이 바르르 떨리기 시작했다. 얼굴 쪽으로 여겨지는 쪽의 붕대를 살짝 열어 보았다.

"괜찮으신가요?"

간호사가 나에게 손을 내밀었다. 정신을 차려 보니 바닥에 주저앉아 있었다. 나는 침대 위를 향해 다시 고개를 돌렸다.

"이 사람……."

기재였다. 그러면서도 기재가 아니었다. 그의 피부는 금방이라도 끓어오를 것처럼 기포로 가득했고, 뺨을 비롯한 일부 피부 조직은 녹아내려 치아를 비롯해 뼈가 드러나 있기도 했다. 어떻게 살아 있는지 의문일 정도였다. 괴이한 모습에 나는 놀라서 한 걸음 뒤로 물러났다. 간호사가 파일철을 열고 말했다.

"이십삼 일 전에 이곳으로 오셨습니다. 머리와 얼굴에는 3도 화상, 팔과 다리는 부러져 있었습니다. 내장들도 외부 충격으로 인해 제 기능을 하지 못했고요."

어디 하나 성한 곳이 없었다. 몸 곳곳에 호스가 꼽혀 있어 기계 없이는 숨을 쉴 수조차 없어 보였다. 안쪽으로 말려 있던 머리카락도, 우뚝 선 콧날도 모두 사라진 상태였다. 말갛게 드러난 얼굴은 인위적으로 가죽이 벗겨진 것처럼 징그러웠다. 나도 모르게 눈을 돌려버렸다. 내가 알던 기재는 이곳에 없었.

간호사가 말했다.

"그럼 일층에서 기다릴 테니 필요하시면 찾아주세요."

간호사가 문을 닫고 나가자마자 나는 방 안에 있는 화장실로 달려갔다. 변기를 부여잡고는 속에 든 것을 모두 비워냈다. 간신히 방호복 안에 토를 하는 것은 면할 수 있었다. 변기를 잡고 울다가 숨을 헐떡였다.

아무리 숨을 내쉬어도 진정이 되지 않았다. 화장실 안에서 무릎을 꿇고 눈물을 흘렸다. 기재가 나와 함께 도망가지만 않았더라면, 아니 나를 만나지만 않았더라면. 후회가 계속해서 몰려왔다. 그러면서도 유일하게 온전한 그의 손조차도 잡지 못했다.

나 자신에게 혐오감이 들었다. 기재를 만나기 전에는 그가 어떤 상태든 간에 그를 만나기만 하면 다가가 안아주리라 다짐했었다. 그러나 막상 끔찍한 그의 모습을 마주하니 병실을 나가고 싶다는 생각이 가장 먼저 들었다. 나는 주저하지 않았다. 다리에 힘이 돌아오자마자 도망치듯 방을 빠져나왔다.

미로 같은 복도를 지나 어떻게 계단을 내려갔는지 기억이 나지 않는다. 정신을 차려 보니 일층이었고, 대기 중이던 간호사는 내 상태를 보더니 내가 입고 있던 방호복을 벗기고는 병원 밖으로 인도했다. 그러고는 멍한 표정으로 서 있던 내게 병원으로 들어올 때와 마찬가지로 90도로 인사했다. 그의 얼굴에서 어떠한 표정 변화도 읽어낼 수 없었다.

내 모습을 보고 황급히 달려온 강형수는 안에서 찾던 사람을 만났냐면서 내게 몇 번이고 되물었지만, 나는 도시로 차가 완전히 빠져나갈 때까지 아무런 말도 하지 않았다. 무언가 이상함을 느낀 강형수가 사무실로 가자고 해도 나는 거절했다. 대신 강형수에게 엄마 패물을 숨겨둔 장소를 가르쳐준 다음, 길가에서 내렸다. 강형수는 걱정이 됐는지 내 옆에 차를 세우더니 자신과 같이 가지 않을 것이냐고 되물었다.

"혹시 사람 찾을 일 있으면 연락해요. 이번에는 반값에……."

내가 구석에 놓여 있던 보도블록 조각을 차를 향해 던지고 나서야 강형수는 시야에서 사라졌다.

결국 나는 기재와 함께 도망치기는커녕 기재를 안지도, 인사를 건네지도 못했다. 설령 기재가 듣지 못한다고 하더라도 그때 나는 사과의 말을 건네야 했다. 기재를 만나고 나서 나는 속으로 분노를 키워왔다. 분노는 속에서 범람하며 병원에 있어야 할 사람은 나였다는 자기 학대로 이어졌다. 내 탈출극의 종착점은 실패였다.

모든 걸 실패했다는 생각에 나는 죽으려고 했다. 기재를 괴물 보듯 대한 자신에 대한 혐오와 무엇도 하지 못했다는 무력감에 빠져서 말이다. 죽을 방법을 고민할 필요는 없었다. 가장 확실하고 효과적인 방법. 나는 삼일타워로 향했다. 대한민국에서 높이가 가장 높은 타워였다. 이왕 죽을 거면 엄마의 이름에 먹칠을 하고 죽고 싶었다.

전망대에 도착해 난간 위에 올라섰다. 안전 바가 있기는 했으나, 그저 난간을 타 넘은 다음 달려 나가기만 하면 됐다. 사람들이 개미처럼 알알이 돌아다니는 것 같았다. 무수히 많은 감정과 이야기를 가지고 있겠지만 위에서 내려다보니 아무것도 느껴지지 않았다. 그들을 향해 뛰어내린다면 나도 내 안에 산적한 진실들과 멀어질 수 있을 것 같았다.

그러나 그 한 발을 내딛지 못했다. 난간 앞에서 가슴을 치며 기재에게 미안하다고 말하다가 나를 원망하다가 세상을 욕하고, 모든 일의 원인이 엄마인 것을 깨달았다.

복수해야 했다. 이대로 둘 수 없었다. 그와 함께 이 세상에 살아 있다는 사실이 나를 옥죄었다. 이 일의 결과로 내가 지옥으로 끌려가 영원히 타오르는 불꽃에 죽는다고 하더라도 엄마를 용서할 수 없었다. 그때 타워 내부 TV에서 정부의 TPE-1120 사용 승인이 얼마 남지 않았다는 뉴스 소식이 흘러나왔다.

그래, TPE-1120만 있다면.

언젠가 개발진에게 들었던 수업이 떠올랐다. 삼일바이오에서 개발한 TPE-1120에 대한 설명을 이어가며 교수는 노벨상을 넘어 인류를 다음 단계로 나아가게 할 게임체인저라 했다.

작용 기제는 바로 모든 세포를 재생시키는 것.

그 약을 제대로 사용할 수만 있다면 기재를 원래 상태로 되돌릴 수 있을지도 몰랐다. 나는 죽지 않기로 했다. 만약 복수하지 않고 홀로 죽는다면 기재에게 조금이라도 사죄할 수 없었다. 내게는 그게 마지막 방법이었다. 어떻게든 내 한 몸을 희생해서, 안 되면 그룹의 모든 자산을 쏟아부어서라도 기재를 되돌릴 것이다. 그러기 위해서는 다시 모든 일의 시작점으로 돌아가야 했다.

피살 314일 전

"아기씨, 오셨어요?"

인터폰에서 들려오는 목소리도 울음기를 한가득 머금고 있었다. 비에 젖은 나의 셔츠처럼. 하늘에서는 장대비가 내리고 있었다. 뉴스에서 앵커가 태풍 세 개가 연달아 한국을 향해 북상하고 있다고 했다. 연이어 등장한 과학자들은 지구온난화의 영향이라면서 정부와 기업들의 움직임을 촉구했다. 우습게도 뉴스 광고로 미국 몬스터 트럭과 아마존 원목을 잘라 만든 스웨덴 가구가 소개되었고, 마지막으로 인류의 문제를 해결하는 데 앞장서겠다는 삼일그룹의 선언이 담긴 광고로 뉴스는 마무리되었다. 나뭇가지에 간신히 매달려 있던 나뭇잎들이 강한 바람에 흩날리다 떨어졌다.

"어디 다친 곳은 없어요? 바로 차 보낼게요."

그제야 탈출할 때 다친 발목이 시큰거렸다. 시퍼렇고 커다란 멍이 들어 있었다. 인터폰에서 들려온 희수 아주머니의 목소리에 눈시울이 붉어졌으나 울지는 않았다. 필요한 말 이외에 우리는 아무 말도 나누지 않았다. 나는 철문에 기대서 눈을 감고는 온전히 비를 받아들였다.

정문 옆 경비실이나 하다못해 버스 정류장에서 비를 피할 수 있었음에도 그러지 않았다. 나를 향해 쏟아지는 그 비가 마지막 자유의 손짓처럼 느껴졌다. 오래도록 걸어 철문 앞에 도착했다. 그렇게 빠져나오고자 발버둥 쳤던 곳으로 나는 다시 돌아왔다.

얼마 지나지 않아 차 소리가 들렸다. 철문이 천천히 열리고, 양복을 말끔하게 차려입은 사람들이 차에서 우르르 내려 내게 우산을 씌웠다. 김 기사는 보이지 않았다. 어깨에 담요가 덮였다. 차 내부는 히터 열기로 땀이 날 지경이었다. 차는 크게 돌아 다시 안으로 향했고, 철문은 굳게 닫혔다.

집으로 향하는 시간은 매우 짧았다. 고개를 숙이고는 눈을 감았다가 뜨면 다시 밖이었으면 하던 순간이 있었다. 불과 며칠 전의 나였다. 그러나 그때 나는 스스로 지옥의 중심부로 다시 향하고 있었다. 그 중심부로 가서 한 사람을 죽여야 했다. 인정사정없이 목을 조르거나 머리에 구멍을 내야 했다. 그러기 위해서는 마음을 단단히 먹어야 했다. 애처럼 굴면 안 됐다.

감정을 비워내면 비워낼수록 룸미러를 마주한 내 얼굴에서 엄마 얼굴이 떠올랐다.

이윽고 차가 지하 주차장에 도착했다. 주차장에는 희수 아주머니가 수건을 여러 장 들고서 나를 기다리고 있었다. 아주머니는 차에서 내린 나를 보더니 와락 안았다. 수건이 바닥에 떨어졌고, 옷에서는 물이 뚝뚝 떨어지며 바닥을 적셨다. 아주머니의 몸 떨림이 고스란히 느껴지는 와중에 팀장 뒤로 도열해 있는 경호원들의 눈빛에서 이상함이 느껴졌다. 특히나 이마에 큰 점이 난 남자는 기분 나쁜 미소를 보이기까지 했다.

아주머니가 말했다.

"어딜 그렇게 말씀도 없이 가셨어요?"

나는 울지 않았다. 복수에 성공하기 전까지는 울지 않기로 했다. 말없이 아주머니를 지나쳐 방으로 올라갔다. 화장실에 들어가 젖은 옷을 바닥에 벗어 던지고는 따뜻한 물로 샤워했다. 화장실 바깥에서는 아주머니의 훌쩍거리는 소리만 들릴 뿐 따로 말소리는 들리지 않았다. 몸에서 나온 구정물이 서서히 하수구로 빨려 들어갔다.

샤워를 마치고 나오니 말끔하게 다려진 옷들이 드레스룸에 놓여 있었다. 옷을 갈아입고 복도로 나오자 아주머니가 불안한 표정으로 말했다.

"회장님께서 일층에서 기다리고 계세요."

눈물이 그녀의 뺨을 타고 흘러내렸다. 나는 아주머니의 손을 붙잡고 눈물을 닦아주었다. 아주머니는 내 손에 얼굴을 비비면서 흐느꼈으나 나는 최대한 감정을 드러내지 않으려 했다. 그래야만 엄마를 마주할 수 있을 것 같았다.

"왔니?"

식탁에 도착하니 엄마는 스테이크를 썰고 있었다. 핏물이 접시에 가득했다. 내가 반대편 자리에 앉지 않고 가만히 서 있자 누군가 다가와 의자를 빼주었다. 본 적 없는 사람이었다. 삼십대 중반 정도로 보였고, 앞치마를 하고 있었다. 어쩐지 희수 아주머니를 닮아 보이기도 했다.

"인사해, 새로 온 식모야."

그녀는 나를 향해 고개 숙여 인사했으나 나는 받아주지 않았다. 식탁에는 안심 스테이크와 삶은 채소들이 가득했다. 나는 먹지 않았다. 이어서 식모가 내 잔에 와인을 따르려고 하는데, 엄마가 손을 들어 그녀를 말렸다.

"내가 따라줄게."

엄마가 일어나 내게 다가왔다. 뱀 같은 몸짓이었다. 내 앞에 선 엄마가 와인병을 들고 내 잔에 따르고는 이어서 자기 잔에도 따랐다. 그러고는 식탁에 비스듬히 걸터앉아 잔을 들어 올리며 말했다.

"돌아온 기념으로 건배할까?"

내가 응하지 않자 놓여 있던 내 잔에 자기 잔을 가져다 대고는 혼자 와인을 삼켰다. 엄마가 잔을 테이블 위에 내려놓고 잔의 머리 부분을 중지로 뱅글뱅글 매만지며 말했다.

"와인은 참 신기해. 아무리 같은 지역, 같은 밭에서 같은 품종으로 와인을 만들어도 해마다 맛이 다 달라. 모든 과정을 같게 하더라도 맛이 다르다니 참……. 실험실에서 키운 것도 그러려나?"

나는 대답하지 않았다. 엄마의 말이 귀에 들어오지 않았다. 오롯이 느껴지는 것은 굴욕감과 더불어 식탁에 늘어져 있는 음식을 먹고 싶다는 욕구였다. 스테이크 표면에 도는 붉은 기가 기재의 살점처럼 느껴졌는데도 말이다. 엄마는 내 귀에 속삭였다.

"한 사장 목을 그어버렸다면서?"

나는 엄마를 올려다보았다. 엄마는 그저 일상에서 일어날 법한 이야기를 하듯 실실 웃고 있었다.

"제대로 긋지. 안 죽었대."

엄마가 경멸스러웠다. 내 앞에 놓여 있는 고기 써는 칼을 들고 엄마의 목에다 찔러버리고 싶었다. 피가 솟구치고, 내게 살려달라 빌 때 얼마나 후련할까? 오히려 엄마는 나를 놀리듯이 훤히 드러난 목을 내게 더욱 가까이 들이밀었다.

"걱정 마. 한 사장, 뒤가 없는 사람이니까. 나중에 만나면 사과나 제대로 해."

고기 써는 칼에 다시 눈이 갔으나 아직은 일렀다. 계획을 세우고 실행해야 했다. 감정적으로 휘둘리면 안 됐다. 시선을 돌렸다. 엄마는 내 얼굴을 살피고는 자기 자리로 돌아가다가 새로 온 식모의 어깨에 손을 올렸다. 식모는 어정쩡하게 나를 향해 웃어 보이더니 고개를 숙였다.
"새로운 식모 어때? 유학파에 머리도 좋고 요리, 청소, 빨래 전부 다 할 줄 아셔."
나는 차가운 목소리로 대답했다.
"그런 사람이 왜 여기 왔대? 어디 좀 모자란 사람인가?"
내가 식모를 향해 비아냥거리자 그녀는 고개를 움츠렸다. 엄마는 내 대답을 듣고는 살짝 웃어 보이더니 와인을 병째로 들고 마셨다. 입 주변으로 와인이 흘러나와 엄마의 잠옷을 적셨다. 엄마는 병을 소리 나게 테이블 위에 내려놓고 말했다. 입가에 와인이 묻어 빨갰다.
"너 때문에 여기 데려왔어. 이 사람, 딱 너를 위해 만들어진 사람이야. 하나부터 열까지 전부."
"필요 없어."
"그래도 내가 너 생각해서 전에 있던 식모랑 제일 비슷한 사람으로 데려왔는데, 뭐라고 말 좀 해봐."
"나는 희수 아주머니만 있으면 돼."
그때 위층에서 비명이 들려왔다. 이어서 살려달라는 희수 아주머니의 또렷한 목소리가 나를 자리에서 일으켜 세웠다. 엄마는 취기 때문인지 눈이 풀린 얼굴로 배시시 웃어 보였다. 나는 엘리베이터를 잡으려 했으나, 엘리베이터는 삼층에 멈춰 있었다.

 계단을 타고서 위층으로 달려갔다. 숨을 헐떡이며 삼층에 올라섰지만 이미 때는 늦었다. 아주머니는 경호원들에게 이끌려 엘리베이터에 올라타 있었고, 내가 다가가자 엘리베이터 문이 닫혔다. 나는 엘리베이터 버튼을 부술 듯 눌러댔지만 엘리베이터는 돌아오지 않았다.

 일층으로 다시 내려가자 엄마는 그곳에 없었다. 부엌으로 달려가 놓여 있던 부엌칼을 집어 들었다. 다시 계단을 타고서 엄마의 방으로 올라갔다. 참을 수 없었다. 이걸로 모든 걸 끝내고자 했다. 냉철해야 했으나 아무런 생각이 들지 않았다. 그저 엄마의 심장에 칼을 찔러 넣고 싶을 뿐이었다.

 엄마 방 앞에 도착해서 문고리를 돌렸으나 문은 열리지 않았다. 나는 미친 사람처럼 문을 칼로 찍어 내렸다. 톱밥이 흩날리고 파편이 얼굴을 스쳤으나 여전히 문은 열리지 않았다. 이 문을 넘어 조금만 더 다가간다면 모든 일을 끝낼 수 있었다. 칼날이 부러지자 손바닥으로 문을 쳐댔다. 손에 가시가 박혀 피가 나도 멈추지 않았다. 그러자 문 안쪽에서 엄마의 목소리가 들렸다.

 "너, 참 나 같아. 하나부터 열까지."

 뱀이 인간의 목소리를 내면 꼭 엄마 같을 것이다. 문을 발로 찼으나 부서지지 않았다.

 "대체 나한테 왜 이러는 건데! 대체 왜!"

엄마는 소름 끼치는 목소리로 문 너머에서 말을 이었다.
"왜긴 왜야, 우리 모두를 위해서지."
그날 나는 문턱을 넘어갈 수 없었다. 이상하게도 경호원들은 나타나지도 않았다. 엄마의 명령 때문일지도 모른다. 나는 부러진 칼 조각을 들고서 손목을 그으려다 말았다. 역시나, 엄마를 죽이지 않는다면 달라지는 것은 없었다. 내 결론은 이미 정해져 있었다. 나는 새벽이 되어서야 방으로 돌아가 침대에 누웠다. 잠이 오지 않을 것 같았지만, 몸을 회복해서 엄마를 죽이겠다는 일념 하나로 억지로 잠들었다.

*

나는 비굴한 인간이었다. 물론 지금도 마찬가지다. 사람을 선악으로 구분할 수 있다면 나는 악의 끝에 위치한 사람일 것이다. 나는 무엇도 내 손으로 이루지 못했다. 역겨운 조상들에게서 축적되어 만들어진 재산과 유전자를 가진 엄마는 내 행동 하나하나를 모두 통제했다. 아니, 모든 상황을 통제했다. 심지어 아주 작고 눈에 보이지 않는 것까지도.
엄마는 내가 어디를 갔고, 누구를 만났으며, 어떤 이야기를 나눴는지 모두 알고 있었다. 모른 척도 하지 않았다. 내가 부러진 칼날을 옆에 두고서 방문을 두들겼을 때, 엄마는 유혹하는 악마처럼 말들을 늘어놓았다. 엄마는 내가 거지처럼 거리를 돌아다니다가 강형수를 만났고, 메스로 한 사장을 고문하고 목을 그었으며, 심지어는 기재를 보고 기겁하며 도망친 사실까지 알고 있었다.

그 결과, 나를 도운 김 기사는 사라졌고 희수 아주머니는 시설 지하에서 은희처럼 재가 되었으며 기재는 본래 모습을 잃어버렸다. 엄마를 향한 증오만이 나를 숨 쉬게 했고, 끝내는 계획을 세우게 했다.

엄마를 죽여야 했다. 아주 처절하게.

피살 7일 전

짐승을 사냥하기 위해서는 짐승이 되어야 한다. 방아쇠를 당길 때는 망설임이 없어야 하며 그 순간만큼은 짐승을 하나의 생명으로 여기기보다 고기나 가죽을 얻을 수 있는 수단으로 생각해야 했다. 이어서 짐승의 습성, 체취, 행동 패턴, 좋아하는 먹이, 계절에 따른 변화, 온도에 대한 민감도 등 짐승에 대한 관찰을 통해 알아야 했다. 그러다 보니 사냥꾼은 어느 순간 그 짐승이 된 것 같은 느낌을 받을 때도 있다고도 한다. 내가 엄마를 죽일 계획을 세웠을 때도 마찬가지였다. 단순하게 엄마를 죽이겠다는 생각만으로는 엄마를 죽일 수 없었다.
"일어나."
트랙 위를 달리다 넘어져서는 혼잣말을 했다. 구역질이 났으나 참아야 했다. 내 몸 상태를 한계까지 끌어올려야 했다. 내가 그때 조금만 더 달려갈 수 있었더라면 기재가 그 지경이 되지는 않았을지도 모른다. 우리는 우리를 모르는 곳에서 함께 살아가고 있었겠지. 나는 고개를 저으며 소리를 질렀다.
"꺼져!"
아니다. 모두 환상일 뿐이었다. 눈을 뜨고 나면 처절한 현실이 나를 기다리고 있었다. 나는 일어나서 운동을 하고 또 하고, 그룹 경영에 필요한 모든 공부를 나서서 했다. 이제는 엄마가 죽은 이후의 삶도 생각해야 했다. 기재를 살리기 위해서는 TPE-1120 연구를 마무리해야 했고, 그때까지 삼일그룹은 유지되어야 했다.
그와 동시에 엄마의 패턴을 파악했다. 그 과정에서 점점 엄마가 되어가는 듯한 느낌을 받기도 했다. 모든 수업 자체가 엄마처럼 사고하는 데 맞춰졌기 때문이었다. 더불어 부정할 수 없이 나는 엄마의 딸이었으니, 전에는 일부러 무시하고 피했던 사실을 받아들이고 마주하자 이는 점차 가속화됐다.
상관없었다. 기재를 망가뜨린 짐승이 내 근처에 있었다. 그 짐승은 어떤 벌도 받지 않고 저렇게 정상적으로 숨을 쉬고, 땅 위를 걸어 다니고 있었다. 짐승을 잡을 수만 있다면 내가 그 짐승이 된다고 하더라도 상관없었다.

*

"그만."

 그 말과 동시에 펜촉이 부러졌다. 나는 시험지를 옆으로 밀어두었다. 책상 오른편에는 오절지 크기의 시험지들이 웬만한 책 한 권 분량으로 쌓여 있었다. 펜을 방구석을 향해 내던졌다. 수십 개의 펜이 잉크가 바닥난 채 널브러져 있었다.
 오늘은 그간 내가 배운 모든 지식을 시험해보는 날이었다. 대학수학능력시험이나 SAT와는 결이 달랐다. 단순히 내 지식이나 수학 능력을 보는 것이 아니라 삼일그룹을 얼마나 '엄마'처럼 이끌 수 있는지가 시험의 중요 기준이었다. 예를 들면 삼일그룹의 CFO 자리를 두고서 여러 이해관계를 제시한 후에 누구를 승진시키고 해고할지를 정하거나 바이오와 전자 등 계열사 간 갈등 국면에서 어떤 결정을 내릴 것인지와 같이, 이것은 삼일그룹 후계자에게 꼭 필요한 지식이었다. 시험 시간만 해도 열여섯 시간을 꼬박 넘겼다. 식사는 물론이고 물 한 모금 마시지 않고서 나는 그 자리에 앉아 끝까지 시험을 마쳤다.
 면접관처럼 줄지어 앉아 있던 교수들은 내 시험지를 채점했다. 그사이 뒤편에서 고개를 숙이고 있던 식모가 나타나 쌓여 있는 펜들을 치웠다. 나와 눈이 마주치자마자 그녀는 못 볼 것을 봤다는 듯 화들짝 놀라 다시 고개를 숙이고는 뒤로 물러났다.
 채점에 오랜 시간이 걸리지 않았다. 교수들은 권 상무가 가져온 정답지와 내 시험지를 번갈아 확인하며 채점을 마쳤다. 정답지는 아마 엄마가 작성한 것일 테다. 채점을 마친 교수들은 서로 이야기를 나누더니 역사 교수가 대표로 나와 내게 말했다.

"고생하셨습니다."

마지막 수업이 끝나는 순간이었다. 이어진 교수들의 판에 박힌 인사말에는 전혀 집중이 되지 않았다. 나는 고개를 들어 보았다. 천장에 매달려 있던 CCTV에는 여전히 빨간 불빛만 깜빡일 뿐이었다. 그 자리에 가만히 서 있었다. 교수들이 단체로 일어나더니 나를 향해 섰다.

"그간 고생 많으셨습니다."

교수들은 내게 고개를 숙였다. 나는 무표정하게 그들을 바라보았다. 그들은 큰 짐을 하나 내려놓은 듯 후련해 보였다. 그도 그럴 것이 그들 역시 나처럼 갇혀 살았으니까. 제아무리 우리 집 근처에 가족이 산다고 해도 외출할 때마다 경호원들이 그들을 따라다녔고, 핸드폰, 이메일 등 모든 통신 수단은 감청이 되었다.

나와 관련된 기밀을 조금이라도 누설하려 할 때면 경호원들이 나타나 직접 경고했다. 물론 거부한 이들도 있었다. 받은 돈을 모두 돌려주겠다고 말하면서 자신이 삼일그룹 후계자를 가르치고 있다고 외치고서 돌아선 이들을 경호원들이 붙잡지는 않았다. 다만, 그들을 포함해 사실을 들은 사람들 모두를 다시는 볼 수 없었다. 교수 하나가 내게 말했다.

"어머님 답변이랑 완전히 똑같아요. 놀랍습니다."

이어서 덕담을 건네던 교수들은 내게 그룹 운영을 잘 부탁한다는 말을 하고는 방문을 나서려 했다. 그러나 문을 연 그들이 마주한 것은 자신들을 배웅할 기사가 아니라 경호원들이었다. 그들은 몸부림을 치며 반항했지만 경호원들은 명령에 따라 행동할 뿐이었다. 그들은 어딘가로 끌려갔다. 나는 그들의 끝을 알고 있었다. 나를 알고 있는 사람들의 끝은 늘 똑같았으니까. 끌려 나가던 그들은 나를 향해 살려달라며 빌다가도 어느새 자신의 운명을 직감한 듯 나를 향해 삿대질하며 외쳤다.

"은혜도 모르는 년이!"

지랄. 아무리 엄마의 명령에 따랐다고 하지만 나를 학대에 가깝게 훈육하면서도 그 누구도 나서지 않았으면서? 그간 받아 처먹은 돈은 또 어떻고? 너희가 과연 나를 비난할 수 있을까? 아니, 그냥 나를 비난해라. 나도 너희가 고문당하든 죽든 상관하지 않으니까. 너희 입장에서는 얼마나 억울할까?

내가 그들에게 할 수 있는 말은 한 가지였다.

"어쩌라고."

가운데 손가락을 들어 보였다. 이 정도면 나름대로 존경을 보였다고 생각했다.

"회장님께서 부르십니다."

경호원들 틈에서 목소리가 들려왔다. 팀장이었다. 그는 나를 향해 90도로 허리를 숙이고는 뒤로 물러섰다. 팀장은 어느새 권 상무를 대신하여 나와 관련된 일들을 나서다시피 전담해서 처리하고 있었다.

대답하지 않고 그를 지나쳐 갔다. 우리 사이의 위계는 분명했음에도 나는 팀장을 괴롭히거나 죽이지는 않았다. 엄마의 명령을 받아 행동하는 피해자라 생각해 그런 것은 아니었다. 내가 그룹을 차지하게 될 경우 남은 위험 요인은 오직 하나, 권 상무였다. 팀장은 그를 견제할 유일하면서도 효과적인 수단이었다. 나는 한 마리의 야수면서 동시에 정치인이 되어야 했다.

엄마는 마호가니 책상에 앉아 서류들에 도장을 찍고 있었다. 중요하지 않은 서류가 없었다. 엄마의 결정 한 번으로 TPE-1120 연구소 설립을 위해 어느 열대우림과 빈민가는 파괴될 것이다. 이 때문에 누군가는 살아남고, 또 누군가는 죽을 것이다. 단두대에서 목을 내려치듯이 쾅 하고 책상 두들기는 소리와 함께 붉은 인주가 묻은 서류들이 한 곳에 쌓여갔다.

팀장과 나는 말없이 그 앞에 한동안 서 있어야 했다. 나는 엄마를 바라보았다. 평소와는 다른 모습이었다. 시선을 서류에 둔 채 엄마가 시큰둥한 목소리로 물었다.

"안경 쓴 사람 처음 봐?"

처음 보았다. 어렸을 때부터 엄마는 항상 그 모습 그대로였다. 내 기억 속 십여 년 동안 머리카락은 줄곧 검었고 얼굴에 주름은 없었으며 말투나 몸짓이 굼떠지거나 하지도 않았다.

나를 보는 눈초리는 또 어떻고. 날렵하게 각진 안경이라 그런지 엄마의 눈빛은 칼날처럼 더욱 날카롭고, 뾰족하게 느껴졌다. 그것이 내 머릿속을 찌르는 듯했으나 고개를 돌리지는 않았다. 마치 박제된 동물을 보는 것 같았다. 수십억, 수백억을 들여 과학자들이 화학 처리를 하고, 떨어져 나간 부위를 장인들이 꿰맨다고 해도 그것에 영혼은 없으니까.

엄마 역시 외적으로는 과거와 같은 아름다움을 유지한다고 해도 자신이나 회사를 위해서라면 서슴지 않고 사람을 죽였다. 엄마를 보다 보면 어렴풋이 포르말린 냄새가 나는 듯했다. 엄마가 말했다.

"자기가 빤히 쳐다봐놓곤 대답이 없어."

늙은 엄마의 모습에서 연민이나 동정을 느끼지는 않았다. 사냥감이 약점을 보인 것처럼 내게 점차 기회가 다가오고 있다는 것을 느낄 뿐이었다.

엄마에게 말했다.

"시력이 떨어지셨나 봐."

그러고는 엄마를 향해 살짝 미소를 지어 보였다.

"노안인가?"

엄마는 안경을 벗더니 나를 향해 손바닥을 내밀어 보였다. 미소를 머금은 얼굴을 보니 술을 마시지 않은 모양이었다. 나는 눈치껏 계획표를 모아둔 수첩을 엄마에게 가져다주었다. 엄마는 오래도록 수첩을 살폈다. 방 안에는 종이 넘기는 소리만이 들려왔다.

수첩을 서랍이나 쓰레기통에 던져 넣을 것 같다는 예상과 달랐다. 엄마는 한 장, 한 장 수첩을 살펴 읽기 시작했다. 표정이 오묘했는데, 적국의 항복 문서를 받아낸 병사들처럼 승리에 대한 기쁨보다는 무수히 많은 희생 끝에 얻어낸 것이 이 종이 쪼가리뿐인 것을 직시한 모습에 가까웠다. 엄마에게 물었다.

"이제 뭘 하면 돼?"

엄마는 수첩에 시선을 둔 채로 건조하게 말했다.

"알아서 해. 이제 멍청한 짓은 안 하겠지."

"내가 여기서 나가면 어쩌려고?"

엄마는 잠시 나를 빤히 바라보다가 수첩을 향해 다시 고개를 돌렸다.

"마음대로 해. 그건 네 마음이지."

말문이 막혔다. 짧게나마 엄마의 대답을 기다렸다. 분명 나를 놀리려 그리 말하는 걸 테다. 그러나 아무리 기다려도 엄마에게서 다른 답은 나오지 않았다.

뒤돌아 팀장의 눈치를 살폈다. 그는 조심스럽게 한 걸음 뒤로 물러났다. 믿을 수 없었다. 문을 향해 한 걸음 내디뎌도 그는 미동조차 하지 않았다. 그를 지나쳐 달려가 문고리를 잡고 열어젖힐 때까지도. 문을 열고도 잡히지 않을 때야 나는 엄마의 말이 사실임을 알 수 있었다.

당혹스러웠다. 이렇게 쉽고 빠르게 자유가 주어지다니. 그간 내가 세운 모든 몸부림이 헛수고처럼 느껴졌다. 도대체 왜? 허탈감이 밀려오는 것과 동시에 분노가 치솟았다. 엄마가 문 앞에 가만히 서 있는 나를 보며 말했다.

"잘했어. 난 네가 그럴 줄 알았어."

"왜?"

내 물음에 엄마는 수첩을 들어 보였다.

"넌 나처럼 생각하고 있으니까."

분 단위로 빼곡하게 적혀 있는 일정들은 나의 일생 동안 지속되며 나의 머릿속을 '엄마'의 것과 같게 만들었다. 그간 내가 받은 교육의 목적은 엄마처럼 되기 위한 것이었으니까. 엄마는 서랍에 수첩을 던지듯이 넣고 내게 말했다.

"다음 달부터 회사 출근해. 권 상무한테 이야기해놓을게."

문을 닫고 나와서 가만히 문에 기대섰다. 교수들도, 권 상무도, 팀장도 보이지 않았다. 수업 시간이니 식사 시간이니 하며 나를 부산스럽게 쫓던 이들이 없었다. 복도나 문 너머에서 그 어떤 소리도 들려오지 않았다. 한 번도 멈추지 않은 것들이 멈춘 것만 같았다. 부산스럽게, 라는 표현이 어울릴 정도로 내 심장은 터질 듯 뛰고 있었다.

구역질이 치솟았다. 나와 엄마가 마치 같은 사람처럼 느껴졌기 때문이었다. 이십여 년에 걸친 교육으로 내 뇌 구조는 엄마의 것처럼 변해버렸다. 이제는 뇌를 완전히 저민 다음 원자 단위로 재배열하지 않는 이상 나는 영원히 엄마처럼 생각하고 행동할 테다. 가슴을 쥐어뜯었다. 그렇게 내가 혐오하던 사람이 되어버렸음에도 살아남으려 발버둥 치는 꼴이란. 멀리 달아나지도 못하고 엄마의 계획이라는 그물에 뒤엉켜 같은 자리에 머물러 있었다. 양식장에 길러지다 바다에 그대로 내던져진 물고기 같았다. 멀리 나아가지 못하고 그 자리에 원을 그리며 머물고 있었다. 머릿속에는 한 가지 외침만 들어 있었다.
 '엄마를 죽여야 해. 그래야만 벗어날 수 있어.'

*

 회사와 관련된 서류, 특히 엄마의 결정 과정이 담긴 문서들을 읽으면서 기회를 엿보기 시작했다. 엄마의 일상은 전체적으로 불규칙했으나, 그 나름대로 규칙적인 부분도 있었다. 특별한 일이 없을 때, 엄마는 새벽 다섯시에 기상했다. 다섯시 삼십분까지 요가나 러닝을 했고, 여섯시까지 샤워를 마쳤다. 여섯시 이십분까지 권 상무의 보고와 함께 아침 식사를 마치고 정확히 여섯시 오십분에 집을 나섰다. 바깥에서 일을 보고 오면 보통 일곱시에서 여덟시 사이에 집에 도착했다. 저녁을 먹고 나면, 방에 틀어박혀 밖으로 나오지 않았다. 안에서 무슨 일을 하는지는 알 수 없었다. 우는 소리가 가끔 들리는 것으로 보아 약을 하거나 술을 마시는 것 같았다.
 문제는 이런 '특별한 일이 없는' 날이 생각보다 드물다는 것이다. 돌발 상황은 전 세계에서 매일같이 벌어졌고, 엄마는 그때마다 출근 시간이 무의미할 정도로 집에 돌아오지 않았다. 삼일그룹이라는 세계에서 가장 큰 기업 최고 경영자의 삶이 느슨하게 흘러갈 리가 없었다. 이대로면 계획이라는 것을 세워도 무의미할 게 분명했다.

어느 날 일층에 내려가보니 새로 온 식모가 두 손 가득 식료품을 들고 오는 것을 보았다. 한 사람이 족히 몇 달은 먹을 양이었다. 나는 식모에게 물었다.

"왜 그렇게 많이 샀어요?"

식모는 땀을 뻘뻘 흘리면서 짐을 내려놓지 않은 상태로 고개를 숙였다.

"죄송합니다. 그때그때 나눠서 사야 하는데……."

"됐고, 왜 그렇게 샀냐고. 내가 묻잖아, 지금."

식모는 내 눈치를 보며 띄엄띄엄 말을 이었다.

"기, 기사님께서 한동안…… 집에서 못 나간다고 하셔서요."

"집에 그렇게 먹을 사람은 없을 텐데? 이 집에서 밥 먹는 사람이라고 해봤자 나랑 당신 그리고 회장님밖에 없잖아. 그나마 회장님도 거의 바깥에서 드시고."

"내일부터 회장님 바깥출입 안 하신다고……."

그리 말하고는 마치 말하지 말아야 할 것을 말한 듯 식모는 자기 입을 막았다. 틈을 놓치지 않았다.

"내일부터?"

그때 장바구니 끄트머리에 아슬아슬하게 걸쳐 있던 사과가 아래로 떨어졌다. 식모가 내 눈치를 보다가 짐을 바닥에 내려놓고 사과 하나를 집어 들었다. 식모가 어쩔 줄 몰라 하며 말을 이었다.

"권 상무님께서 말씀해주셨어요. 회장님, 한동안 외부 일정 없이 저택에서 근무하실 테니 음식 많이 준비해놓으라고요."

그 말을 듣고 나는 식모를 놓아주었다. 그녀는 내게 무릎 인사를 하고는 부리나케 짐을 들고 부엌을 향해 달려갔다. 홀로 식탁에 앉아 생각에 잠겼다. 다시는 오지 않을 기회였다. 하루 이틀만 지나면 집에서의 엄마의 행동 패턴을 완전히 알아차릴 수 있을 것이다. 그 모든 패턴이 파악되면 충분히 엄마를 죽일 수 있을 것이었다.

'무기는……'

하나 떠오르는 게 있었다. 서재 서랍 맨 아래에 숨겨져 있던 권총. 엄마를 확실하게 죽일 수 있는 무기였다. 내가 주저하지만 않는다면 말이다. 후에 알게 된 사실이지만 그것은 콜트 주니어 미국 총기 전문 회사 콜트사가 1974년에 개발한 것이었다. 총기가 흔하지 않은 대한민국에서 엄마가 왜 그런 것을 가지고 있었는지는 알지 못한다. 누군가를 죽이려 했겠지. 혹은 자기 머리를 쏴버리려고 했거나.

엄마는 하루에도 몇 번씩 자기 머리를 쏴버리고 싶다고 했으니까. 총구가 다른 누군가를 향했다면 그건 아마 아버지일지도 모른다. 나를 엄마에게 던져버리고 무책임하게 사라져버린 아버지에게 엄마는 총을 쏴버렸을지도.

엄마를 죽이고 나서는 어떻게 해야 할까? 완성된 TPE-1120을 기재에게 주사하기 위해 그룹을 장악해야 하는데, 나 혼자서 그룹을 장악할 수 있을까 싶었다. 내가 엄마의 딸이라는 사실을 아는 사람은 세상에 거의 없었다. 그것을 증명해줄 사람이라고는 교회에서 만난 한 사장, 새로 온 식모 그리고 팀장과 권 상무뿐이었다. 그 외에 김 기사나 희수 아주머니 같은 사람들은 모두 죽거나 행방불명됐다.

가장 주시해야 할 인물은 그룹 내에 지배적인 영향을 가진 권 상무였다. 그가 내게 어떤 태도로 나오느냐에 따라서 상황이 달라질 것이다. 권 상무와는 크게 이야기를 나눠본 적이 없었다. 다만 그가 작은 이익에 따라 움직이지 않는 사람이라는 것은 알고 있었다. 뇌물이나 청탁은 단칼에 거절하고, 연줄에 의지하지 않고 능력에 따라 사람을 고용했다. 사실상 큰 결정은 엄마가 내렸지만, 그룹에서 일어나는 모든 자잘한 일은 권 상무 선에서 처리될 정도로 그룹에서 그의 힘은 막강했다.

권 상무를 이 일에 반드시 참여시켜야 했다. 그가 원하는 것을 찾고, 그것을 줘야 했다. 권 상무에게 그룹 지분의 절반을 줄까도 싶었으나, 그것만으로는 부족할 것 같았다. 내가 엄마를 죽인 후에 그가 경찰에 나를 신고한다면 그는 혼자서도 손쉽게 그룹을 접수할 수 있을 테니까.

어쨌든 권 상무는 내가 그룹을 차지하는 데 중요한 사람이지, 엄마를 죽인다는 내 결정에 있어 중요한 사람은 아니었다. 설령 그가 내 계획에 참여하지 않아 내가 그룹을 차지하지 못한다고 해도, 나는 엄마를 죽일 거니까.

그래서 권 상무를 떠보기로 했다. 권 상무는 엄마에게 그간 있었던 일을 보고하기 위해 정확히 다섯시 오십분에 정문을 통과했다. 식탁에 앉아서는 A4 용지 한 장으로 요약한 요약본을 각을 맞추어 엄마 자리에 올려놓고 보고서를 읽어내렸다. 주로 TPE-1120 약물과 관련된 내용이었다.

나는 엄마가 샤워하고 있는 것을 물소리로 확인하고 부엌으로 갔다. 권 상무는 엄마를 기다리며 책을 읽고 있었다. 물을 뜨는 척하다가 그의 옆자리에 앉았다. 그는 내가 옆자리에 앉았음에도 눈짓 한번 하지 않고 책에만 시선을 둘 뿐이었다. 눈치 없이 식모가 내게 다가와 밥을 먹겠냐고 물었다. 내가 노려보자 그녀는 겁먹은 표정으로 뒷걸음질 쳤다.

"권 상무님."

권 상무가 책을 덮고 나를 보았다. 테 없는 안경 때문인지 인상이 차갑게 보였다.

"왜 그러십니까, 아가씨?"

"엄마가 죽으면 어떻게 되나요?"

권 상무는 책에 밑줄 치던 볼펜을 거꾸로 쥐고는 식탁을 두들겼다. 상념에 잠긴 것 같기도, 기억을 되짚는 것 같기도 했다. 볼펜 두들기는 것을 멈춘 순간 권 상무가 말했다.
"상관없습니다."
권 상무는 다시 책을 펼치고는 말을 이었다.
"아가씨가 계시니까요."
우리의 대화는 간단하게 끝났다. 권 상무가 다른 말을 하지는 않았지만, 그러면 내가 엄마를 죽이더라도 그룹을 차지할 수 있도록 도와줄 것이라는 확신이 들었다. 감에 근거한 결론이었지만, 그것을 제외하고는 달리 설명할 길이 없었다.
권 상무는 나의 그런 질문에도 담담하게 대답했고, 그 말은 진실했다. 혹시나 그가 엄마에게 둘의 대화를 말하지 않을지는 걱정하지 않아도 됐다. 권 상무와 대화를 마치자마자 엄마가 엘리베이터에서 걸어 나왔고 권 상무는 아무렇지 않게 엄마와 일 이야기를 했다. 그와 동시에 나는 방으로 올라갔다. 이제 시간이 얼마 남지 않았다. 나는 입술을 깨물었다.

피살 당일

저녁으로는 가재구이에 양송이수프가 나왔고, 1972년도에 부르고뉴에서 생산된 화이트와인을 곁들였다. 팔 인용 원목 식탁에는 나뿐이었다. 빠르게 식탁이 채워졌으나, 나는 식사를 거의 하지 않았다. 식모는 식사가 입에 맞지 않느냐며 혹시 몸이 좋지 않은 것이냐며 나를 걱정했다. 쏟아지는 걱정에도 나는 반응하지 않고서 식모를 뚫어져라 바라만 보다가 자리를 떠났다. 식모는 몸을 벌벌 떨고 있었다. 그녀를 볼수록 희수 아주머니가 떠올랐다. 나는 몰래 나이프 하나를 챙겨두었다.

엄마를 죽일 준비를 하는 동안 엄마와 마주친 적은 없었다. 식모의 말대로 엄마는 일주일 동안 바깥으로 나가지 않았다. 집에 있으면서도 서재나 엄마 방이 아니라 옥상 테라스에 올라가 자주 시간을 보냈다. 식사도 대부분 그곳에서 했다.
 비가 와도, 바람이 불어도 그곳에서 내려오지 않았다. 경호원들이 나누는 소문을 문 뒤에서 몰래 엿들어보니 미친 사람처럼 자리에 누워 하늘만 보고 있다고 했다. 개인 스케줄도 모두 취소하고 일주일을 꼬박 그랬다. 아침 일곱시가 되면 옥상으로 올라가서 밤 열시가 되어야 안방으로 돌아갔다. 나는 계획을 착실하게 세울 수 있었다. 그동안 서재는 비어 있었다.

*

 밤에는 잠을 이루지 못했다. 뜬 눈으로 반복해서 〈쇼생크 탈출〉을 돌려보다가 새벽 다섯시를 알리는 알람에 번쩍 눈을 떴다. 화면 속에서 앤디는 여전히 감옥 안에서 교도장의 부정 회계를 처리하고 있었다.
 TV를 끄고 바로 이층으로 내려갔다. 심장이 터질 것만 같았고, 초침 오가는 소리가 귀에 들리는 듯했다. 서재 앞에는 경호원이 한 명 서 있었다. 이마에 큰 점이 나 있는 경호원이었다. 내가 이곳으로 돌아왔을 때 변태적인 시선을 보내던 놈이었다. 경호원이 누구든 죄책감을 느끼지는 않겠지만 그를 벌하는 것에는 더욱 그랬다.
 미약한 불빛 속에서 그는 한 치의 흐트러짐 없이 정면을 보고서 서 있었다. 교대 시간까지는 삼 분 정도 남아 있었다. 그간 무수히 많은 계획을 세웠으나 가장 성공 확률이 높은 방법은 하나뿐이었다.

"아가씨."

복도에서 그와 마주했다. 그는 갑자기 등장한 나를 보더니 경계심을 거두지 못했다. 까치발을 들고 내 어깨 너머를 살폈다. 아마 엄마나 권 상무, 혹은 팀장이 있는지 살피려 한 것 같았다. 그들이 없는 것을 확인하자 그는 업신여기는 듯한 표정으로 콧방귀를 끼며 말했다.

"여기 들어오시면 안 됩니다."

나는 아무런 대답도 하지 않고 천천히 그에게 다가갔다. 그러자 그가 삼단봉을 빼 들었다.

"멈추십쇼."

삼단봉을 빼 든 순간에 재빠르게 그에게 달려가 등 뒤에 숨겨둔 나이프를 그의 눈에 휘둘렀다. 나이프에 오른눈을 찔린 그는 삼단봉을 떨어뜨렸다. 재빠르게 나는 그의 허리춤에 매달린 권총집으로 손을 뻗었다. 총을 집어 들고 안을 살폈다. 역시나 약실이 비어 있었다. 엄마가 그런 위험을 감수할 리가 없었다. 정신을 차린 그는 나를 잡아채려 했다. 나는 그 틈에 불을 완전히 꺼버렸다.

"정신 차려."

그러자 그는 씩씩거리면서 팔을 휘적거렸다. 어둠 속에서 그에게 말했다.

"네가 날 건드리면 어떻게 되는지 알잖아."

그는 내 목소리가 들리는 곳을 향해 주먹을 휘두르다 넘어졌다. 그는 알고 있었다. 우리 가족과 관련된 사람들이 어떻게 처리되었는지를. 나뿐만이 아니라 우리 가족과 얽혀 있는 모든 이들은 학습된 공포 앞에서 저항 한번 제대로 하지 못하고 순응했다. 나는 엎드려 있는 경호원에게 속삭이듯 말했다.

"넌 어떻게든 여기서 죽어. 이제 선택해. 조용히 혼자 죽을 건지, 아니면……."

어둠 속이었음에도 그의 얼굴이 하얗게 질려가는 것이 보이는 듯했다. 나는 말을 이었다.

"네 가족부터 네가 아는 사람 전부 죽을 건지."

그가 소리 지르려 하자 나는 그의 입을 발로 막았다.

"입 닫아."

그는 숨죽여 비명을 내질렀다. 나는 조심스럽게 그의 넥타이를 풀고는 그의 귀에 속삭였다.

"억울해?"

그의 목에 넥타이를 걸었다. 죽는 것이 두려운지 몸을 덜덜 떨었다.

"그럼 애초에 이 집에 오질 말았어야지."

등에 발을 대고 목에 건 넥타이를 잡아당겼다. 그는 잠시 발버둥을 치다 마지막에 나를 향해 손을 뻗었으나 이미 때는 늦었다. 그는 몸이 축 늘어진 채 바닥에 쓰러졌다.

조심스럽게 서재 문을 열었다. 엄마는 없었고, 방에는 냉기만이 가득했다. 나는 발걸음을 옮겼다. 책상으로 다가가 몸을 숙여 서랍을 당기려 했다. 그곳에 권총이 들어 있었다. 금방이라도 사용할 수 있도록 기름칠도 되어 있었다.

나는 몇 번이고 허공을 겨누고 방아쇠를 당기면서 엄마를 쏘는 상상을 했다. 머리가 터지면서 엄마의 피가 낭자하게 사방에 퍼지겠지. 그 순간을 그리며 권총을 품속에 챙겨 들고 서재에서 걸어 나왔다. 발끝을 들고서 복도를 나와 옥상을 향해 계단을 오르는데, 누군가와 마주쳤다. 식모였다. 어둠 속에서 불쑥 튀어나와 자칫하면 총을 쏠 뻔했다. 나는 당황해 식모에게 물었다.

"이 밤에 무슨 일이에요?"

식모는 머리를 조아리며 말했다.

"빨랫감 가지러 가려고······."

나는 그제야 경계를 살짝 풀었다. 죽이면 그만이겠지만 그러고 싶지 않았다. 그녀를 보면 희수 아주머니가 떠올랐기 때문이었다. 동정이나 연민 때문이 아니라 단순히 닮았기 때문이었다. 그녀에게 물었다.

"그렇게 갑자기 나타나면 어떡해요?"

"죄송합니다."

미안하다면서 손을 마주 비비는 그녀를 지나쳐 빠르게 엘리베이터로 향했다. 그러나 엘리베이터는 좀처럼 지하 이층에서 올라올 생각이 없었다. 이마에서 흐른 식은땀이 턱을 거쳐 바닥에 떨어졌다. 땀을 닦아낼 생각조차 하지 못했다. 증거인멸과 같은 완전범죄를 생각하지 않고서 그저 엄마를 죽이는 데 집중했다. 그때 나에게 느껴지는 것이라고는 주머니 속에 거머쥔 권총의 차가운 감촉뿐이었다.

나는 엘리베이터를 기다리다가 계단을 올랐다. 처음에는 엄마에게 다가가는 것을 들키지 않으려 천천히 발가락을 세우고 걸었으나, 그 속도가 점차 빨라졌다. 육층에 다다를 즈음에는 뛰어 올라갔다.

다행히 옥상을 지키는 경호원은 없었다. 모두 패턴대로 흘러가고 있었다. 경호원이 교체되는 십 분 사이에 나는 모든 것을 끝내야 했다. 권총에 땀이 가득 묻어 미끄러질까 걱정하며 나는 옥상 문을 열어젖혔다.

*

처음에는 밀림 한가운데 갑자기 떨어진 줄 알았다. 식물들이 빽빽하게 자라 있었다. 나는 잎사귀가 넓은 식물들을 헤쳐 나아가 거대한 암막 커튼 앞에 도달했다. 어떤 빛도 들지 않게 하려는 것 같았다. 주머니에서 권총을 빼고 커튼을 열어젖혔다.

스피커에서는 라디오헤드의 〈Karma police〉의 전주가 흘러나오고 있었고, 매끈한 대리석 바닥에는 하늘에서 내린 별빛이 반사되어 반짝이고 있었다. 엄마가 벤치에 앉아 고개를 젖히고 밤하늘을 보고 있었다. 엄마가 앉아 있던 벤치는 버려진 해변가에 방치된 것처럼 페인트가 벗겨져 있었다. 예상과는 달리 그는 잠옷 차림이 아니라 벨벳 드레스에 30캐럿짜리 반지를 왼손 약지에 끼고 있었고, 샤넬 구두를 신고 있었다.

그것도 아주 흰.

엄마가 최고로 애장하는 물건들이었다. 코를 찔러대는 술냄새를 천천히 뚫고서 익숙한 뒤통수를 향해 다가갔다. 이윽고 뒤통수에 총구를 가져다 대었다.

"왔니?"

나도 엄마가 놀라거나, 호들갑을 떨면서 당황해할 것이라고는 생각하지 않았다. 다만 이런 친근한 말투도 나의 예상에는 없었다. 원래는 어떤 변명도 듣지 않고 그대로 쏴버릴 예정이었다. 경호원이 오기 전에 엄마를 쏴버리고, 권 상무를 불러 빠르게 협상한 후 시체를 처리하고 그룹을 차지할 생각이었다. 엄마는 나를 힐끔 바라보더니 자연스럽게 자기 옆자리를 향해 고갯짓했다.

"기다렸겠구나. 앉아."

그러나 엄마의 말에 수도 없이 상상한 내 계획은 물거품이 되었다. 곧바로 머리통을 뚫어버리려 했는데. 엄마는 총을 든 내 모습을 보고도 지나치게 태연한 표정을 지었다. 이유를 알고 싶어 엄마의 옆자리에 앉았다. 그녀는 미동도 없는 총구와 나를 번갈아 보더니 콧방귀를 뀌었다.
"역시 창의성이라고는 없다니까. 엄마한테 인사도 없이."
나는 아무 대답도 없이 엄마의 머리를 향해 총구만 겨누고 있었다. 내게서 시선을 거둔 엄마는 다시 고개를 젖히고는 하늘을 바라보았다. 인공적인 빛이 들지 않아 그런지 별들이 많이 보였다. 엄마는 천천히 말을 이었다.
"새로운 여왕개미가 즉위하면, 새로운 것들로 다 바꿔. 새로운 시녀와 새로운 일꾼들, 심지어는 새로운 아이들로. 남은 건 이 거대한 집뿐이야. 집은 계속해서 새로운 여왕개미와 일꾼들에게로 이어지지. 우리도 마찬가지야. 집을 지키기 위해서 네가 할 수 있는 일을 하렴. 너는 잘할 수 있을 거야."
나는 어이가 없어 반문했다.
"뭐? 그게 지금 이 상황에서 할 소리야?"
엄마는 나를 올려다보며 말을 이었다.
"나도 그랬으니까."
나는 권총을 쥔 손으로 엄마의 뺨을 후려쳤다. 감정을 실어 때렸다. 긴 머리칼이 흩날렸고, 엄마의 고개는 잠시 돌아갔다가 이내 나를 똑바로 바라보았다. 나는 권총 안전핀을 해제하고 총구로 엄마의 이마를 밀면서 말했다.
"미안하다고 말해."
엄마는 눈을 감았다. 마치 운명을 받아들이는 것처럼 보였다. 나는 엄마를 보채듯 더욱 강하게 밀었다.

"빨리!"

엄마의 얼굴에서 동요하는 감정은 보이지 않았다. 오히려 평온했다. 그 모습에 속이 거꾸로 뒤집어질 것만 같았다. 엄마에게 총구를 겨누고 있는 사람은 나인데, 왜 내가 더 몸을 떠는지 알 수 없었다. 방아쇠를 당기고 싶었다. 검지에 힘을 주어 엄마를 죽이고 싶었다. 문득 의문이 솟구쳤다.

'억울하게 화장된 은희는? 그리고 기재는? 철저히 짓밟힌 내 삶은?'

엄마에게서 미안하다는 말을 듣고 싶었다. 그 뱀 같은 입으로 직접 들어야 했다. 나를 태어나게 하고, 죽고 싶게 만들고, 다시금 복수를 위해 살게 한 그 입으로 말이다. 울거나 내게 손을 비비는 것까지는 바라지 않았다. 다만 진심을 담아 말했으면 했다. 미안하다고. 엄마는 한숨을 크게 내쉬며 말했다.

"미안해."

맥이 풀리는 것 같았다. 이렇게나 듣기 쉬운 말이었다니. 권총을 겨누고만 있으면 나올 말이었다니. 나는 이 말을 듣기 위해 도대체 얼마나 많은 사람을 궁지에 몰아넣고 죽였을까? 사람을 죽이면서까지 들어야 할 말이었을까? 심호흡을 했다. 이제 쏘기만 하면 됐다. 방아쇠를 당기기만 하면 모든 것이 마무리될 것이었다. 지독한 악연을 끝낼 때였다. 그 순간 엄마가 덧붙여 말했다.

"네가 아니라 나한테."

"뭐?"

화를 내야 했지만, 정작 쏟아져 나온 것은 의문이었다. 속을 짓이기는 허탈감에 눈물이 흘렀다. 마지막까지 나에게 사과 한 번 하지 않았다. 지독했다. 엄마는 숨을 크게 쉬고 옷매무새를 정리하더니 다시 눈을 감고는 말했다.

"너 같은 인간을 이 세상에 태어나게 해서 말이야. 어서 쏴, 이제 준비……."

방아쇠를 당겼다. 엄마는 입을 벌린 상태로 고개를 젖혔다. 무언가 말을 하려는 것만 같았다. 연이어 두 발을 머리에 쐈다. 내 얼굴에 피가 튀었지만 상관하지 않았다. 엄마는 마지막 말을 끝마치지 못하고 죽었다.

피살 30일 후

권 상무의 개회사와 함께 주주총회는 시작되었다.

"삼일그룹의 무궁한 영광을 바라며, 오늘 참석해주신 주주 여러분께 먼저 감사 인사 드립니다……."

수화기 너머로 들려오는 말에 도저히 집중할 수 없었다. 숙취에 머리가 사등분될 것 같았다. 화장실에 갈 여력도 없어 그대로 바닥에 토를 하고는 가까스로 자리에 섰다.

거울을 확인하려 했는데 거실에도 화장실에도 거울이 없었다. 거울이 있을 법한 자리에는 그림이 걸려 있었다. 모네의 〈루앙 대성당〉 그림이었는데, 특이하게도 앤디 워홀의 팝아트처럼 그림들이 다닥다닥 붙어 있었다. 작가가 루앙 대성당이라는 장소에서 수없이 같은 구도의 그림을 그렸음에도 어느 하나 비슷한 그림은 없었다. 각각 아침 빛, 정오, 햇빛, 안개 등이라 부제가 붙으며 구별이 됐다.

필시 팀장의 그림 취향일 것이다. 내가 어딜 가든 거울을 치우라고 그에게 말해놓았으니까. 발치에서 반짝거리는 거울 조각이 보였다. 파우더 룸 거울은 모조리 산산조각 나 있었다. 문득 잔상처럼 거울을 향해 물건을 내던지는 어젯밤 내 모습이 머릿속에 떠올랐다. 강렬한 파열음 속에도 자리에 있던 누구 하나 당황하지 않고 손에 쥐고 있던 것들을 삼키면서 소리 내어 웃기 바빴다.

'치우라니까!'

정신을 차리려고 마른세수를 했다. 호텔방 안은 내 상태만큼이나 난장판이었다. 바르르 떨리는 눈꺼풀 때문에 호텔방이 어젯밤 누군가 터뜨린 폭죽에 여태 번쩍거리고 있는 것 같았다. 천장과 카펫에는 불에 탄 자국이 남아 있었다.

거실 실링팬에는 휴지 다발들이 걸린 채 원을 그리며 돌고 있었고, 그 아래에 여러 사람이 뒤엉켜 잠들어 있었다. 말라붙은 검은 핏자국이며, 깨진 앞니며 그들 면면을 확인하면 할수록 불쾌한 기억들이 떠올랐다.

*

엄마를 죽이고 나면 모든 것들이 순조롭게 해결될 것이라 믿었다. 권 상무와 함께 시체를 처리한 후 곧바로 기재를 만나러 갔다. 전과는 달랐다. 병원은 나의 방문으로 난리가 났고, 간호사들은 감찰을 받듯 복도에 도열해 우리를 맞이했다. 권 상무의 지시로 그들은 벽을 보고 서 있었다. 그중 유독 몸을 떨고 있던 간호사 하나를 보았다. 얼마 전 나를 기재에게 인도한 간호사였다. 복도를 거닐다 말고 그 옆에 멈춰 섰다. 그녀가 나를 향해 몸을 틀더니 말했다.
"그때는 몰라뵀습…….."
나는 간호사의 뺨을 때리고 권 상무에게 눈치를 주었다. 그러자 경호원들이 간호사들을 붙잡고는 어딘가로 데려갔다. 내 존재에 관해 아무도 알아서는 안 됐다. 공기가 무겁게 가라앉았다.
감옥 같은 병실에 다시 들어갔다. 여전히 하얀 붕대 덩어리가 침대 위에 놓여 있었다. 손의 떨림을 애써 무시하고 가까스로 기재의 손을 붙잡았다. 얼굴을 숙여 그에게 속삭였다. 앞으로는 잘될 거라고, 언젠가 네가 나으면 우리가 그렸던 곳으로 도망가자고.
시제품 상태의 TPE-1120을 투여해도 기재에게 큰 변화는 없었다. 간신히 목숨만 부지할 뿐이었다.
"기재야."
불러도 반응 없는 그는 마치 고치 같았다. 붕대에 전신이 칭칭 감긴 모습과 가끔 소화액을 비롯한 액체가 내는 기분 나쁜 소리 때문이었다. 약물이 테스트 단계라 그렇다는 권 상무의 말은 조금도 위로가 되지 않았다. 해갈되지 않는 죄책감이 계속해서 나를 괴롭히고 있었다.

솔직히 도망가고 싶었다. 눈을 감았다가 뜨면 TPE-1120 개발이 완료되어 있고, 기재가 깨어나 나를 맞이해주었으면 했다. 그러나 그럴 수 없었다. 내가 나서지 않으면 TPE-1120의 개발은커녕 삼일그룹의 존립 자체에 문제가 생길 것이었다. 엄마의 역할을 내가 맡아야 했다. 내가 죽인 엄마의 얼굴을 하고서 사람들을 만나고 설득해야 했으며, 엄마의 책상에서 도장을 들고 누군가를 죽이네 살리네 하는 선택에 엄마의 이름으로 붉은 인주를 남겨야 했다.

매일 아침 눈을 뜨고 잠들기 전까지 거울이든 유리창이든 곳곳에 보이는 엄마의 얼굴에 눈을 파버리고 싶은 충동을 느꼈다. 마치 엄마의 유령이 내 뒤를 따라다니는 것 같았다. 그것은 천륜이라는 날카로운 메스로도, 분에 넘치게 썩어 넘치는 돈으로도 끊어낼 수 없는 질기디질긴 악연이었다. 나는 기재에게 용서를 빌겠다는 생각으로 하루하루를 버티며 살아갔다.

그렇게 엄마를 죽인 지 한 달이라는 시간이 지났다. 기재에게 차도가 보인다는 연락을 받고서 모든 일정을 취소하고 기재를 찾아갔다. 병원에 사람은 없었고, 눅눅한 소독약 냄새가 자리를 대신하고 있었다. 옷을 챙겨 입고는 병실 문을 열었다. 그는 여전히 붕대를 감은 상태로 고개를 돌려 창밖을 바라보고 있었다. 그에게 가까이 다가갔다. 그와 대화를 나누고 싶었다. 내가 지옥에 떨어진다고 하더라도, 기재가 일어난 이 찰나의 순간을 위해서라면 내가 가진 것들을 모조리 버릴 수도 있었다.

"살려주세요."

예상치 못한 반응이었다. 내가 어떻게 여기까지 왔는데. 너 하나 살리기 위해 내 손에 얼마나 많은 피를 묻혔는데. 그의 얼굴에 감은 붕대 사이로 눈물이 줄줄 흘렀다.

"무슨 말이야, 기재야……."

기재를 향해 손을 뻗었으나 그는 필사적으로 내 손길을 피하려 했다. 겁먹은 그의 눈동자에 비친 내 모습을 보았다. 바로 엄마였다.

끝내 기재는 눈을 까뒤집더니 발작하기 시작했다. 다급하게 간호사를 찾으며 주변을 둘러보았으나 누구도 없었다. 간호사들은 나를 마주할까 몸을 숨기고 있었다. 내가 가까이 다가가니 그들은 눈을 꼭 감은 상태로 뒷걸음질 쳤다. 절대 나를 보지 말라는 내 명령 때문이었다. 이미 나는 지긋지긋한 악마의 형상을 하고 있었다. 어떻게 할 새도 없이 뒤돌아 병실을 나왔다.

그날 이후 나는 다른 의미에서 도망치기로 했다. 아이러니하게도 기재와 함께하기 위해서는 내가 기재를 떠나야만 했다. 괴물이 되어버린 이상 기재 옆에 단 한 순간도 함께 있을 수가 없었다. 기재에게서 나의 존재를 숨기고 TPE-1120 개발을 완료할 때까지만 엄마로 살기로 했다. 삶의 목적을 잃어버린 것만 같았다.

불안감을 조금이라도 외면하기 위해 매일 파티를 열고 술과 약에 취했다. 사람들을 불러놓고는 돈다발을 내밀며 서로를 때리도록 시켰다. 돈이 걸린 이상 그들은 이가 부러지고, 입술이 터져 피를 흘리면서도 다른 이들에게 자신을 때려달라 말했다. 눈을 크게 뜨고서 그 광경을 바라보았다. 감정을 느껴야 했다. 가슴을 부여잡았다. 엄마와 나는 다른 사람이다.

그러나 아무것도 느껴지지 않았다. 가슴속에 구멍이라도 뚫린 것처럼 감정들이 밀려오다 그대로 쓸려나가는 것 같았다. 합리화하기로 했다. 적어도 나는 엄마와는 다르게 내가 비겁자라는 것을 안다. 동정이나 연민, 더 나아가 이해를 바라지도 않는다. 이미 구제받을 수 없는 영혼이니까.

*

호텔 방문이 벌컥 열리더니 사람들이 쏟아져 들어왔다. 팀장을 비롯한 이들은 바닥에 널브러진 사람들을 업고 어딘가로 데려갔다. 그들은 아마 길거리에서 모든 기억을 잃은 채 깨어날 것이다. 혹은 소각되거나. 팀장은 능숙하게 주삿바늘을 내 팔뚝에 꽂았다. 뭐냐고 묻기도 전에 그가 말했다.

"수액입니다. 총회 가셔야죠."

노란색 용액이 천천히 내 몸속으로 들어오자 욱신거림도 빠르게 잦아들었고, 머리가 맑아졌다. 그동안 경호원들이 부산스럽게 움직이며 쓰레기를 치우고, 가구와 카펫을 교체하는 등 호텔방도 금세 제 모습을 찾아갔다. 느릿느릿하게 옷을 챙겨 입고 준비해놓은 의자에 앉으니 헤어디자이너가 들어와 그 자리에서 머리를 만졌고, 메이크업을 해줬다.

"총회는?"

팀장이 내 옆자리에 앉아 서류를 검토하며 말했다.

"두 시간 늦어졌습니다. 사유는 회장님 개인 일정 때문이라 했고요."

"데이비드라는 사람은 뭐라 안 해? 자기 말로는 오늘 큰 건 터뜨려서 삼일그룹 문 닫게 한다며."

엄마를 죽이기 전부터 권 상무에게 들었던 이야기였다. 팀장이 고개를 들어 나를 바라보더니 헤어디자이너에게 나가라고 갯짓했다. 그러자 그녀는 화들짝 놀라더니 도망치듯 짐을 챙겨 방을 나섰다. 문 닫히는 소리와 함께 팀장이 말했다.

"그 사람이 뭐라 하든 신경 안 쓰시지 않습니까."

맞는 말이었다. 경영권과 관련해서 데이비드가 할 수 있는 일은 없었다. 아무리 상대가 유명한 M 사모펀드라 해도 주식이든, 현금 보유량이든 삼일그룹의 회장인 나를 앞설 수는 없었다. 부잣집 앞에 엎드려 구걸하는 사람처럼 그 역시도 돈이 목적이라 생각했다.

"권 상무는? 다른 말 없어?"

팀장은 서류를 향해 고개를 파묻으며 대답했다.

"네, 별다른 말씀 없으셨습니다. 계획이 있으신 모양입니다. 늘 그렇듯이."

권 상무의 행동에는 크게 변함이 없었다. 엄마가 죽기 전이나 죽고 난 후나 늘 계획에 따라 행동했고 돌발 상황에 대한 대비책도 준비되어 있었다. 그 덕분에 그룹에 위기는 없었다. TPE-1120의 연구는 계속되었고, 주주총회 역시 그저 일상으로 남을 것이었다.

*

언론에서 크게 떠들어댄 탓인지, 주주총회장 내부에는 온갖 사람들로 가득했다. 빈자리를 찾아보기 힘들 정도였다. 그러나 그렇게 위기설을 주장하던 분위기와는 달리 안건 표결은 이상할 정도로 쉽게 끝났다. 누구도 내 결정에 크게 반대하지 않았고, 거수 표결할 때만 주총꾼으로 보이는 몇몇이 난리를 피웠을 뿐 금방 진정되었다. 나는 데이비드로 보이는 사람을 찾으려 했다. 그가 우리 그룹을 공격하고 있다고 했다. 그에 관한 기본적인 정보는 권 상무에게 들어 알고 있었다.

그는 '아시아 대기업의 늑대'라는 별명으로 불렸다. 먹잇감이 생기면 여러 방향에서 구한 정보들로 기업 이미지에 큰 타격을 주었다. 방법을 가리지 않았다. 불법 도청, 증거 조작, 경쟁 회사에 기밀을 누설하는 등 기업 흔들기에 최적화된 방법이라면 양심 따위는 한국에 두고 다시 태어난 것처럼 행동했다. 먹잇감이 타격을 입고 근간이 흔들리기 시작하면 M 사모 펀드가 나서서 기업을 싼값에 먹어치웠고, 비싼 값에 다시 팔았다.

나는 총회장 내부를 살피며 데이비드를 찾으려 했다. 옷과 시계를 눈여겨보았다. 돈을 단기간에 많이 벌었다는 사람이니, 입고 온 슈트나 시계가 단연 뱅퀴시나 파텍 필립 같은 명품일 것이라 생각했다. 그러나 대부분 그런 걸 차고 온 사람들의 얼굴은 모두 내게 익숙했다. 금융계라 해봤자 그 무리가 매우 적었고, 서로 얼굴도 잘 알고 있었으니까.

데이비드를 찾는 사이 총회는 막바지로 흘러가고 있었다.

"마지막 안건입니다. 회장님 재신임에 대한 표결입니다. 바로 투표 들어가겠습니다."

찬성하는 사람들에게 손을 들라고 했다. 나를 비롯한 권 상무와 대부분이 손을 들었다. 그러나 단 한 명. 오십대 정도로 보이는 중년 남자만이 손을 내리고 있었다. 긴 트렌치코트에 머리숱이 얼마 없었다. 눈썹이 짙었으나 입꼬리가 무거워 보였다. 그와 눈을 마주쳤을 때, 그는 나를 노려보고 있었다. 나도 지지 않았다. 똑바로 눈을 맞추었다. 권 상무가 투표를 종료하려고 할 때, 그가 일어나 말했다.

"저는 반대합니다."

권 상무가 그를 향해 제지했다.

"이미 끝났습니다. 자리에 앉으세요."

"여러분께 하나 밝힐 사실이 있습니다."

그가 자리에서 걸어 나오더니 권 상무에게 무언가를 속삭이고는 손을 내밀었다. 권 상무는 잠시 나를 바라보았다. 초반에 강하게 맞받아쳐야 이어지는 공격이 없을 것이라는 생각에 고개를 끄덕였다. 내 의중을 살핀 권 상무는 그의 손에 마이크를 건네주었다. 그가 마이크를 잡고는 말했다.

"저는 M 사모펀드의 대표 데이비드 김입니다."

회사 사람들의 표정이 어두워졌다. 나는 그의 입에서 나올 이야기가 무엇일지 궁금했다. 엄마나 내가 저지른 범죄에 대한 이야기일까? 그건 아닐 것이다. 우리의 계획은 완벽했으니까. 권 상무와 기획경영실 주도로 그 어떠한 증거도 남기지 않았을뿐더러, 경찰을 비롯한 검사 대부분이 우리 손아귀에 있었다. 경영권과 관련해서도 마찬가지였다.

이미 우리 측에서 경영권 방어를 위해 만반의 준비를 해놓은 상황이었다. 현금 자산으로 대규모 주식 차입을 시도했고, 정부에 도움을 요청하기도 했다. 삼일그룹으로부터 선거 자금을 받은 대통령은 삼일그룹이 외국인의 손에 넘어가면 국가가 막대한 손해를 입게 되니 연기금을 비롯한 다수의 정부 기관을 움직여 도움을 주겠다고 약속했다.

이렇게 만반의 준비를 하고 있었음에도 나는 막연한 불안감에 휩싸였다. 데이비드가 어떤 카드를 내놓을지 알 수 없었다. 그도 우리가 최선을 다해 방어하리라는 것을 알고 있을 것이었다. 다른 사모펀드의 자금을 가져올까? 아니면 미국 정부의 도움을 받으려는 걸까? 그들도 TPE-1120을 노리고 있었으니, 충분히 그럴 만했다. 최근 들어 연구소를 노린 사이버 공격의 빈도도 크게 늘었다. 그런데 갑자기 데이비드가 대뜸 나를 가리키더니 외쳤다.

"저 사람은 삼일그룹 회장 최유선이 아닙니다."

장내가 소란스러워졌다. 어디선가 기자들이 나타나 사진을 찍어대기 시작했고, 주주들은 저들끼리 수군거리기 시작했다. 나는 반사적으로 카메라에 비친 내 모습을 보았다. 틀림없는 엄마의 얼굴이었다. 몇몇 사람들은 데이비드를 향해 장난하냐며 내려오라고 고함쳤으나, 일단 그의 말을 들어보자는 쪽이 더욱 많았다.

"다들 제가 미쳤다고 생각하고 계신 줄 압니다. 그러나 제 말은 모두 사실입니다. 저는 이십 년 전 오늘, 브리즈번 인터내셔널 빌딩에서 최유선을 만났습니다. 일본 넷카 바이오 인수 관련 비즈니스 미팅이었습니다. 우리는 유전자 가위 기술에 특허를 가지고 있는 넷카 바이오를 함께 인수하려고 했습니다. 우리는 그날 처음 만났고, 그날 밤 K 호텔에서 함께 잠을 잤습니다. 여기 당시 기록과 호텔 체크인 기록입니다."

데이비드 손에는 사진이 들려 있었다. 사진에 보이는 사람은 명백히 데이비드와 엄마였고, 엄마는 사진 속에서 환하게 웃고 있었다. 그렇게 웃는 모습을 본 적이 없었다. 둘은 나란히 빌딩을 걸어 나가고 있었고, 이어진 사진에서는 호텔 엘리베이터에서 엄마가 손가락으로 브이를 그리며 데이비드 어깨에 손을 올리고 있었다.

"유선에게는 제가 단순한 하룻밤 상대였을지 모르지만, 저에게는 아니었습니다. 저는 유선을 사랑했습니다. 안타깝게도 유선이 그룹을 지켜야 한다고 해서 좋은 관계로 이어지지는 못했지만 저는 아직도 유선을 잊지 못합니다."

그때를 회상하는 것처럼 데이비드는 눈을 감고서 잠시 숨을 골랐다. 시간이 잠시 멈춘 것만 같았다. 눈을 뜬 데이비드가 다시 한번 나를 가리키며 외쳤다.

"저 여자는 최유선이 아닙니다."

"증거는 있습니까?"

한 기자가 손을 들고 데이비드에게 물었다. 플래시가 번쩍였고, 데이비드는 잠깐 기다려달라는 뜻으로 검지를 올리더니 주머니에서 미리 준비해둔 원고를 꺼내 들고 읽어 내려가기 시작했다.

"저, 데이비드는 주주 여러분께 한 가지 제안을 드리고자 합니다. 지금 앞에 앉아 있는 이 여자의 유전자 검사를 요구합니다."

그러고는 자신이 미국 수사 당국과 함께 확보한 일 년 전 유선의 머리카락이라면서 증거를 제시했다. 아주 오래전부터 준비해온 모양이었다. 기자들은 데이비드의 말을 열심히 받아 적기 시작했다. 키보드 소리와 카메라 플래시 터지는 소리가 뒤섞여 어지러웠다. 누군가 내 머릿속을 두들겨대는 게 아닐까 싶었다. 데이비드는 확신에 찬 얼굴로 사진을 들어 보였다.

"만약 유전자 조사 결과, 앞에 있는 여성분이 유선이라면 제가 보유하고 있는 주식 전부를 그룹에 무상으로 넘기겠습니다. 그리고 M 사모펀드 대표직에서 사퇴하고 사건에 대한 법적 책임을 지겠습니다. 그러나 만약 제 말이 사실이라면……."

데이비드는 나를 노려보며 힘주어 말을 이었다.

"즉시 회장직에서 물러나고, 경찰 조사를 받으시길 바랍니다."

기자들 앞이었지만 당황한 표정을 감출 수가 없었다. 이대로면 들키는 것은 시간문제였다. 유전자 검사를 받게 된다면 내가 엄마의 숨겨진 딸인 게 밝혀질 것이고, 회장 자리에서 물러나야 할 것이다. 그룹 경영권이 데이비드에게 넘어갈지도 몰랐다. 그렇게 된다면 TPE-1120의 개발은커녕 시제품 형태의 TPE-1120를 기재에게 투여하지도 못할 것이다. 데이비드는 원고를 접어 주머니에 넣고는 내가 아니라 권 상무를 보며 말했다.

"어찌시겠습니까?"

다급한 마음에 권 상무를 바라보았다. 그러나 그의 표정에 큰 변화는 없었다. 나는 권 상무와 데이비드를 번갈아 바라보았다. 데이비드는 적개심 가득한 눈으로 권 상무를 쳐다보고 있었다. 권 상무가 나를 향해 시선을 던지더니 고개를 끄덕였다.

처음에는 그의 끄덕임이 무슨 뜻인지 바로 인지하지 못했다. 그대로 응하라니? 모든 게 들통날 것이 뻔한데? 내가 반응 없이 그를 노려보고만 있자 권 상무가 직접 자리에서 일어나 단상을 향해 걸어갔다. 데이비드는 권 상무에게 마이크를 넘겼다.

"말도 안 되는 음모론입니다. 외국 세력들은 이런 음모와 추측으로 한국의 기업들을 무너뜨린 역사가 있습니다. IMF와 외환위기 당시 많은 외국계 사모펀드가 그러했습니다. 우리 그룹은 이러한 허황된 음모에 당당히 맞서겠습니다."

권 상무는 데이비드를 한 번 보고는 카메라를 응시했다.

"제안을 받아들이겠습니다."

나는 반사적으로 얼굴을 가렸다. 누가 내 얼굴에서 거짓됨을 알아볼까 두려웠다. 데이비드가 내 앞으로 다가와 속삭이듯 물었다.

"마지막으로 기회를 드리겠습니다. 지금이라도 사실을 말하세요. 당신, 최유선 맞습니까?"

기자들이 터뜨려대는 스포트라이트보다도 데이비드의 눈빛이 더 뜨거웠다. 나의 거짓된 가면을 불태우고 있는 것 같았다. 나는 두려움에 고해성사 하듯이 내 죄를 꺼내놓고 싶은 충동을 느꼈다. 권 상무가 다가와 내 귀에 대고 속삭였다.

"걱정 마세요, 회장님. 계획이 있습니다."

권 상무의 눈에서도 힘이 느껴졌다. 마치 미래를 보는 것 같았다. 그래, 그라면 분명 계획이 있으리라 생각했다. 그라면 믿을 수 있었다. 삼일그룹이 여기까지 온 데는 엄마만큼이나 그의 공도 컸으니까. 나는 그의 미소에서 안정감을 느꼈다. 떨리는 손을 가까스로 억누르고는 허리를 폈다. 데이비드의 눈을 응시하며 또렷하게 말했다.

"꺼져, 이 거지새끼야."

엄마라면 그렇게 말했을 것 같았다. 내 말을 들은 데이비드는 나를 보고서 슬쩍 비웃고는 총회장을 빠져나갔다.

*

'데이비드가 내 아버지일까?'

화장실에 들어가 멀건 위액을 쏟아내고 들었던 첫 번째 생각이었다. 이십 년 전이라면, 모든 타이밍이 맞아떨어졌다. 엄마와 데이비드는 만났다. 이후로도 몇 번이나 만난 것 또한 데이비드가 증명했다. 머리가 터질 듯 아팠다. 나는 가만히 변기 위에 앉아 머리카락을 뽑을 듯이 잡아당겼다.

이대로 멈출 수는 없었다. 모두가 보는 앞에서 머리카락을 뽑고, 입안에서 표피세포를 채취하는 등 실시간으로 유전자 검사를 생중계한다면 결과를 조작하기 어려울 것이다. 그러면 연구원을 매수할까? 그러나 데이비드가 다른 장소에서 재검사를 요청할 경우 매수가 통하지 않을 수도 있었다. 막힌 터널을 향해 달려가는 기차에 올라타 있는 것 같았다. 뒤로 갈 수는 없고, 어쩔 수 없이 벽을 향해 부딪히게 되는. 벽이 뚫리거나 내가 부서지거나. 분명한 것은 둘 중 하나는 파멸에 이르게 된다는 것이다.

나는 최선을 다할 생각이었다. 어떤 방법을 쓰든 살아남을 것이다. 설령 데이비드가 내 아버지라고 하더라도. 그가 나에게 한 짓을 잊을 수 없었다. 엄마라는 지옥 한가운데에 나를 버리고 도망치다니. 그가 내 옆에 조금이라도 붙어 있었더라면 내가 이렇게 되지는 않았을 텐데. 벽을 치면서 소리를 질렀다.

내 망가진 인생이 어디로 흘러갈지 알 수 없었다. 이 회사를 지키기 위해서라면 뭐든 할 생각이었다. 데이비드가 아닌 누구라도 나를 막는 사람은 철저히 부수고 복수할 생각이었다. 거울에는 이제 내가 아니라 엄마가 서 있었다.

그때 누군가 화장실 문을 두들겼다. 나는 소리를 질렀다.

"사람 있어!"

"회장님."

권 상무였다. 나는 재빠르게 옷맵시를 다듬고는 자리에서 일어나 문을 열었다. 권 상무는 무표정한 얼굴로 나를 내려다

보았다. 그가 나를 한심하다고 생각하지는 않았을까? 냉철한 엄마와는 다르게 매사 감정적인 나를 보면서 말이다.

나는 권 상무에게 물었다.

"왜요?"

그리 묻고는 나는 권 상무를 지나쳐 미니 바로 갔다. 전시되어 있는 위스키를 모조리 뜯어 입을 헹구어내는 동안 권 상무가 어렵게 입을 뗐다.

"데이비드가 리암 타워에서 2차 기자회견을 준비하고 있습니다."

나는 즉시 거실로 달려가 TV를 켰다. 공중파 3사에서는 모두 데이비드의 기자회견을 생중계하고 있었다. 데이비드는 기자들의 질문에 답하고 있었다. 기자가 손을 들고 물었다.

"이후 삼일그룹은 어떻게 되는 겁니까?"

데이비드는 어제와는 다르게 준비된 원고 없이 대답을 이어갔다.

"그룹은 해체됨과 동시에 전 계열사의 불법 실험, 부정 청탁 등 법적, 도덕적으로 미흡한 점을 밝혀낼 것입니다. 저희는 관련자들의 처벌이 이루어질 수 있도록 대한민국 검찰과 미국 수사 당국에 적극 협조할 것입니다."

데이비드가 대답을 끝마치자마자, 그 자리에 있던 거의 모든 기자가 손을 들었다. 데이비드가 지목하자 그들 중 하나가 자리에서 일어나 소속을 밝히고 질문했다.

"지금 현재 최유선 회장으로 불리는 인물이 최유선 회장이 아니라고 주장하시고 계신데, 그렇다면 지금 최유선 회장으로 불리는 인물은 누구라는 겁니까?"

데이비드는 확신에 찬 표정으로 말했다.

"그건 모릅니다만, 최유선 회장이 아닌 것은 확신합니다."

"혹시 가족은 아닐까요?"

가슴이 내려앉을 뻔했다. 도대체 어디까지 알고 있는 것일까? 나도 모르게 권 상무를 향해 고개를 돌렸다. 권 상무는 TV를 지그시 바라볼 뿐이었다. 데이비드는 숨을 깊게 들이마시고는 기자의 질문에 말을 이었다.

"가족은 아닙니다."

"어떻게 확신하시나요?"

"최유선은 불임이었습니다."

그 말과 동시에 일제히 카메라 플래시가 터졌다.

"당시 유선은 선천적으로 난소에 문제가 있었습니다. 임신 가능성이 극히 낮았……."

갑자기 TV가 꺼졌다. 리모컨이 잘못 눌린 것이라 생각해 TV를 다시 켜기 위해 바닥과 탁자 위를 찾아다녔으나 리모컨은 보이지 않았다. 하는 수 없이 TV에 가까이 다가가 전원 버튼을 눌렀다. 그러나 TV가 켜지자마자 전원이 다시 꺼졌다. 뒤돌아보니 권 상무의 손에 리모컨이 들려 있었다. 나는 권 상무에게 따져 물었다.

"다시 틀어!"

 권 상무는 가만히 서 있었다. 나는 권 상무의 손에서 리모컨을 뺏으려 했다. 그러나 권 상무는 거칠게 리모컨을 바닥에 던졌다. 리모컨은 탁자에 부딪쳐서 산산조각이 났다. 나는 화가 나서 권 상무의 얼굴을 때리고 가슴을 밀쳤다.

"다시 틀라고!"

 권 상무는 가만히 내 주먹을 맞다가 내 두 손을 붙잡고는 벽으로 밀어붙였다. 그 과정에서 화분이 바닥에 떨어져 박살이 났고, 흙이 사방으로 튀었다. 나도 멈추지 않고 권 상무의 얼굴에 침을 뱉었다.

 권 상무가 낮은 목소리로 나에게 말했다.

"회장님, 데이비드 같은 사기꾼에게 휘둘리면 안 됩니다."

 나는 몸을 비틀며 그의 손아귀에서 벗어나려 했다.

"그럼 어떻게 하라고! 나보고 어떻게 하라는 거야!"

"그 사람, 당시에도 관계를 맺은 것을 빌미로 전 회장님을 협박해서 그룹에 막대한 해를 끼친 사람입니다."

"이거 놓으라……."

 순간 고개가 강하게 돌아갔다. 권 상무가 내 뺨을 친 것이다.

"진정해."

 나는 얼떨떨한 표정으로 그를 보았다. 그제야 그는 내 손을 놓아주었다. 나는 바닥에 주저앉아 머리를 붙잡았다. 떠오르는 의문이 한두 가지가 아니었으나, 가장 큰 의문은 하나였다.

엄마가 나처럼 불임이었다니. 그러면 나는 어떻게 낳은 걸까? 아주 낮은 가능성으로 임신이 됐고, 나를 낳은 걸까? 그래서 인큐베이터에서 자란 걸까? 아니, 어쩌면 엄마가 임신 사실을 데이비드에게서 숨겼을지도 몰랐다. 엄마라면 혼외 임신이라는 결과가 그룹에 주는 영향을 최소화하려 했을 테니까. 그게 아니라면 데이비드가 나를 통해 경영 전반에 걸쳐 간섭하려는 것을 두려워했을지도 모른다. 권 상무는 소파에 한참을 말없이 앉아 있었다. 그의 손에서 흐르는 피가 카펫을 적시고 있었다. 아까 화분이 깨지면서 상처가 난 것 같았다. 생각 정리를 마친 권 상무가 말했다.

"데이비드는 지금 분명 회장님이 누구신지 모릅니다."

"됐고, 엄마가 불임이었어?"

권 상무는 손깍지를 끼더니 왼손에 낀 반지를 만지기 시작했다. 나는 그를 보채듯 다시 물었다.

"엄마가 나처럼 불임이었냐고. 그럼 난 어떻게 태어난 거야? 엄마 딸은 맞아?"

권 상무는 대답하지 않았다. 나는 권 상무의 가슴을 밀치며 물었다.

"대답해."

권 상무는 반지를 만지작거리며 대답했다.

"따님이 맞습니다. 생물학적으로요."

나는 꺼진 TV를 가리키며 외쳤다.

"그럼 데이비드, 저 사람이 하는 말은 뭔데? 거짓말이야?"

권 상무는 내 눈을 똑바로 바라보았다. 진실을 알고 싶냐는 눈빛이었다. 나는 권 상무가 대답하기를 기다렸다.

"거짓말은 아닙니다. 태어나셨을 때부터 선천적으로 문제가 있으셨고, 그에 따라 불임 판정을 받으셨습니다."

"그럼……."

권 상무가 말을 이었다.

"그래서 TPE-1120을 사용했습니다."

"TPE-1120을? 당시에는 없었을 텐데?"

권 상무의 얼굴빛이 어두워졌다. 내가 모르는 비밀들이 조금씩 드러나는 것 같았다. 그가 천천히 말을 이었다.

"외부에는 TPE-1120이 최근에 개발되었다고 알려졌지만, 실제로는 회장님 고조부께서 그룹을 경영하시던 때에 초기 단계의 제품이 개발되었습니다. 물론 사회적 파장을 인식해서 내용이 발표되지는 않았지만요."

권 상무는 자리에서 일어나더니 내 앞으로 다가섰다.

"그렇게 투약한 지 삼 개월이 지나서 회장님께서는 완전히 신체를 회복하시고, 임신을 하셨습니다."

"최근까지도 맞았어?"

권 상무가 고개를 끄덕였다.

"어쩔 수 없었습니다. 중간에 투약을 끊으면 한 달 내에 세포가 붕괴하면서 목숨을 잃으니까요."

몇몇 사실들이 명확해졌다. 엄마는 매일 죽음에 떨며 살아야 했다는 것, 세포가 모두 뒤바뀌는 경험을 하게 되며 종교에 관심을 가졌다는 것. 엄마가 왜 나를 교회에 데려간 것인지 이제야 이해가 갔다. 늘 죽음을 마주하고 있었고, 문턱에 걸쳐 있었으니 두려웠던 거겠지. 그렇다고 엄마에게 동정을 느끼지는 않았다. 악마라도 자기 존재가 사라지는 건 걱정할 테니까.

자리에서 일어나자 경호원들이 문을 열고 들어와 난장판이 된 방을 치웠다. 나와 눈이 마주치자마자 그들은 고개를 조아렸다. 그들은 내 눈치를 보며 빠르게 청소를 마치고 고개를 숙인 채로 방을 빠져나갔다. 그들이 사라지자마자 권 상무에게 물었다.

"그럼 데이비드가 내 아버지야?"

권 상무가 고개를 내저었다.

"그건 모릅니다. 그때 회장님께서 주기적으로 만나시는 분만 해도 수십 명이었습니다. 그 외 제가 모르게 따로 만나시는 분들은 셀 수도 없었고요."

결국 데이비드도 나처럼 엄마에게 이용된 상대 중 하나였을 뿐이었다. 정신을 차려야 했다. 엄마가 말한 대로 여왕개미가 없어진 상태에서 집을 차지하기 위해 서로 싸우는 과정이었다. 그러나 나는 데이비드보다 우위에 있었다. 데이비드는 아직 내가 누군지 알지 못했으니까.

나에게는 지켜야 할 사람이 있었고, 그를 위해서라면 나는 내가 그토록 증오했던 엄마가 되어 그룹을 지킬 것이었다. 설령 데이비드가 내 아버지라 해도 달라지는 사실은 없다. 엄마처럼 생각하고 행동해야 했다. 냉철하고, 계산적으로.

"그럼 계획대로 행하겠습니다."

권 상무는 나를 향해 고개를 꾸벅 숙이고는 자리에서 물러나려 했다.

"잠깐."

나는 바닥에서 손수건을 주워 권 상무에게 건넸다. 손수건은 땀에 젖어 축축했고 건네받은 권 상무의 이마에서는 땀이 한 방울 또 떨어졌다. 이제껏 본 적 없는 모습이었다.

방문이 닫히자마자 호텔 전화기를 집어 들고는 리셉션에 전화를 걸었다.

"전화 좀 걸어줘요."

피살 36일 후

데이비드는 지금껏 총 네 차례의 기자회견을 열었다. 나에 관해 폭로한 1차, 2차 기자회견에 이은 3차와 4차 기자회견은 삼일그룹과 관계된 정치계, 경제계 인사들에 관한 폭로였다. '아시아 대기업의 늑대'라는 별명답게 아주 오랫동안 삼일그룹에 대한 조사를 이어온 것 같았다. 모든 주장에는 구체적인 증거가 있었고, 언론은 신나게 특종을 쏟아냈다.

데이비드가 말했다.

"곧 저 여자가 가짜 회장이라는 결정적인 증거가 나올 겁니다."

우리와 직간접적으로 이어진 정치인들은 카메라 앞에서는 모두 발뺌했지만, 금방 권 상무를 통해 내게 연락을 취해 왔다.

그들은 호들갑을 떨면서 자기들도 궁지에 몰리면 혼자서 죽지는 않겠다며 울부짖었다.

우리가 전면에 나서야 할 때였다. 데이비드의 5차 기자회견에 맞춰 같은 건물 다른 층에서 기자회견을 열었다. 공개적인 행보로는 처음이었다. 연이어 카메라 플래시가 터졌지만, 앞서 연습한 대로 엄마처럼 눈을 크게 뜨고서 흔들림 없는 표정으로 그들을 마주했다.

"안녕하십니까, 삼일그룹 회장 최유선입니다. 최근 제게 제기된 의혹을 알고 있습니다. 아주 허무맹랑한 의혹이라 그룹 차원에서 대응하지 않으려 했으나, 그 수준이 매우 난잡하고 지독하여 이렇게 의혹을 해소하고자 합니다. 앞서 첫 번째 기자회견에서 M 사모펀드의 대표로 오신 데이비드 님께서 말씀하신 대로 지금 이 자리에서 제 유전자를 채취해 검시관에게 맡기겠습니다."

내가 손짓하자 검시관이 내 쪽으로 걸어 나왔다. 나는 모든 사람이 보는 앞에서 입을 벌렸다. 그러자 검시관이 면봉으로 내 입안을 긁었고, 머리카락을 여러 개 채취해 갔다. 모든 과정이 빠짐없이 카메라에 담겼다. 검시관은 유리 케이스에 그것들을 넣고는 카메라에 내보였다. 나는 준비된 대본을 읽었다.

"이렇게 채취된 유전자는 실시간으로 추적될 것입니다. 특별히 경찰과 언론사에 부탁을 드렸습니다. 유전자가 분석되어 결과가 나오는 그 시점까지 생중계될 예정이니, 조작은 할 수 없습니다."

기자들이 연이어 손을 들었으나 무시했다. 지금은 내가 할 말이 더욱 중요했다.

"이렇게까지 제가 조사에 응하는 이유는 결백을 증명하기 위해서입니다. 그룹의 모든 프로젝트는 현재 중단된 상태입니다. 대한민국은 물론 세계 각지의 수많은 일자리를 보장하는 삼일그룹이 저를 향한 음모론 정도의 위협으로 멈춰 있습니다. 저를 위해서가 아니라 이제는 직원들을 위해서, 아니 나라와 세계를 위해서 가짜 뉴스에 맞서기로 했습니다."

지금은 현실적인 문제를 풀어야 할 때였다. 데이비드의 공격으로 주가는 곤두박질쳤고, TPE-1120의 개발에 대한 의혹도 커져갔다. 협력사들이 일제히 투자 등을 보류하게 되면서 개발에 필요한 현금 수급마저 앞뒤로 막힌 상태였다. 모두 데이비드에 의한 것이었다.

질문이 쏟아졌으나, 나는 빠른 걸음으로 자리를 피했다. 질문은 권 상무가 대신 받아줄 것이었다. 나는 데이비드와 관련한 일들을 오롯이 권 상무에게 맡겨두었다. 구체적인 방안은 말하지 않았으나, 이 일에 관해서는 그를 믿기로 했다.

그런데 권 상무가 자리에 없었다. 비서에게 물어보니 기획전략팀의 보고를 받고는 다급하게 기자회견장을 빠져나갔다고 했다. 기자들을 피해 지하 일층으로 내려가보니 이미 권 상무의 차는 건물을 빠르게 빠져나가고 있었다. 나는 권 상무에게 전화를 걸었다.

"예, 회장님."

"무슨 일 있어요? 어딜 그렇게……."

"급한 일이 있어서 추후에 연락드리겠습니다. 죄송합니다."

전화가 끊겼다. 이상한 기분이 들었다. 기계처럼 계획이라는 단어를 입에 달고 살며 무표정으로 일관하던 권 상무가 최근 내게 보였던 긴장된 모습이 떠올랐다. 의심이 커져가는 와중에 한 무리의 사람들이 엘리베이터에서 튀어나오더니 나를 지나쳐 차에 올라타기 시작했다.

갑작스레 누군가 내 손목을 잡아챘다. 데이비드가 눈을 크게 뜨고는 나를 바라보고 있었다. 내 옆을 지키고 있던 경호원이 그를 제지하려 했으나, 내가 말렸다. 데이비드와 이렇게 마주한 것도 처음이었다.

나는 데이비드에게 말했다.

"왜요? 무슨 문제 있어요?"

데이비드가 나를 뚫어져라 바라보더니 내 귀에다 대고 속삭였다.

"하나도 모르는군요. 정말 하나도."

나는 데이비드가 잡은 손을 내치고는 그의 따귀를 때렸다. 마음 같아서는 더 때리고 싶었지만 참아야 했다. 너와는 다르다는 것을 보여야 했다. 나는 엄마의 딸이었다. 네가 상상도 못 하는 일들을 겪어온 나에게는 그룹을 가질 자격이 있었다.

"돈이나 준비하고 기다리고 있어, 이 미친 새끼야."
데이비드가 내 말을 듣고서 씩 웃더니 내게 속삭였다.
"누가 미쳤는지 알고 싶습니까? 그럼 따라오세요."
그는 그렇게 말하고서 자리를 떠났다. 몇 대의 차들이 데이비드가 탄 차를 따라 지하 주차장을 빠져나갔다. 괜찮냐는 경호원의 물음에 나는 대답하지 않았다. 대기 중인 차에 올라타서는 운전기사에게 외쳤다.
"저 사람 쫓아가."
자기가 뭐라고. 이런 허접한 도발에는 응당 걸려주는 것이 맞았다. 그런데 운전기사는 내 눈치만 살필 뿐이었다.
"뭐 해?"
"그게……."
이상함을 느낀 나는 운전석을 향해 몸을 비집고는 자동차 디스플레이를 눌렀다. 자동차 디스플레이는 운전기사 핸드폰과 연결되어 있었는데, 이전 통화 기록을 살펴보자 권 상무의 연락처가 떠 있었다.
수십 년 동안 엄마를 보좌해온 권 상무였다. 그는 엄마처럼 되기 위해 여태 교육을 받아온 내가 어떤 생각을 하고, 어떤 결정을 내릴지 알고 있었다. 세상이 숨을 곳 없는 감옥처럼 느껴졌다. 엄마가 죽었음에도, 그 엿 같은 집에서 벗어났음에도 나는 여전히 엄마의 손아귀 안에 있었다. 운전기사가 울먹이는 목소리로 웅얼거렸다.

"상무님께서 댁으로…….."

나는 호흡을 가다듬고 차에서 내려 차 문을 발로 찼다. 그 충격에 운전기사가 놀라 나를 말리려 했다. 나는 아랑곳하지 않고 차 문을 거세게 찼다. 그러자 문이 찌그러지면서 창문에 금이 갔다. 운전기사에게 말했다.

"내가 세차 제대로 하라고 했지. 당장 이 차 폐차시키고, 새 차 가져와."

운전기사는 내 외침을 듣고는 허겁지겁 차에 다시 올라타려 했다. 차가 떠나면 혼자 일층으로 올라가서 택시를 타고 데이비드 뒤를 쫓으려 했다. 그런데 경호원들이 튀어나와 나를 막아섰다.

"지금 뭐 하는 짓이야?"

경호원 하나가 운전기사를 향해 운전석에서 나오라 손짓하는 사이 다른 경호원이 내게 말했다.

"댁으로 모시라는 상무님의 말씀이 있었습니다."

"너 미쳤어? 내가 누군지 몰라?"

"압니다. 타시죠."

경호원의 목소리는 무심했다. 고개를 돌렸으나 다른 경호원들의 표정도 마찬가지였다. 분위기를 보아하니 억지로라도 차에 태울 모양인 것 같았다. 경호원이 운전기사의 멱살을 잡아채더니 바닥에 내던지고 대신 운전석에 올라탔다. 그가 창문을 내리고 말했다.

"댁으로 모시겠습니다, 회장님."

나는 이 상황에서 벗어날 방법을 떠올리기 위해 역설적으로 생각하지 말아야 했다. 내 생각들은 이미 권 상무에게 간파되고 있었다. 경호원들은 내가 반항할 것에 대비해 언제라도 내게 달려들 준비를 하고 있었다. 불현듯 엄마의 말이 떠올랐다.

'새로운 여왕개미가 즉위하면, 새로운 것들로 다 바꿔. 새로운 시녀와 새로운 일꾼들, 심지어 새로운 아이들로.'

엄마의 말이 맞았다. 모두 죽여야 했다. 엄마가 남긴 유산을 하나도 남김없이 짓밟고 모조리 불태워야 했다. 설령 그 불길에 내가 화상을 입는다고 해도. 나는 말없이 차에 올라타 안전벨트를 맸다. 경호원은 나를 향해 고개를 숙이더니 차를 몰았다.

"회장님께서 언젠가 이해하실 거라 하셨습니다."

"도대체 누가?"

경호원이 룸미러로 내게 눈을 맞추고는 말했다.

"상무님께서요."

"지랄 말라고 해."

순간 나는 몸을 웅크렸다. 차가 지상으로 올라섰을 때였다. 오래된 차 한 대가 달려와 정확하게 운전석을 강타했다. 차체가 크게 흔들렸다. 경호원이 기절한 사이 나는 대기 중인 다른 차에 올라탔다.

"가시죠."

팀장이었다. 전날, 호텔 프런트를 통해 팀장에게 전화를 걸었다. 그에게 권 상무와 나, 둘 중에 한 사람을 고를 수 있도록 기회를 주었다. 권 상무도 당연히 믿을 수 없었다. 엄마를 죽이는 것을 사실상 도왔으니 달리 말하면 나를 죽이는 것을 도울 수도 있다는 말이었다.

팀장 같은 사람을 다루기는 쉬웠다. 명령과 규칙에 순응하는 이들은 자신이 무슨 일을 저지르는지 깊이 고민하지 않고 시키는 바를 행한다. 전에 본 인사 자료에서 엄마는 이미 팀장에 대한 분석을 모두 끝낸 상황이었다.

"언제까지 권 상무 뒤만 따라다닐 거예요?"

눈에 띄게 자존심을 긁고.

"권 상무, 얼마나 영악한 인간인지 알죠? 옆에서 봤으니 알 거라 믿어요. 죽지 않으면 죽일 거예요."

두려움을 불러일으킨 다음.

"상무 자리면 어때요?"

권력욕을 살짝 자극하기만 하면 됐다. 물론 마지막에는 이 모든 화살의 끝을 다른 방향으로 돌려야 했다.

"우리 둘만을 위한 선택은 아닙니다. 썩은 살은 잘라내야 하죠. 그래야 새살이 돋아나니까."

내 제안을 들은 팀장은 하루만 시간을 달라고 했다. 정확히 스물네 시간이 지났을 때, 팀장은 지금 사고로 내게 답을 한 것이다. 경호원들이 오래된 차를 향해 다가왔다. 내가 팀장에게 외쳤다.

"출발해!"

팀장이 후진했다. 경호원들은 보닛을 잡으려다 도로에 쓰러졌다. 역주행으로 도로를 빠져나가면서 차들을 아슬아슬하게 지나쳐 갔다. 그 와중에 팀장이 자기 핸드폰을 꺼내고는 내게 내밀었다.

"회장님, 이거 좀 보시죠."

방금 있었던 데이비드의 5차 기자회견이었다. 그는 기자들과 대담을 나누고 있었다.

"이게 방금 제 비서에게 받은 결정적인 증거입니다."

데이비드가 기자들에게 무언가를 보이고 있었다. 사진이었다. 기자들의 카메라가 일제히 데이비드 손에 들려 있는 사진을 향해 줌을 당겼다.

"바로 어제 촬영한 사진입니다."

나는 사진을 뚫어져라 바라보았다. 늦은 새벽 휴게소, 많은 사람이 화장실에서 쏟아져 나오는 가운데 커다란 하얀색 화물 밴 옆에 절대 잊을 수 없는 얼굴이 보였다. 사진을 보고 나도 모르게 중얼거렸다.

"엄마."

엄마가 살아 있었다.

*

 전혀 예상하지 못했다. 내가 직접 엄마의 이마에 총을 대고 쐈고 시신도 확인했는데, 데이비드가 들고 있는 사진 속에 엄마가 버젓이 살아 있었다. 너무 비현실적이라 핸드폰 속 사진을 늘이고 줄이기를 반복했으나 육안으로 특이점을 찾을 수 없었다. 사진이 조작되었다고 보는 쪽이 더 합리적이었다.
"이게 말이 돼?"
팀장이 굳은 표정으로 대답했다.
"지금으로서는 확인할 수 없습니다."
 어떤 상황인지 채 파악하기도 전에 경호원들의 차가 우리 뒤를 바짝 쫓았다. 사거리에서 팀장은 정확하게 빨간불이 들어오는 신호등 타이밍에 맞춰 액셀이 아니라 브레이크를 밟았다. 미처 브레이크를 밟지 못한 차들이 그대로 다가오던 화물차에 덮쳐졌다. 팀장은 뒤따라오던 이들이 차에서 내렸을 때를 맞춰 다시 액셀을 밟았고, 여유롭게 그들을 따돌렸다. 그는 내게 핸드폰을 건네받고 다른 사진 하나를 보였다.
"회장님, 어제 혹시 한기재 씨가 있는 병원에 가셨습니까?"
 병원 현관을 가리키는 CCTV 영상이었다. 날짜는 바로 어제, 헬멧을 쓴 한 여자가 로비로 들어서자 간호사들이 바짝 긴장해서는 차렷 자세로 서 있었다. 그녀는 간호사들의 인도를 받아 위층으로 향했다. 계단에 발을 내딛기 직전 고개를 돌려

CCTV를 보았다. CCTV 사각에 걸쳐 있는 데다 헬멧을 쓰고 있어 그런지 얼굴이 일그러져 자세히 보이지 않았다.

팀장이 물었다.

"간호사들 말로는 회장님께서 직접 한기재 씨를 데려갔다고 하더군요."

"아냐, 간 적 없어."

팀장은 룸미러로 나를 잠깐 바라보았다. 의심하는 것 같지는 않았다.

"그럼 누군가 회장님을 사칭해서 빼돌린 것이겠군요. 권 상무도, 데이비드도 CCTV 속 사람을 쫓아갔습니다."

"근데 왜 나한테 말을 안 한 거야?"

팀장은 잠시 뜸을 들이더니 말을 이었다.

"아마 회장님께 뭔가를 얻어내기 위해서가 아닐까 생각합니다. 두 사람 모두가요."

데이비드라면 이해가 됐다. 기재를 이용해 나를 협박한다면 내가 엄마가 아니라는 자수를 받아낼 수 있을 테니까. 그런데 권 상무는 왜? 그러면 언제든 기재를 빼돌리거나 죽일 수 있었을 텐데. 갈피를 잡지 못하는 사이, 어느덧 바다가 보였다.

목적지를 정하는 건 크게 어렵지 않았다. 도로에서 멀지 않은 작은 항구에 차들이 모여 있었기 때문이었다. 항구는 그야말로 난장판이었다. 하역 작업은 멈춰 있었고, 인부들은 컨테이너에 몸을 숨긴 채 핸드폰을 붙잡고 경찰을 불렀다. 화물 밴

하나를 중심에 두고서 수십 명의 사람이 한데 뒤엉켜 있었다. 깡패들이 패싸움을 하는 것 같았다.

팀장과 나는 차에서 내려 무슨 상황인지 파악하려 했다. 멀리서 권 상무와 데이비드가 보였다. 둘은 멀찍이 떨어져서는 각자의 차에서 서로를 노려보고 있었다. 그런데 그 와중에 화물 밴이 갑작스레 움직였다. 사진에서 보았던 하얀 밴이었다. 밴은 필사적으로 앞을 가로막던 이들을 그대로 치고는 우리 곁을 아슬아슬하게 지나쳐 갔다. 순간이었지만 운전자를 본 나는 놀라지 않을 수 없었다.

엄마였다. 그렇게 좋아하던 가방이나 구두는 온데간데없고, 맨얼굴에 머리도 헝클어져 있어 우아함이라고는 보이지 않았지만 엄마는 엄마였다. 모두가 흥분한 상황에서 밴이 사람을 깔아뭉개더라도 엄마는 무표정하게 액셀을 밟을 뿐이었다. 나는 망치로 얻어맞은 듯한 충격에 멍하니 자리에 서 있었다. 꿈을 꾸는 것처럼 엄마를 죽이던 순간들이 스치듯 지나갔다.

'미안해, 네가 아니라 나한테.'

쏘고 또 쏘았다. 한 발이 아니라 세 발이나 엄마 얼굴에 쏘았다. 대리석 바닥을 적신 피의 양만 해도 상당했다. 살 수 있는 확률은 단언컨대 없었다. 엄마를 끌어내리려 몇몇 사람들이 운전석 창문을 깨고 매달렸으나 엄마는 주저하지 않고 손에 든 공구로 그들의 손을 내리쳤다. 사람들은 비명을 지르며 그대로 도로에 나뒹굴었다.

밴은 차단 봉을 뚫더니 다시 도로로 나섰다. 그제야 가까스로 정신을 차릴 수 있었다. 반사적으로 차에 올라타 직접 운전대를 잡고 밴을 뒤쫓았다. 밴은 도로 위를 빠르게 내달리기 시작했다. 차들 사이를 이리저리 움직이며 엄마를 추격했다. 우리는 곡예 운전을 하듯 아슬아슬하게 차들을 피해 갔지만, 거대한 화물 밴이라 그런지 속도는 승용차를 타고 있는 내가 훨씬 빨랐다. 나는 밴 운전석 옆에 차를 가까이 붙이고는 창문을 내렸다.

"차 세워!"

그러나 엄마는 내 쪽이 아니라 계속해서 자기 차 뒷좌석을 살피기에 바빴다. 엄마에게서 이제껏 본 적 없는 감정이 느껴졌다. 엄마의 눈빛에서는 걱정이 한 아름 담겨 있었다. 어린 내가 엄마의 품이 그리워 다가갔을 때도, 울분에 차 달려들었을 때도 엄마는 단 한 번도 내게 그런 눈빛을 보내지 않았다.

화가 솟구쳤다. 도대체 왜? 내 절규에도 응답 없는 엄마를 보며 나는 핸들을 틀어 화물 밴 옆을 들이받았다. 그러나 중량 차이 때문인지 밴은 멈추지 않았다. 순간 앞을 보던 엄마의 얼굴이 하얗게 질렸다. 앞을 보니 수십 대의 차가 보였다. 모두 삼일그룹 마크를 달고 있었다.

"멈춰!"

나는 브레이크를 밟았으나 엄마는 멈추지 않았다. 밴은 그대로 차를 쳤고, 크게 중심을 잃더니 한 바퀴 굴렀다. 귀가 찢어질 것만 같았다. 나는 차에서 내려 사고 현장을 향해 달려갔다. 엄마가 정신을 잃은 채 운전석에 쓰러져 있었다.

"엄마!"

나의 외침에도 엄마는 반응하지 않았다. 기름 냄새가 느껴졌다. 기름이 줄줄 새어 나오고 있었다. 나는 엄마를 차에서 끌어 내렸다. 동정이나 연민보다는 사건의 진실을 알기 위해서였다. 번쩍 눈을 뜬 엄마는 필사적으로 나를 밀어내더니 뒷좌석을 향해 몸을 기울였다. 뒷좌석에는 사람의 형체가 고꾸라져 있었다. 엄마의 어깨를 잡아챘다.

"어떻게 살아 있는 거야? 내가 분명······."

"이거 놔!"

엄마는 내 손길을 뿌리쳤다. 나는 엄마의 머리채를 잡아챘다. 있는 힘껏. 그러나 엄마도 물러서지 않았다. 팔꿈치로 내 얼굴을 가격하고는 차를 향해 다가가려 했다.

"구해야 해······. 빨리······."

나는 엄마의 발목을 붙잡아 넘어뜨렸다. 주먹으로 얼굴을 때리고 또 때렸다. 다시 한번 더 죽일 수 있어 다행이라는 생각까지 들었다. 엄마는 그대로 바닥에 넘어져서 몸을 버둥거렸다. 그 사이, 팀장의 차가 다가오고 있는 것이 보였다. 엄마가 발로 나를 밀어내더니 내 몸 위에 올라타고는 외쳤다.

"제발! 나 좀 놓아줘······."

엄마는 내 두 손을 붙잡고 애원하듯이 울먹였다. 그때 차에 불이 붙더니 타오르기 시작했다. 불길을 본 엄마는 절규하기 시작했다. 자식 잃은 짐승을 보는 것 같았다. 그런데 엄마에게서 전혀 예상치 못한 누군가의 이름이 들려왔다.
"기재야!"
순간, 그 이름에 놀란 나머지 나는 엄마를 놓쳤고 엄마는 불길을 향해 뛰어들었다.

피살 37일 후

"흉터가 남을지도 모릅니다."

의사가 어깨를 꿰매고 있었다. 외관상 크게 다친 곳은 없고 기껏해야 타박상 정도였으나 트럭에 치인 것처럼 정신을 차릴 수가 없었다. 병실 문이 열리더니 권 상무가 들어섰다. 뒤로는 팀장을 비롯해 경호원들이 보였다. 권 상무가 내게 다가오며 말했다.

"회장님, 괜찮으……."

나는 의사의 가위를 낚아채고 권 상무의 어깨를 향해 휘둘렀다. 팀장이 몸을 날려 대신 어깨에 맞았다. 준비하고 있었다는 듯 간호사를 비롯한 의료진이 병실 안으로 들어와 팀장을 감쌌다. 팀장은 그들의 손길을 물리치더니 핏발 선 눈으로 나를 향해 고개를 숙이고는 꼿꼿한 자세로 병실을 빠져나갔다.

"말해."

권 상무가 뒤를 향해 눈짓하자, 사람들은 일제히 병실 밖으로 빠져나갔다. 물론 나는 문이 닫히길 기다릴 생각은 없었다.

"말하라고, 전부!"

마음 같아서는 죽여버리고 싶었다. 그의 손아귀에 놀아난 것만 같았으니까.

권 상무가 말했다.

"당신이 이렇게 행동할까 걱정돼서 그랬습니다."

"뭐?"

"삼일그룹 회장으로 사는 게 아니라, 아직도 자기 감정에 휩쓸려서 판단도 제대로 못 내리는 애새끼처럼 굴 것 같아서요. 저에게나, 삼일그룹에게나 안전 장치였습니다."

권 상무가 나를 위아래로 훑어보았다.

"역시나 제 판단이 맞았군요."

속이 끓어올랐다. 은희와 기재, 희수 아주머니와 김 기사의 얼굴이 불현듯 떠올랐다. 은희는 재를 뒤집어쓴 채로, 기재는 붕대를 전신에 감은 채로, 희수 아주머니는 피 칠갑이 된 얼굴을 하고, 김 기사는 파랗게 질린 입술로 몸을 떨면서. 그들은 내게 그를 죽이라 속삭였다. 가위를 쥐고 있던 손에 힘이 들어갔다. 목을 그어버리기만 하면 됐다. 그러나 그러지 못했다.

나는 피가 묻은 가위를 그를 향해 겨누며 말했다.

"당신, 해고야. 당장 내 눈앞에서 꺼져."

그룹 내 많은 일, 특히 TPE-1120 연구를 주로 도맡아 하던 권 상무를 바로 죽여버릴 수는 없었다. 그는 한 걸음 뒤로 물러나더니 나를 향해 고개를 숙였다.

"그동안 감사했습니다. 회장님과 짧게나마 함께 일할 수 있어 영광이었습니다. 이렇게 물러나더라도 회사에 누가 되는 행동은 절대 하지 않을 테니 안심하시길 바랍니다."

권 상무는 그렇게 병실을 떠났다. 나는 분노를 참을 수 없어 병실에 있던 모든 물건을 문을 향해 집어 던졌다. 더는 던질 것이 없어 속만 끓이고 있는데 문이 열리고 누군가 들어왔다.

"회장님, 괜찮으십니까?"

팀장이었다. 어깻죽지에 붕대를 처맨 그의 표정에서 아무 감정도 느껴지지 않았다. 나는 머리카락을 쥐어뜯으며 말했다.

"권 상무가 나와 관련된 비밀들을 말하지는 않겠지?"

팀장은 컵에 물을 따르더니 내게 건넸다.

"그럴 사람은 아닙니다. 그룹만 생각하시는 분이니까요. 다만 회장님께서 원하신다면 제가 처리하겠습니다."

물을 마시자 화가 가라앉기 시작했다. 팀장이 덧붙였다.

"한기재 씨는 다시 병원으로 이송했습니다. 제가 조금이라도 늦었더라면……. 생각하기 싫군요."

엄마와 내가 몸싸움을 하는 사이 팀장이 밴에서 기재를 구해냈다고 했다. 핸드폰을 열어 병원 CCTV를 확인해보니 기재는 의료진에게 둘러싸여 치료받고 있었다.

"의료진에 따르면 다른 문제는 없다고 하니 다행입니다. 회장님께서 나타나지 않으셨다면 구조 시간을 못 벌었을 겁니다."

그러나 내 머릿속은 기재가 살았다는 안도감보다도 의구심으로 가득 차 있었다. 도대체 어떻게 엄마가 살아 있는 걸까? 내가 엄마를 죽인 그날, 너무 흥분해서 환각을 보았던 걸까? 그리고 도대체 왜 엄마는 기재를 데리고 나온 걸까? 인질을 잡기 위해서였을까? 그렇다면 불길을 향해 달려든 이유는 뭘까?

그렇다고 풀리지 않는 이 의문들을 계속해서 붙잡아둘 수도 없었다. 현실적인 문제들이 차츰 눈에 밟히기 시작했으니까. 사람은 사라져도 일은 계속됐다. TPE-1120 개발부터 데이비드의 공격으로 균열이 생긴 그룹 전반을 관리할 사람이 새롭게 필요했다. 우선 급한 불부터 꺼야 했다.

"권 상무 밑에서 얼마나 일했지?"

"오 년 정도 했습니다."

짧은 시간 동안 일하면서 대부분 보고서 검토자에 팀장이 있었다는 사실을 알고 있었다. 그라면 권 상무의 자리를 대체할 수 있을지도 몰랐다. 더불어 나의 비밀을 알고 있는 사람이기도 했고. 죽일 것이 아니라면 가까이 둬야 했다.

"이제 팀장님이 권 상무 업무 일체 맡아서 진행하세요."

팀장은 나를 향해 고개를 숙이며 물러나려 했다. 나는 그의 등에다 대고 말했다.

"권 상무, 업무 인수인계가 완전히 끝날 때까지는 건들지 마세요."

그는 살짝 멈칫하는 듯한 모습이었으나, 다시 고개를 끄덕이고는 자리를 빠져나갔다. 모든 의문점이 풀릴 때까지만 권 상무를 살려둘 생각이었다.

*

말은 그렇게 했지만 두려웠다. 권 상무가 사라지니 모든 것이 한순간에 무너질 것만 같은 불안감에 사로잡혔다. 팀장이 미덥지 못한 것은 아니었다. 그는 권 상무의 빈자리가 느껴지지 않을 정도로 빠르게 움직였고 상황 판단도 적절했다.

데이비드가 연 기자회견의 효과는 엄청났다. 많은 협력사가 삼일그룹과의 모든 거래를 끊겠다고 했다. 나와 팀장은 온종일 그들에게 전화를 돌리며 설득을 이어갔다. 지속된 설득에도 끝까지 말을 듣지 않으면 팀장이 직접 찾아가서 모든 수단과 방법을 동원했다. 경호원들을 이끌고 구타와 더불어 그들의 횡령 및 성추문이 담긴 문서로 협박하여 우리 쪽으로 돌아서게끔 했다. 그렇게 해도 말을 듣지 않으면 영원히 내 눈앞에서 사라지게 만들었다.

"우리 최 여사께서 이렇게 직접 연락을 다 주시고."

듣고 싶지 않은 목소리가 수화기 너머에서 들려왔다.
"한 사장님은 저의 오랜 친구니까요."
한 사장은 TPE-1120과 연구와 관련하여 최대 협력사인 Y 제약회사를 운영하고 있었다. 한 사장이 돌아서면 TPE-1120 연구와 더불어 그룹 전반에 걸친 투자와 현금 흐름에 문제가 생길 수 있었다. 외부적으로나 내부적으로나 흔들리는 상황에서 한 명이라도 더 내 편으로 만들 필요가 있었다. 나는 전화상이었지만 고개를 숙였다.
"연락이 늦어 죄송합니다. 워낙 일이 많아서요."
"내가 아는 회장님은 사과 같은 건 잘 안 하시는데, 혹시 언론에서 이야기하는 대로 정말 가짜 회장님 아닙니까? 하하."
모든 것을 다 알고 있다는 듯한 말투. 당최 그의 속을 간파할 수가 없었다. 조심스럽게 그에게 사과를 건네려 했다.
"한 사장님, 목은 괜찮으신가요?"
"목이요? 제 목은 여기 잘 멀쩡하게 붙어 있습니다."
연기일까? 기억하지 못하는 듯한 말투였다. 그러나 사람 자체가 워낙 능구렁이 같아서 섣불리 판단하지 않기로 했다. 저 자세로 나가야 했다.
"네, 제 딸이 한 사장님께 위해를……."
"에이, 벌써 잊었습니다. 전부 다요. 그보다도 삼일그룹과 저흰 하나 아닙니까? 죽음도 못 가를 한 팀 말입니다. 걱정 마시고 제가 도울 수 있는 부분은 말씀만 하신다면 뭐든 돕겠습니다."

 역시나 한 사장은 나에게 있어 훌륭한 우군이었다. 그는 우리에게 TPE-1120과 관련된 물품들을 보내주는 것과 더불어 직접 다른 계열사 사장들에게 연락해서 그들이 우리에게서 등을 돌리지 않게 도와주었다. 그 결과 원자재를 수급하는 업체 몇몇이 내 지시를 따라주었다. 급한 불은 끈 셈이었다. 한 사장이 기재에게 한 짓을 떠올리면 고마움을 느껴서는 안 됐으나 스멀스멀 안개가 피어나듯 감정이 소용돌이치기 시작했다.
 온종일 계속된 통화에 녹초가 된 나는 전화에 집중하면서도 TV 소리를 최대한으로 키우고 뉴스에 시선을 던지고 있었다. 기자회견장에서 나의 세포 덩어리들이 담긴 면봉이 유리 케이스에 담겨 연구실에 도착해 있었다. 그곳에는 데이비드와 수사당국이 준비한 머리카락도 준비되어 있었다. 연구원장은 모든 검증 과정에 일일이 사족을 달았다. 그는 설명을 이어갔다.
 "먼저 머리카락 일부를 긁어내서 유전자 증폭 장치를⋯⋯."
 원장의 설명이 지루한지 패널들의 토론으로 화면이 넘어갔다. 패널 둘은 의견이 갈려 데이비드를 한국 기업을 삼키려는 '검은 머리 외국인'으로 보는 쪽과 재벌계를 개혁하려 고향으로 돌아온 암행어사로 비유하는 쪽으로 나뉘었다. 데이비드에 관해 부정적으로 보는 패널이 말했다.
 "대한민국 전체로 봤을 때 손해입니다."
 사회자가 그에게 물었다.

"왜 그렇게 생각하시죠?"

"오늘날 삼일그룹은 한국 GDP에 30퍼센트를 담당하는 기업이에요. 여러분이 사용하는 전자기기부터 옷, 집, 음식, 심지어는 약물까지 전부 삼일그룹이 생산하고 있어요. 만약에 이번 사태로 삼일그룹이 공중분해 되면 말 그대로 대한민국 경제가 나락으로 간다 이 말입니다. 막말로 외국인 하나 때문에 대한민국에 수많은 사람이 길거리로 내몰리는 거예요."

그러자 반대쪽에 앉아 있던 다른 패널이 쏘아붙였다.

"그간 삼일그룹이 정부와 얼마나 많은 불법적인 로비와 불공정 거래를 해왔는지 아십니까? 이번 회장 재신임 건에 대해서도 청와대가 개입했다는 의혹이 있습니다."

"청와대에서도 당연히 개입해야죠. 국부 유출과 관련되어 있는데. 이게 지금 소문으로는 미국 정부에서 TPE-1120 때문에 데이비드에게 사주했다는……."

사회자는 데이비드 반대파 패널을 가리키며 말을 잘랐다.

"확인되지 않은 소문에 대한 말씀은 삼가주시길 바랍니다."

그러자 데이비드 찬성파 패널이 말했다.

"아니, 그럼 대한민국 GDP의 나머지 70퍼센트를 담당하고 있는 기업들은 뭡니까? 그 사람들은 놀고 있어요? 다른 기업들은 전부 외국에 인수되고 합병되고 망하는데, 왜 나라에서 도움을 안 주냐 이 말이에요. 이번에 G 기업 공장도……."

"잠시만요."

그때, 사회자가 패널의 말을 끊더니 방금 들어온 속보라며 빨간 헤드라인을 읽었다. 나는 전화를 끊고 TV 음소거를 풀었다. 유전자 검사 결과가 나왔다는 속보였다. 속이 울렁거렸다. 나의 거짓말이 온 세상에 까발려질 순간이었다. 뉴스 화면은 바로 연구실로 연결됐고, 검사 결과가 든 시트지를 들고서 원장이 직접 기자들 앞에서 브리핑했다.

"검사 결과입니다."

원장은 목을 가다듬더니 더듬더듬 읽어내렸다.

"염색체 32번, 33번 그리고 성염색체를 위주로 비교했습니다. 결과는……."

패널들도 일제히 고개를 앞으로 내밀고는 귀를 기울였다. 나는 눈을 감았다.

피살 57일 후

"회장님."

팀장이 보고를 위해 부엌에서 나를 기다리고 있었다. 나는 새벽 일찍 일어나 지하 일층 트레드밀에서 한 시간 동안 달리기를 하고 샤워를 마쳤다. 부엌에서 아침을 먹으며 팀장의 보고를 듣는 것은 일상이 되었다. 팀장은 「뇌의 분절점 연구」라는 논문을 읽고 있었다. 그는 자리에서 일어나 보고를 시작했다.

"M 사모펀드가 해체될 수도 있다는 소식입니다."

"그래요?"

예상한 소식이었다. 자신의 모든 것을 내건 대결에서 데이비드는 패배했으니까. 유전자 감식 결과, 나에게서 채취한 시료와 데이비드가 제출한 엄마의 머리카락의 유전자가 완전히 일치했다. 데이비드는 시료가 바뀌었을 거라며 자신이 선정한 장소에서 다시 실시하자고 했다. 그러나 이어진 검사에서도 데이터가 일치하자, 데이비드는 결과에 승복하고 기자회견을 열었다. 내용을 요약하자면, 자신의 패착이며 자신의 말로 벌어진 모든 것에 책임을 지겠다고 했다. 더불어 약속대로 모든 주식을 나에게 넘김과 동시에 M 사모펀드 대표 자리에서도 사임하겠다고도 했다. 그리고 다음과 같이 덧붙였다.

"저는 저 사람이 최유선이라고는 믿지 않습니다. 유전자로는 알 수 없는 걸 저는 알고 있거든요."

데이비드는 그 말과 함께 청중들로부터 무수한 욕설을 들으며 퇴장했다. 정부에서는 한국 자본 시장에 큰 분란을 일으킨 데이비드를 곧 한국에서 추방하겠다고 선언할 정도였다. 나의 압도적인 완승이었다. 나는 식모가 차려준 밥을 천천히 먹으며 팀장의 보고를 들었다.

"이번 사건으로 데이비드는 대표직에서 사임했고, 사모펀드 투자자들이 막대한 손해를 보았다면서 데이비드를 고소했다고 합니다. 동시에 그룹 법무팀에서 M 사모펀드가 벌인 각종 불법적인 주식 거래 증거를 찾아내서 미 국무부와 검찰에 각각 제보하기도 했고요."

이후의 일은 그다지 신경 쓰이지 않았다. 나아갈 길도 험난한데 구태여 뒤돌아볼 시간은 없었다.

"알아서 처리하세요. 다른 일은요?"

팀장이 내가 자는 동안 벌어진 그룹 내 인사에 관해 말했다. 엄마와 관련된 이들이 해고되거나 죽었다. 팀장은 일을 완벽하게 수행했다. 나에게 충성할, 믿을 만한 사람들을 모아서는 세대교체를 이뤄냈다.

그렇게 완전히 그룹을 접수한 후에 나는 많은 것들을 알 수 있었다. 은희가 어떻게 죽었는지, 희수 아주머니와 김 기사가 어떻게 되었는지를. 사실을 알면 알수록 죄책감은 더욱 심해졌고, 우울증 때문에 술을 마시지 않고서는 잠들 수가 없었다. 내 목에 매달려 있는 엄마 목걸이를 바닥에 던져버렸다가 사람을 만나러 갈 때면 다시 집 안을 찾아 헤맸고, 그게 없으면 신경질적으로 불안해하다가도 목걸이를 하기만 하면 밧줄에라도 묶인 것처럼 숨이 막혔다. 늘 취한 상태가 되어서야 침대가 아닌 바닥에서 울다가 잠들었고, 눈을 뜰 때마다 나 자신을 저주했다.

기재를 한 번씩 찾아갔다. 팀장과 함께 병원에 도착해서 모든 과정을 일일이 살폈다. 기재의 몸은 여전히 붕대로 감겨 있었고, 한 시간에 한 번씩 발작하며 진정제를 맞았다. 가까스로 뜨게 된 왼쪽 눈으로 나를 보는 시선은 사랑하는 사람을 보는 시선이 아니었다. 오히려 두려움에 가까웠다. 나는 먼저 눈을 돌려버렸다. 내 옆에서 팀장이 TPE-1120에 대해서 하나하나 설명을 이어가며, 십 년 정도만 꾸준히 접종한다면 기재는 새로운 사람처럼 다시 태어날 것이라 했다. 그때 기재는 과연 나를 용서해줄까? 병실에서 기재를 내려다보고 있는데 불현듯 엄마의 목소리가 어디선가 들려오는 것 같았다.
'기재야!'
찾지 못한 정보도 물론 있었다. 모두 엄마와 관련된 것들이었다. 엄마는 어떻게 살아 있었던 걸까? 엄마와 기재는 도대체 어떤 관계였던 것일까? 아무리 관련된 자료를 찾아도 엄마와 기재의 연관성을 찾을 수가 없었다. 엄마가 완전히 죽은 마당에 자세한 내막은 오직 한 사람만이 알고 있을 것이었다.
팀장이 말했다.
"권 상무는 현재 자택에서 어떤 활동도 하지 않고 있습니다."
결과적으로 모든 게 순조롭게 흘러갔다. 데이비드의 공격을 방어했으며 그룹을 장악했으니까. 그러나 권 상무가 어떤 방식으로 유전자 검사를 조작했는지는 물론, 그에 관한 다른 정보는 전혀 알아낼 수 없었다. 팀장에게 말했다.
"한 달 안에 권 상무가 알고 있는 정보 전부 받아 오세요. 특히 엄마와 관련된 것들요."
팀장은 내 말뜻을 알아들은 듯 굳은 표정으로 나를 향해 고개를 숙였다. 점차 권 상무를 죽여야 하는 순간이 다가오고 있음을 본능적으로 느끼고 있었다.

피살 63일 후

문제의식 없는 문제는 문제가 아니었다. 선명하게 드러난 종양에도 눈을 감고 귀를 막으면, 잘 기능하는 완전한 존재만 보일 뿐이었다. 암세포를 지닌 몸도, 나를 임신한 엄마도, TPE-1120이라는 약물에 매달린 삼일그룹도 그랬다. 시간이 흘러 눈을 감고 귀를 막아도 느껴지는 고통과 비명만이 문제를 발견하게 했다.

문제가 드러난 날은 미국 텐틀사가 가지고 있는 유전자 가위 특허권을 삼일바이오에 이전하는 중요한 계약이 있는 날이었다. 워낙 중요한 계약이라 직접 만나기로 했다. 아침 일찍 팀장의 보고를 받고 함께 자리에서 일어나 옷을 챙겨 입고 차에 올라탔다.

팀장이 내게 물었다.

"도장은 챙기셨습니까?"

엄마는 언제나 계약서에 서명 대신 도장을 찍었다. 일종의 습관이었을지도 모른다. 나는 핸드백 안을 살폈으나 어디에도 도장은 보이지 않았다. 가만히 어제 기억을 떠올리던 중 회사에 두고 온 것을 기억해냈다.

"회사에 있어요."

팀장은 시계를 보더니 난감한 표정을 지었다.

"회사에 들렀다 가기에는 약속 시간이 얼마 남지 않았습니다. 여분이 있지 않습니까?"

물론 있었다. 문제는 도장 여분이 엄마의 방에 있다는 점이었다. 나는 엄마를 죽이고 난 후 엄마 방에 들어간 적이 없었다. 들어가기가 싫었다. 그곳에 들어가기라도 하면 정말로 내가 엄마가 된 것만 같았으니까. 나는 엄마가 사용한 그 어떤 물건도 내 주위에 두지 않았다. 밖에다 대고 외쳤다.

"아주머니!"

식모가 뛰쳐나왔다. 손빨래를 하다가 나왔는지, 손에는 빨간 고무장갑을 끼고 있었다.

"제 방에 가서 도장 좀 찾아오세요."

"방 어디에……."

내가 가만히 노려보자, 식모는 고개를 숙이더니 고무장갑을 낀 상태로 계단을 빠른 걸음으로 올라갔다. 팀장은 다시 한번 시계를 확인하더니 차에서 내려 나를 향해 말했다.

"회장님, 시간이 빠듯하네요. 제가 먼저 출발해서 시간을 끌어보겠습니다."

내가 고개를 끄덕이자, 팀장은 다른 차를 타고 지하 주차장을 빠져나갔다.

나는 오래도록 엘리베이터를 응시했으나 엘리베이터 숫자에는 변함이 없었다. 도장이 어디 있는지 모르는 것 같았다. 직접 방으로 가려는데 마침 식모가 계단으로 내려왔다. 숨이 찬지 헉헉 소리를 내고 있었다. 식모의 손에는 도장이 들려 있었다. 그녀는 차창을 통해 내게 도장을 건넸다. 나는 짜증이 섞인 목소리로 물었다.

"왜 이렇게 늦었어요?"

식모는 눈물을 글썽이며 변명을 늘어놓았다.

"인식이 필요하다고 해서요."

"무슨 인식이요?"

식모는 머리를 긁적이며 조심스럽게 말을 이었다.

"무슨 생체 인식이라던데……."

"회장님, 출발하셔야 합니다."

운전기사가 내게 말했다. 시계를 보니 지금 출발하면 약속 시간에 늦을지도 몰랐다. 나는 말없이 창문을 올렸고, 기사는 바로 액셀을 밟았다. 차는 빠르게 지하 주차장을 빠져나갔다. 나는 엄마 방에 어떤 것이 있을까 고민해보다가 그만두었다.

생각해서 좋을 게 없었다.

*

텐틀사가 가지고 있는 유전자 가위 특허권을 가져오면서 TPE-1120의 실험에 새로운 활기를 띠었다. 연구진은 해당 기술로 인간의 유전자에 맞춰 약물을 개량하여 치명적인 약물의 부작용을 줄이는 데 크게 도움이 될 것이라 말했다. 그렇게 개량된 TPE-1120를 이용한 첫 실험에서 나는 한 실험체를 만났다. 팀장이 내게 차트를 보여주었다.

나이는 마흔셋에 미혼이었고, 이름은 '김정태'였다. 그는 엄마가 살아 있을 때부터 오랫동안 병원에서 TPE-1120를 맞아 온 실험체로 실험군 중에서는 가장 오래 약물을 투약받은 환자였다. 몸을 비롯해 심지어 뇌세포까지도 새롭게 생성된 세포로 교체된 상태였다.

팀장이 말했다.

"이십삼 년 전에 그룹과 관련된 일을 수행하다 사고를 당한 사람입니다. 회장님께서는 그룹 차원에서 그를 살리기 위해 어쩔 수 없이 TPE-1120을 투약하기로 결정했습니다."

그는 정신이 나간 사람처럼 안대를 쓰고 구속복을 입은 채 침을 질질 흘리고 있었다. 팀장은 실험실에서 끼쳐오는 악취에 얼굴을 찡그렸다. 유리 벽 너머로 남자는 의료진에게 둘러싸여 있었다. 수술 도구와 혹시 모를 사고에 대비하기 위해 안정제까지 준비된 상황이었다. 팀장이 고개를 끄덕이자 의료진이 남자의 상태를 확인했다. 그들은 안대를 들춰 남자의 동공에 불빛을 비추기도 했고, 바늘로 허벅지를 찔러보기도 했다.

"큰 반응은 없습니다."

팀장의 표정이 어두워졌다. 실험에 큰 진전이 없던 모양이다. 나는 의료진에게 명령했다.

"투여하세요."

간호사가 남자의 손목과 연결된 수액 팩에 TPE-1120을 주사했다. 액체가 수액에 점점 섞이기 시작하더니 관을 타고 남자의 몸속으로 들어갔다. 한동안 큰 변화는 없었다. 의료진은 열심히 남자의 반응을 살폈다. 맥박을 재면서 자극 반응도 계속 확인했다.

그때 간호사가 놀라 비명을 질렀다. 남자가 눈을 크게 뜨더니 빠르게 실험실 안을 움직이고 있었다. 무언가를 찾고 있는 것처럼 보였다. 간호사는 그의 자극 반응을 보던 의사에게 크게 꾸지람을 듣고 남자를 향해 다가갔다. 남자의 의식이 서서히 돌아왔다.

의사가 물었다.

"정신이 드시나요?"

남자가 죽어가는 목소리로 물었다.

"여기가 어디지?"

그를 둘러싼 다른 의사들은 차트에 무언가를 기록하기 시작했다. 의사가 다시 질문을 이었다.

"병원입니다."

"병원이라고?"

남자는 팔을 움직이다가 손목에 매달려 있는 링거를 보고는 숨을 크게 내쉬었다. 의사는 계속해서 반응을 살피기 위해 허벅지를 바늘로 찔러댔다.

"그만해, 아파······."

"자극 반응 정상."

그들은 차트를 천천히 채워나갔다. 몸의 기능은 정상인 듯했다. 남자는 금방 자리에서 일어나 의료진의 지시에 따라 실험실 안을 걸어 다녔다. 모든 장기가 아무런 탈 없이 기능했고, 시력도 무척이나 높았다. 오히려 운동신경은 전보다 몇 배 늘어난 것 같았다. 이어진 검사에도 같은 결과를 보였다.

TPE-1120의 약효가 증명된 셈이었다.

그런데도 팀장의 표정은 그다지 좋지 못했다. 운동 능력 측정이 끝나고, 남자는 정신과 의사와 대면했다. 앞선 의료진과 달리 정신과 의사는 흰 가운이 아닌, 셔츠와 갈색 니트를 입고 있었다. 정신과 의사가 물었다.

"이름요."

"무슨 이름?"

"본인 이름 기억 안 나세요?"

남자는 입을 벌리고서 한동안 생각에 잠겨 있더니 고개를 숙였다.

"잠시만, 기억이 안 날 리가⋯⋯."

"괜찮아요, 약 때문에 그럴 수도 있어요. 다음 질문으로 넘어갈게요. 본인이 떠올리기에 가장 최근 기억이 뭔가요?"

"최근 기억?"

"병원에서 눈 뜨기 전의 기억이요. 제가 더 말씀드리면 기억이 오염될 수도 있으니까 최대한 본인이 떠올려보시겠어요?"

"잘, 잘⋯⋯."

남자의 호흡이 거칠어지며 맥박이 불규칙하게 변했다. 그는 안절부절못하면서 자리에서 일어나려 했다. 그러나 구속복 때문에 행동이 제한되었다. 정신과 의사가 그에게 단호하게 말했다.

"숨 크게 쉬어요. 괜찮아요, 큰 충격을 받아서 그런 걸 거예요."

남자는 눈을 감고서 심호흡했다. 정신과 의사는 차트에 붉은색 펜으로 기록하며 마이크에 대고 말했다.

"기억상실 증세 확인."

남자가 진정하자 정신과 의사가 차트를 들고서 다시 질문을 이어갔다. 이번에는 사진들을 꺼내 남자에게 보여줬다. 사과, 바나나, 자동차 등 일상적인 사물들에 대한 질문에 남자는 빠짐없이 답했다. 의료진은 유리 벽 쪽을 슬쩍 보고는 사진 한 장을 그에게 보였다.
"이 사람은 알아요?"

엄마 사진이었다. 차트에 주마다 한 번씩 직접 실험을 주관했다고 써 있었다. 사진을 보니 의료진을 대신해서 남자의 피를 뽑거나 대화를 나눈 것 같았다. 사진 아래에 실험을 성공적으로 이끌기 위한 라포르 형성 중 하나일 것이라고 팀장이 주석을 달아놓았다.

남자는 물끄러미 사진을 보았다. 손이 떨리고, 심박수가 높아지는 등 전과는 다른 반응이었다. 속에서 기대감이 솟구쳤다. 그가 엄마를 기억하고 있을까 싶었다.

TPE-1120의 치명적인 단점은 세포를 모두 교체해서 영생을 가능하게 하지만 뇌세포가 교체되면서 기억이 보존되지 않는다는 것이었다. 기억은 대표적으로 인간의 성격 등 다양한 정신적 총체에 관여하는 필연적 요소이다. 아무리 후천적 학습으로 극복할 수 있다고 해도 한계점은 명확했다.

'아마 기재도 나를 기억 못 하겠지.'

TPE-1120과 관련된 부작용이 해결되지 않는 이상, 기재 역시 남자처럼 뇌세포가 교체되며 기억을 잃어버릴 것이다. 나는 남자의 반응에 온 신경을 곤두세웠다. 그러나 남자는 고개를 내저었다.

"몰라. 하, 하나도 기억이······."

정신과 의사가 유리 벽 너머로 눈짓했다. 이 이상의 질문이

무의미하다는 말이었다. 인지 능력을 비롯해 다른 정신적 부분들은 정상이었지만, 개선된 TPE-1120을 맞기 전 기억은 전혀 남아 있지 않았다.

그때였다. 팀장이 문을 열고 복도로 나가더니 남자와 정신과 의사가 있는 실험실 문을 열어젖혔다. 돌발 상황이었다. 남자는 갑작스러운 팀장의 등장에 놀랐는지 몸서리를 쳤다. 팀장은 가만히 남자를 노려보더니 말했다.

"기억 안 납니까?"

남자는 팀장을 노려보다가 몸을 떨고 소리를 지르며 그를 향해 달려들려 했다. 그러나 구속복 때문에 바닥에 고꾸라질 뿐이었다. 팀장은 그를 보면서 희미한 미소를 지었다. 남자는 악을 쓰면서 그를 향해 욕을 내뱉었다. 죽이겠다는 말도 서슴없이 했다. 팀장이 의료진에게 말했다.

"재워."

팀장의 명령을 받은 의료진이 남자에게 진정제를 놓으려 했다. 남자가 몸을 비틀면서 반항하기 시작했다. 실험실 안은 난장판이었다. 건장한 남자 간호사 셋이 남자에게 달라붙어도 힘에 부쳐 보였다.

결국 남자는 구속복을 빠져나와서 의료진을 밀치고 유리 벽을 향해 다가왔다. 두려움에 한 걸음 뒤로 물러났다. 나를 노려보고 있는 것만 같았다. 내가 분명 보이지 않을 텐데도. 그는 저주를 퍼부었다.

"실험용 쥐만도 못한 새끼들. 너희는 평생 살아도 사는 게 아닐 거야! 죽고 싶을 거야! 죽고 싶을 거라고!"

그때 보다 못한 팀장이 의사에게서 주사기를 빼앗아 남자의 목에 찔러 넣었다. 그럼에도 남자는 팀장을 밀쳐내고 유리 벽을 주먹으로 쳤다. 벽에 핏자국이 선명하게 남았다. 마치 불투명 유리 너머가 보이는 듯이 씩씩거리며 눈을 부라리던 남자는 약기운이 돌았는지 돌연 자리에 쓰러졌다. 팀장이 의료진의 마이크를 빼앗듯 집어 들고 내게 물었다.

"회장님, 얻어낼 수 있는 결과는 전부 얻은 것 같은데 어떻게 하시겠습니까?"

새로운 사람, 새로운 집 그리고 새로운 실험체들……. 엄마의 손길이 닿은 그였다. 투약한 지도 오래되어 실험체로서 가치도 없었다. 그렇다고 살려둘 수도 없었다. 혹시라도 부작용이 있다는 사실이 외부에 알려지면 안 됐다. 냉정해져야 했다. 기재를 지키기 위해서였다. 투자를 받아 연구를 이어나가서 불확실성을 최대한 줄여야 했다. 그래야 기재를 완벽하게 회복시킬 수 있었다. 우리에게 해가 될 일은 최대한 줄여야 했다.

"처리해요."

그렇게 남자는 사라졌다. 은희와 마찬가지로 그는 시설 지하에 있는 화장시설에서 재가 되었고, 폐기물로 분류되었다. 나는 TPE-1120의 부작용을 줄이기 위해 밤낮으로 연구에 매달렸다. 수천 편의 논문을 읽고 연구에 막대한 지원을 쏟아부었다.

　동물 실험이 아닌 인간 실험의 지속을 위해 파푸아뉴기니에 학교로 위장한 연구시설을 짓고는 그곳에서 실험을 이어갔다. 처음에는 실험 참가자들의 파일들을 볼 수조차 없었지만 점차 아무런 감정도 느끼지 않게 됐다. 큰 목표를 위해서라면 어쩔 수 없다고, 누군가는 해야 할 일이라면서 자위했다. 어떻게든 TPE-1120을 성공시켜야 했다.

피살 70일 후

데이비드가 연락한 날은 남자가 죽고 일주일이 지난 낮이었다. 특별한 날은 아니었다. 그 흔한 출장도, 만남도 없었다. 아침에 일어나 트레드밀을 달리며 지난밤 숙취를 씻어냈고, 샤워를 마치고 아침을 챙겨 먹었다. 일층에 미리 도착해 논문들을 읽고 있던 팀장이 내게 보고를 마쳤다. 기후와 경제 위기는 여전했고, 난민 문제로 정부 간에는 갈등이 벌어졌으며, 전쟁 징후를 알리는 신호는 여기저기서 나오고 있었다.

소수가 과감한 선택을 내리지 않는다면, 다수는 변화 없이 살아가다 환경오염 혹은 전쟁으로 절멸하게 될 것이었다. 유능한 지도자들은 머리를 싸매고서 인류 미래를 위해 열심이었다. 나도 처음에는 그들과 함께하고 있다는 생각에 찬란한 미래를 꿈꾸었으나, 종종 그들이 병이나 사고로 죽었다는 소식을 마주할 때면 인간의 육체적 한계를 저주하기도 했다. 그들이 조금만 더 살았더라면. 아마 세상은 조금은 더 살기 좋은 곳으로 변화했을지도 모른다.

보고를 들은 후 회사에 출근해서 서류를 결재했다. 대부분 업무는 팀장이 맡아서 처리했으나, 최종 검토는 언제나 나의 몫이었다. 나는 엄마의 빈자리가 느껴지지 않게끔 엄마가 했던 모든 일을 참고하여 일을 검토하고 결정을 내렸다. 그룹 내에 그 누구도 나의 존재를 의심하지 않았다. 일은 모두 막힘없이 잘 풀렸고, 막히는 일이 있다고 하더라도 엄마가 한 것처럼 지시를 내리니 금방 장애물이 사라졌다.

회사에 출근하니 '긴급'이라 적힌 메모와 함께 보고서 하나가 책상 위에 놓여 있었다. 보고서를 읽어보니 파푸아뉴기니에서 변형된 TPE-1120의 투약군의 기억이 훼손되지 않았다는 내용이었다. 투약한 환자는 열일곱 살 소녀로, 부모를 부양하기 위해 실험에 자원했다. 의료진은 소녀에게 세 달간 TPE-1120을 투약했는데 큰 기억 손실 없이 과거 일들을 모두 기억했다. 나는 당장이라도 파푸아뉴기니로 달려가고 싶었다. 연구 성과가 확인만 된다면 얼른 기재에게 약물을 투약하고 싶었다. 그러나 속에서는 멈칫거리기도 했다. 지금 나는 엄마와 크게 다를 게 없는 사람이니까. 기재가 다시 나를 사랑해줄 수 있을지 알 수 없었다. 그때 누군가 문을 두들겼다.

"들어와요."

비서가 내게 고개를 꾸벅 숙였다. 불과 하루 전에 새롭게 채용한 비서였다. 그룹 운영이 안정기에 접어들자 내부에 새로운 권력 구조의 필요성을 느꼈고, 특별히 내가 직접 채용을 담당했다. 팀장은 빠르게 권 상무의 자리를 대체했고, 그룹 운영의 실무자가 되었다. 그에게서 아직 위험을 느끼지는 않았지만 늘 주의해야 했다. 다른 사람들에게 그룹의 주인이 누구인지 보여줄 필요가 있었다.

비서의 손에는 우편물이 한가득 들려 있었다. 나는 하나씩 확인해보다가 노란 편지봉투를 집어 들었다. 그 편지봉투에는 어떤 주소도 쓰여 있지 않았다. 다만 '회장님께'라고 까만 손글씨가 적혀 있었다. 나는 편지를 집어 들고 비서에게 물었다.

"이게 뭐야?"

내게 전해지는 소식은 모두 팀장을 거쳐서 왔다. 그러나 편지봉투는 뜯어진 흔적 없이 말끔하게 밀봉되어 있었다. 비서가 고개를 숙인 채로 말했다.

"아까 출근하고 있는데, 웬 남자분이 제게 직접 주셔서 전해받았습니다. 꼭 다른 분을 거치지 말고 회장님께 직접 전해드리라고 부탁하셨습니다."

이상한 느낌이 들어 나는 비서에게 다시 물었다.

"누구한테?"

"자기 이름을…… 데이비드라고, 저번에 회장님……."

소름이 돋았다. 불길한 기운이 느껴졌다. 분위기가 삽시간에 무거워졌다.

"알았어. 나가봐."

비서를 방에서 내보냈다. 봉투의 끝부분이 땀으로 살짝 젖어 있었다. 오랫동안 내게 전해줄지 말지를 고민한 것 같았다. 나는 봉투를 열기 전에 불안감에 사로잡혔다.

'무슨 일인 걸까? 또다시 나를 협박하려는 걸까? 그것도 아니라면 도움을 요청하는 걸까?'

그의 성격상 내게 폭탄이나 화학 테러를 할 것 같지는 않았다. 게다가 봉투의 무게는 매우 가벼웠다. 나는 조심스럽게 페이퍼 나이프로 봉투 윗면을 찢어 안을 확인해보았다. 자필로 쓴 편지가 들어 있었다.

회장님께

이렇게 연락드린 점 죄송하게 생각합니다. 메일이나 다른 수단으로는 회장님께 제 말씀이 전해지지 않을 것 같아서 비서를 통해서 편지를 전달했습니다.

본론부터 말하겠습니다. 부탁이 하나 있습니다. 회장님이 꼭 만나셔야 할 분이 계십니다. 오늘이 아니면 만나시기 힘들 수 있습니다. 긴말하지는 않겠습니다. 모두 회장님의 선택이니까요.

분명 절 믿지 못하겠지요. 이해합니다. 저는 지금도 회장님을 최유선이라고는 생각하지 않습니다. 그 생각은 제 눈앞에 어떤 데이터를 가지고 와도 변함이 없을 겁니다. 편지지 뒷면에 주소를 적어놓겠습니다.

   ps. 회장님 주변에 있는 그 누구도 믿지 마시길 바랍니다. 특히 회장님께서 팀장이라 부르는 사람이 전에 저에게 최유선 위치를 공유한 사람입니다. 그 사람, 권 상무와 똑같은 사람입니다.

데이비드 보냄

  편지 내용 중 어느 것도 이해할 수 없었다. 나를 의심했던 데이비드의 말이었다. 그룹을 무너뜨리려 한 사람인데 어떻게 믿을까? 그런데 이상하게 데이비드의 말에 끌렸다. 어쨌거나 그룹 외부에서 유일하게 내가 엄마가 아니라고 확신하고 있는 사람이었다. 유전자 데이터가 아니라 다른 증거로, 이를테면 남들은 절대 알 수 없는 엄마와의 기억으로 말이다. 그의 말을 완전히 무시할 수는 없었다.

  편지지 뒷면에는 주소가 적혀 있었다. 여기서 차로 사십 분 정도의 거리였다. 나는 주소를 외우고는 봉투에다 편지지를 넣어 문서세절기에 갈아버렸다. 세절기는 요란한 소리를 내며 편지지를 집어삼켰다.

  데이비드가 말하는 '내가 만나야 할 사람'은 누구일까? 엄마에게 중요했던 사람일까? 아무리 생각해봐도 결론이 나지 않았다. 도박을 해보기로 했다. 동전을 던져서 앞면이 나오면 데이비드를 만나러 가고, 뒷면이 나오면 데이비드의 제안을 무시하기로 했다. 동전을 하늘 위로 던졌다. 동전은 하늘에서 빙글 돌더니 빠르게 아래로 떨어졌다. 그때 문밖에서 목소리가 들렸다.

"회장님."

팀장의 목소리였다. 깜짝 놀라 손에서 동전을 놓치고 말았다. 동전은 바닥에 떨어지더니 굴러서 문 쪽으로 향했다. 나는 동전을 차마 줍지 못하고 문을 향해 외쳤다.

"들어와요."

팀장이 문을 열고 들어와 고개를 숙였다. 나는 최대한 아무렇지 않은 척 의자에 기댔다. 팀장이 말했다.

"파푸아뉴기니 문건 보셨습니까? 실험 성공이 얼마 남지 않은 것 같습니다."

꽤 고무적인 결과 때문인지 팀장의 표정이 어린아이처럼 상기되어 있었다. 나는 사무적으로 대답했다.

"네, 봤어요. 연구진 성과급 두 배로 올려주시고 지원 필요한 부분 있으면 뭐든 다 해주세요."

나의 말에 팀장이 고개를 숙이고는 방을 나가려 했다. 나는 문가에서 흔들리고 있는 동전의 결과를 눈으로 쫓았다.

"알겠습니다. 아, 하나만."

팀장이 멈춰 서더니 뒤돌아 나에게 말했다.
"회장님, 아직 그룹은 위기 상황입니다. 누가 회장님께 무얼 말씀하시든 믿지 마세요. 아무도 믿으시면 안 됩니다."
그 말에 데이비드에게 편지를 받은 사실을 들킨 것만 같았다. 침묵 속에서 내가 천천히 고개를 끄덕이자, 팀장은 허리를 숙이고 떨어진 동전을 주워 소파 위에 두었다.
팀장에게 물었다.
"무슨 면이었어요?"
팀장이 미소를 지으며 내게 말했다.
"뒷면이었습니다."
"뒷면이요?"
"네."
팀장이 바깥으로 나갔다. 그의 사무실이 내 바로 옆 방이라 그런지 감시받는 듯한 느낌이 들었다. 나는 다시 한번 생각에 잠겼다.
'왜 팀장은 거짓말을 했을까?'
분명 앞면이었다. 팀장 뒤편에 동전은 떨어져 있었고, 나는 동전이 앞면을 가리키는 것을 보았다. 그러나 팀장은 내게 뒷면이라 거짓말했다. 의심은 빠르게 가지를 치며 견고해졌다. 단단해진 의심은 나를 하나의 결론에 이르게 했다. 데이비드를 만나야 했다. 옷을 챙겨 들고 비서에게 말했다.
"차 대기시켜."

비서가 옆방을 바라보며 내게 물었다.
"팀장님께 나오시라 말씀드릴까요?"
잠시 생각에 잠겼다가 고개를 저었다.
"아니, 권 상무한테 연락해. 이따 저녁에 내 집에서 보자고. 팀장한테는 오늘 계속 사무실에서 대기하고 있으라 말하고."
운전기사가 주차장에서 기다리고 있었다. 나는 차에 올라타 일단 회사에서 벗어나 주변을 돌자고 했다. 그는 말없이 차를 몰았다. 가을이 왔는지 가로수에 붉고 노란 잎들이 매달려 있었다. 바람이 불 때마다 잎이 떨어졌고, 사람들은 얇은 옷을 여미면서 거리를 걸었다. 한동안 차를 몰아 도심을 벗어났다. 나는 운전기사에게 주소를 불러주었다.
"거기로 가."
그러나 운전기사는 주소를 본 체도 않고 크게 유턴했다. 처음에는 불러준 주소로 가는 줄 알았는데 아니었다. 차는 다시 회사가 있는 도심으로 진입하려 했다.
"내 말 안 들려?"
운전기사가 내 눈치를 보면서 대답했다.
"팀장님께서 안 된다고 하셨습니다만……."
운전기사는 어쩔 줄 모르는 표정을 지었다. 기시감이 들었다. 차 속도가 점점 빨라졌다.
"미쳤어? 내가 회장이야."
그는 룸미러를 통해 내 눈치를 보았다. 나는 그에게 소리를 질렀다.

"당장 안 세워!"

그러나 운전기사는 아랑곳하지 않았다. 핸들을 꽉 붙잡고서 내게 말했다.

"회장님, 팀장님께서⋯⋯."

그래도 차를 세우지 않자 나는 몸을 앞으로 뻗어 핸들을 잡아챘다. 운전기사가 필사적으로 핸들을 붙잡으려 했지만 핸들이 꺾이며 차가 옆으로 기울었다. 그 순간 그의 귀를 깨물었다. 그는 소리를 지르면서 차를 멈춰 세웠다. 피가 흐르는 귀를 감싸 쥐고 울기 시작했다. 나는 차에서 내려 소리쳤다.

"내려, 당장."

"회장님, 저 진짜 팀장님께 죽습니다⋯⋯."

나는 패닉 상태에 빠진 운전기사를 운전석에서 끌어 내렸다. 그는 바닥에 쓰러진 상태로 운전석 손잡이를 붙잡고 버텼다. 나는 창문을 내리고 하이힐을 벗어 뒷굽으로 그의 손을 몇 번이나 찍고 나서야 그를 차에서 떼어낼 수 있었다. 분명 숨겨진 어떤 사실이 데이비드에게 있었다. 의심은 확신이 되었다. 미행이 붙을까 액셀을 강하게 밟았다.

*

차는 빠르게 도로를 달려 주소지에 도착했다. 목적지에는 큰 한옥식 저택이 하나 있었다. 지붕은 기와로 되어 있었고, 대문도 철문이 아니라 밝은색의 단청으로 장식된 나무문이었다. 나는 차에서 내려 문을 두들겼다. 얼마 지나지 않아 문이 열렸다.

"오셨군요."

젊은 여자였다. 그녀는 내가 올 것을 알고 있었다는 듯 말없이 손짓만으로 나를 인도했다. 마당에는 작은 정원과 함께 연못이 있었고, 석등이 마당 곳곳을 비추고 있었다. 연못에는 개구리부터 잉어까지 온갖 생물들이 살고 있었다. 돌길을 따라가니 본채가 보였다. 대청마루가 있는 전형적인 한옥이었다.

젊은 여자는 신발을 벗고 대청에 오르더니 문을 두들겼다. 그러자 들어오라는 목소리가 들렸다. 그녀가 내게 위로 손짓하며 마루로 올라오라고 했다. 나는 젊은 여자를 따라 신발을 벗고 마루에 올랐다. 발에 닿는 감촉이 차가웠으나, 막상 방바닥은 불을 때고 있는지 따뜻했다.

"잠시만 기다려주세요. 금방 아버지께서 나오실 거예요."

데이비드의 딸인가 싶었다. 모습이 데이비드와 많이 닮아 보이기는 했다. 오똑한 콧날이며 짙은 눈썹 그리고 걸을 때 살짝 굽은 허리까지. 데이비드는 금방 내가 있는 방으로 건너왔다. 딸에게는 밖에서 기다리라 하고는 안으로 들어왔다. 여전히 그의 눈에서는 적개심이 이글거리고 있었다.

"오셨습니까?"

내가 고개를 끄덕이자 데이비드는 밖을 내다보더니 말을 이었다.

"다른 사람은요?"

"말하지 않았어요."

그 말을 들은 데이비드가 고갯짓하자 딸이 신발을 다시 신었고, 내게도 신발을 신으라며 갈 곳이 있다고 말했다. 우리는 딸이 앞서가는 길을 뒤따라갔다. 안채는 가장 깊숙한 곳에 있었다. 다른 건물과 크게 다른 점은 없었으나 조명만은 달랐다. 은은하게 켜져 있는 석등이 아니라 LED의 환한 전구가 천장 곳곳에 매달려 있었다. 데이비드가 먼저 안채로 들어갔고, 내가 뒤따라 들어갔다.

방에서 가래 끓는 소리가 들려왔다. 숨이 금방이라도 넘어갈 것 같은 노인의 신음이었다. 흰 의사 가운을 입은 사람이 바닥에 깔려 있는 이부자리 앞에 앉아 있었다. 데이비드와 내가 방 안으로 들어온 것을 알아차린 의사는 서둘러 짐을 챙겨 자리에서 일어섰다. 그러면서 데이비드를 향해 고개를 저었다.

바닥에는 몸이 비쩍 마른 노인이 누워 있었다. 얼굴에는 검버섯이 군데군데 퍼 있는 데다 호흡이 가빴다. 곧 죽을 사람처럼 보였다. 데이비드가 노인에게 고개를 숙이고는 귀에다 대고 말했다.

"어르신, 최 여사 왔습니다."

노인은 거친 숨을 쉬더니 천천히 눈을 떴다. 힘겹게 손을 들어 올려 데이비드 손을 맞잡고는 고개를 살짝 들어 올렸다. 나를 보자마자 노인이 소리를 질렀다.

"최, 최 여사?"

금방이라도 숨이 넘어갈 것만 같았다. 그럼에도 데이비드는 계속해서 그에게 말을 걸었다. 노인은 나를 향해 가까이 다가오라 손짓했다. 거부감이 들었으나, 노인의 손짓이 필사적이라 거절할 수 없었다.

데이비드처럼 노인 옆에 무릎 꿇고 앉았다. 노인이 내 손을 잡았다. 주름이 짙고 거칠었다. 손은 온기가 없이 차가웠다. 그런데 가만 보니 어디서 본 듯한 손이었다. 나는 그 손의 주인을 알아차리자마자 화들짝 놀랐다.

"기다렸어……."

검지에 끼워져 있는 큰 다이아몬드가 올려진 금반지. 한 사장의 손이었다. 나는 죽어가고 있는 그가 한 사장이라는 사실을 쉽게 받아들일 수가 없었다. 그 좋던 풍채는 어디 갔나 싶었다. 그는 나를 향해 주름진 손을 뻗으며 뭐라 알아듣기 힘든 말을 했다.

"보고 싶었어……."

설마 엄마를 보고 싶었다고 말하는 것인가 싶었다. 그러나 내가 알기로 엄마는 그와 딱 두 번 교외에서 마주쳤다. 그는 나를 향해 '좋았다' '사랑했다' 같은 말들을 쏟아냈다. 그러다 손은 내게 닿지 못하고 바닥에 툭 떨어졌다. 그의 얼굴 근육이 서서히 풀어지더니 눈을 뜬 채로 죽었다. 그의 시선은 나를 향하고 있었다.

데이비드는 바깥에 있던 의사를 불렀다. 의사는 방 안에 들어와 노인의 눈을 감기고는 맥박을 재더니 사망 선고를 내렸다. 데이비드는 자리에 서서 묵념했다. 나와 데이비드가 자리를 비우자 가족으로 보이는 사람들이 나타나 장례 준비를 했다. 시체를 주무르며 굳지 않게 손발을 폈고, 하얀 천을 바깥으로 깔았다. 나는 데이비드와 함께 멀리서 그 광경을 지켜보았다. 데이비드가 내게 말했다.

"잘 오셨습니다."

그의 몸가짐이 편해 보였고, 목소리에서 떨림이 느껴지지 않았다. 조금이지만 적개심이 풀린 것 같았다. 데이비드에게 물었다.

"저 사람 누구예요?"

데이비드는 나를 물끄러미 바라보았다. 얼굴에는 이해하지 못하겠다는 듯 의문을 한가득 담고 있었다. 고복(皐復)이 시작되었다. 중년 남성이 지붕 위로 올라가더니 옷깃을 잡고 휘둘렀다. 곡이 잠시 멈추었고, 남성의 울부짖음이 마당을 가득 메웠다.

"정말 몰라서 묻는 겁니까?"

나는 대답을 고민했다. 그에게 모른다고 말하면 내가 엄마가 아니라는 증거를 줄지도 모른다는 생각이 들었다. 그러나 데이비드는 내 생각을 파악하기라도 했다는 듯 두 손을 들어 보였다.
"녹음기나 심지어 핸드폰도 없습니다. 원한다면 확인해보셔도 됩니다."
데이비드를 위아래로 훑어보았다. 거짓말은 아닌 것 같았다. 그래도 신중해야 했다. 잠시 침묵을 유지했다. 데이비드는 슬픈 눈으로 장례를 치르고 있는 사람들을 보았다.
"당신을 사랑했던 사람입니다. 물론 당신도 저 사람을 사랑했고요."
나는 데이비드의 말에 어떤 답도 하지 못했다. 저렇게 나이 많은 사람과 엄마가 만났었다니. 그러나 데이비드는 내 의아한 표정을 보더니 고개를 저으며 이해할 수 없는 말들을 했다.
"물론 최유선이 사랑했던 사람은 아닙니다."
이해가 되지 않았다. 엄마가 사랑한 사람이 아니라니. 그러면 왜 그는 죽기 직전 나를 보고 사랑하는 최 여사라고 말한 것인가? 데이비드는 담담하게 말을 이었다.
"무려 사십육 년 전에 당신을 사랑했던 사람이니까요."
혼란스러웠다. 데이비드가 도대체 무슨 말을 하는 것인지 이해할 수 없었다. 사십육 년 전이라니. 그때는 내가 태어나기 훨씬 전임은 물론 엄마도 아주 어렸을 때였다. 자리를 벗어나려 했으나 쉽게 발걸음이 떨어지지 않았다. 데이비드는 불안감에 손을 떨고 있는 나를 보더니 힘을 주어 말했다.

"당신도 모르고 있군요."

그가 주머니에서 무언가를 꺼내 건네주었다. 나는 데이비드가 건넨 물건을 조심스럽게 받아 들었다. 사잣밥이 망자의 방 안으로 들고 있었다. 상 위에는 밥 세 그릇과 술 석 잔, 백지 한 권, 북어포 세 마리, 비단신 세 켤레, 동전 꾸러미가 올려져 있었다. 데이비드는 망자의 방을 보다 하늘을 올려다보더니 말했다.

"정말 영혼이라는 건 없는 걸까요?"

데이비드는 그렇게 말하고는 자리를 떠났다. 나는 데이비드가 준 물건들을 떨리는 손으로 가만히 보았다.

피살 71일 후

집으로 어떻게 돌아갔는지 기억이 잘 나지 않는다. 액셀을 미친 듯 밟았던 것과 정신을 차려보니 차선을 벗어나 마주 오는 차를 가까스로 긁고 가며 느꼈던 진동만이 떠오른다. 사고 수습도 하지 않고서 그대로 집을 향해 달렸다. 조수석에는 데이비드에게 받은 사진들이 널려 있었다. 나는 운전하면서도 사진들에 시선을 빼앗겼다.

사진 속에 해변을 걷고 있는 두 남녀가 보였다. 남자는 카키색 반바지에 하와이안 셔츠를 입고 샌들을 신고 있었다. 물 색깔로 봐서 여름 동해 해변 같았다. 강한 햇살 아래에서 파도는 우리를 향해 밀려오고 있었다. 파도가 발목 가까이 다가오는 바람에 놀란 모습이었다. 나는 둘의 얼굴에 집중했다.

"저건 내가 아니야."

사진에는 거울에 보이는 이 지리멸렬한 엄마의 얼굴이 아닌 과거 나의 진짜 얼굴이 보였다. 기억에는 없는 장면들이었다. 나는 은희나 기재를 만났을 때를 제외하고는 그렇게 웃어본 적이 없었다. 합성이 아닐까 싶었다. 이어진 사진에서는 경호원이 나타나 내 얼굴을 촬영한 파파라치를 뒤쫓고 있었다. 파파라치는 그들에게 쫓기는 사이에 필름을 교체했는지, 세 번째로 인상된 사진에는 햇빛을 강하게 받은 것처럼 검게 변해 있었다.

데이비드는 엄마가 당시에 사진 촬영을 강하게 거부했다고 말했다. 그때는 그저 대수롭지 않게 넘겼으나, 최근 엄마에 관해 조사하면서 삼일그룹에서 조직적으로 엄마의 과거 사진을 지운 것 같은 흔적을 발견했다고 한다. 이 사진은 파파라치의 가족을 찾아가 몇 번의 설득 끝에 받아낸 사진이라고 했다. 사진 아래에 적혀 있는 날짜를 보니 오늘로부터 정확히 이십삼 년 전이었다.

"도대체 무슨……."

신호에 걸려 차들을 추월할 수도 돌아갈 수도 없게 되자, 나는 경적을 울려대면서 욕을 퍼부었다. 금방 신호가 바뀌었고, 나는 빠르게 다른 차들을 앞질렀다. 시간이 갈수록 머릿속이 정리되지 않았다. 어지러웠다. 처음에는 데이비드가 주주 총회에서 진 것에 대한 악감정으로 거짓말을 하고 있는 건가 싶었다. 그게 아니라면 모든 상황이 이해가 되지 않았다.

널뛰는 감정에 핸드백에 넣어놓은 위스키를 꺼내 마셨다. 그래도 의문은 풀리지 않고 더욱 단단하게 묶여갔다. 차는 건널목에서 다섯 살 난 아이를 아슬하게 비껴갔다. 아이의 엄마는 나를 향해 욕설을 퍼부었다. 나는 핸들을 손으로 쳐대면서 소리를 질렀다.

집에 도착해 아무렇게나 차를 주차해놓고 안으로 달려갔다. 식모가 달려 나와 나를 맞이했지만, 나는 따라오지 말라고 악을 쓰며 그녀를 밀쳤다. 식모는 놀란 표정을 짓더니 그 자리에 얼어붙었다. 계단을 뛰어 올라가며 엄마의 방문 앞에 섰다. 문을 부술 기세로 달려왔으나 막상 문 앞에 도착하니 두려웠다.

엄마가 죽고 나서 한 번도 방으로 들어간 적 없었다. 불길한 기운이 방 안에서 뻗쳐오는 것만 같았다. 당장 도망이라도 갈까 싶었다. 공기 좋고, 물 좋은 곳에서 한 끼에 수억 원에 달하는 음식을 먹고, 연예인들과 술을 마시거나 약을 하다 보면 데이비드의 말들은 자연스럽게 잊힐 것이다. 진실을 묻어둔 채로 그대로 살면 그만이었다. 그런데 속에서 나도 모르게 말들이 솟구쳤다.

'내가 아니면 그룹을 누가 경영할까? 이 자리가 어떤 자리인데, 내가 이 자리를 얻기 위해서 얼마나 많은 피를 봤는데.'

그때 이마에서 피가 흘러 문고리를 잡고 있던 손 위에 떨어졌다. 아까의 벌어진 교통사고로 이마가 찢어진 것 같았다. 피

냄새는 강렬하게 나를 뒤흔들었다. 엄마 시체에서 맡았던 것과 같은 냄새였다. 나는 반사적으로 문고리를 돌렸다.

엄마의 방 내부는 내 방 구조와 크게 다르지 않았다. 다만 컴퓨터 한 대가 책상 위에 놓여 있었다. 아주 구형 모델이었다. 모니터는 교과서에서 본 것처럼 브라운관을 썼는지 두께가 거대했고, 본체 케이스는 빛이 바래 누렇게 색이 떠 있었다. 랜선이 보이지 않는 것으로 보아 인터넷에 연결된 것 같지는 않았다. 나는 컴퓨터 앞에 바로 섰다. 본체 전원 버튼을 누르고 마우스를 움직이자 모니터에 작은 문구가 적힌 창이 떴다.

생체 인식이 필요합니다.

그러나 어디에도 인식에 필요한 장비가 보이지 않았다. 책상 주변을 손으로 쓸어보다가 책상 아래쪽에 작게 난 지문 인식기를 발견했다. 천천히 지문 인식기에 손을 가져다 대자 빛이 돌더니 1차 인증이 끝났다며 책상 일부가 열리면서 체혈용 바늘과 함께 작은 구멍이 나왔다. 엄지손가락을 찔러 피를 그곳에 떨어뜨리자 컴퓨터가 소리를 내며 바탕화면을 보였다. 운영체제는 윈도우 97로, 내부에는 문서가 여럿 있었다. 가장 바깥에 '대원칙 넷'이라는 제목의 문서가 있었다. 나는 마우스를 움직여 조심스럽게 그 문서를 열었다.

대원칙 넷

첫째, 스무 살까지는 집 밖에 내보내지 말 것, 성인이 될 때까지 계획표에 따라 행동하게 하여 변수를 최대한으로 줄일 것
둘째, 은희라는 아이를 피살 전 2535일에 등장시킬 것.
셋째, 사랑하는 남자를 만들 것.
참고. 두 번째 클론은 한 회장 자제와 사랑에 빠졌고, 그 결과 TPE-1120 개발에 큰 성과를 내었다. 한 회장과 제휴하여 그에게 아이를 보내달라 설득할 것.
넷째, 직접 피살될 것.
······

그 아래로는 '기타 원칙'이라 해서 가구 배치와 스무 살에 집 밖으로 나가 만날 사람의 리스트 등 세부 사항이 적혀 있었다. 그 양이 워낙 방대해서 목차조차도 간단하게 훑기 어려울 정도였다. 데이비드에 관한 언급은 '인물 항목'에서 찾을 수 있었다. 그에 대한 기본적인 정보와 함께 특이 사항에 '네 번째 클론의 두 번째 사랑으로 다섯 번째 클론에게 부정적인 영향을 끼칠 수 있으니 각별한 주의가 필요하다'고 적혀 있었다.
희수 아주머니와 김 기사 그리고 은희에 대한 항목을 거쳐 마우스는 한 곳에 멈췄다. 항목의 이름은 '한기재'였다. 관련된 내용은 누구보다도 길었다. '기타 원칙' 문서에 적힌 것과 같이

기재가 태어나기 전에 갖춰야 할 주변 환경, 청소년기 기재의 전반적인 탈출 시기 및 과정 그리고 그에 따라 받을 벌들이 표로 나열되어 있었다. 가장 충격적인 부분은 나와의 탈출을 실패한 기재에게 가해진 고문이었다. 모든 과정을 사진으로 촬영해놓았다. 얼굴에 불을 지르고, 각목으로 팔과 다리를 부러뜨리고…….

도저히 볼 수 없어 문서를 껐다. 충격에 몸이 쉴 새 없이 떨렸다. 그럼에도 멈출 수 없었다. 지옥을 들여다보는, 아니 지옥 불구덩이 한가운데에 들어와 있는 것만 같았다. 모니터를 주먹으로 부수고 싶은 충동이 느껴졌다. 나는 떨리는 손으로 다른 문서를 이어서 켰다. 이어진 문서에는 '영혼 논쟁'이라 제목이 붙어 있었다.

영혼 논쟁

  영혼의 실재에 대한 165번째 토론 요약
  가톨릭계 - 여전히 복제 인간에 영혼이 부재하다는 입장이다. 강경한 반대가 이어졌으나, 최근 삼일그룹의 난민 지원과 지속적인 후원으로 그 입장이 다소 누그러졌다.
  성과) 일곱 번째 클론이 세례를 받았다.
  과학계 - 학자마다 의견이 다르나, 영혼이나 의식이 시냅스의 작용으로 나오는 현상이라 보고 있다. 이들의 의견대로라면 모든 조건이 물질적으로 똑같이 갖추어진 존재를 같은 존재로 봐도 무관하다는 유물론적인 관점을 취하는 게 맞다고 생각한다.
　……

더 읽지 않고 그만두었다. 의미 없는 대화 같았다. 이미 지독하게 비인간적인 일을 벌여놓고 영혼의 구원과 구제를 바라는 모습이라니. 역겨웠다.

가장 최근에 작성된 파일을 찾았다. 제목은 '6번 일기'였다. 중요한 날만 따로 기록한 모양인지 그 양은 적었다.

6번 일기

피살 7645일 전, 내가 태어났다. 저 주름지고 야위어 보이는 것이 나라니. 이해할 수 없다.

피살 6323일 전, 내가 장이 아파 크게 앓았다. 의사를 불렀으나 목숨이 위험할 수도 있다고 한다. TPE-1120 투약을 심각하게 고민 중이다.

피살 6321일 전, 다행히 나는 회복했다. 꼬인 장이 기적적으로 풀렸으며, 수술은 성공적으로 끝이 났다. 내가 죽는다고 해서 내가 사라지지는 않을 테지만, 태어난 나의 죽음으로 또 다른 내가 세상에 태어나지 않기만을 바랄 따름이다.

피살 2535일 전, 은희가 나를 만났다. 과거처럼 은희와 나는 빠르게 친해졌다. 역시 그 인형에게 은희를 데려갔고, 은희는 반사적으로 인형을 바닥으로 내던졌다. 본체의 기억이 클론에게 영향을 미치는 걸까? 의문이 든다.

피살 2192일 전, 나에게서 은희를 빼앗았다. 은희는 나의 명령으로 모든 사실을 알게 됐다. 은희에게 나를 지키기 위해서는 나를 떠나야 한다고 말했다. 은희는 고민을 이어가다가 그렇게 하기로 했다. 그 결과, 은희는 시설 지하에서 소각되었고 나는 충격을 받았다. 그 옛날 내가 그랬듯 말이다.

피살 1094일 전, 나는 나에게 처음으로 크게 반항을 했다. 나는 놀라 나를 밀쳤다. 점점 마음의 준비를 해야 할지도 모른다.

피살 367일 전, 나는 기재를 만나러 간다. 늘 그래왔듯 우리는 사랑에 빠질 것이고, 함께 도망을 갈 것이다. 내가 살아 있는 모든 순간 중에 가장 아름다운 순간이 아닐까 싶다. 그때를 절대 잊을 수가 없다. 그때만 생각한다면 모든 것을 내버려두고 기재와 도망치고 싶다. 그러나 이미 나와 나의 기재는 TPE-1120이 아니면 살아갈 수가 없다.

피살 366일 전, 나는 처음으로 세례를 받았다. 내게 영혼이 있다고 믿지는 않지만, 있다면 구원을 바란다. 지옥에 들어가 영원히 고통받는 것 또한 내게는 구원이다. 우리는 너무 많은 죄를 저질렀다. 부디 영혼이 존재해서 영원히 고통받기를 바란다.

피살 365일 전, 드디어 나는 '나'와 기재를 찾았다. 우리는 우리가 과거에 있었던 그 자리, 그 장소에 있었고, 도망간 지 정확히 여섯 시간 오십육 분 만에 잡혔다. 우리가 우리에게 잡히다니. 아니, 우리가 우리를 잡다니. 이곳이 지옥이 아니라면 어디가 지옥일까?

피살 317일 전, 나는 서재로 가서 골프 백을 정리했다. 나는 이제 바깥으로 나갈 준비를 하고 있다.

피살 316일 전, 골프 백에 숨은 상태로 나는 바깥으로 달아났다. 이 과정에서 본래 패턴과는 다르게 희수 아주머니가 관여되었다. 후에 어떤 일이 벌어질지는 모른다. 불확실성을 제거하기 위해 내가 돌아온 날에 기존 희수 아주머니는 시설 지하에서 제거하기로 했다.

피살 315일 전, 대행업체에 내가 제때 도착했다. 강형수가 나를 기재에게 인도해줄 것이다.

나는 나의 기재를 따로 불러 만났다. 나의 기재는 내가 일러준 대로, 나에게 병원 주소를 알려주었다.

피살 314일 전, 내가 기재를 다시 만났다. 기재에게 내가 한 일은 절대로 용서받을 수 없는 일이다. 그의 얼굴에 끓는 기름을 부었고, TPE-1120을 투약했다. 나를 이곳으로 다시 불러오기 위해서, 그리고 이곳에 붙잡아두기 위해서는 어쩔 수가 없다.

내가 집으로 돌아왔다. 얼굴에서는 살기를 풍기고 있었다. 패턴대로다. 우리는 식탁에서 마주 보고 밥을 먹었다. 늘 거북했고 피하고 싶은 순간이었지만, 그때만큼은 오래 함께하고 싶었다. 왜인지 모른다.

......

피살 7일 전, 나의 죽음과 나의 새로운 탄생이 단절 없이 과연 매끄럽게 이어질까? 의문이 든다. 과거의 나도 똑같은 생각을 했겠지? 내 모든 유전자를 받았고, 정교하게 조작된 환경 속에서 모두 같은 경험을 느꼈으니 그럴 것이리라. 인간이라면, 생명체라면 심장이 멈추는 것에 두려움을 느끼는 게 당연한 거겠지. 이십삼 년 전 그 순간처럼 나는 이제 엄마가 되어 옥상에 왔다.

피살 5일 전, 별을 보는 날들이 많아졌다. 업무도 미뤄놓고서 온종일 취한 상태로 별을 본다. 한 사람이 죽으면 하나의 별이 태어난다는데, 내가 죽어도 하나의 별이 태어날까? 별이 태어난다고 하더라도 다른 내가 태어나니 그 순간 부서지거나 조각나지는 않을까? 두렵지 않다고 생각은 하지만, 술 없이는 도저히 잠들 수가 없다. 아니, 술 없이는 숨을 쉬는 것조차 어렵다. 오늘 나는 서랍에서 권총을 찾았다. 앞으로 5일 후면 이 옥상으로 올라올 것이다. 시간이 정말 얼마 남지 않았다.

피살 하루 전, 기재가 보고 싶다.

피살 당일, 나는 진정으로 신에게 빈다. 내가 내린 선택이 정말 내가 내린 선택이었기를.

세상이 거꾸로 도는 것 같았다. 숨을 제대로 쉴 수가 없었다. 책상 위에 놓인 물건들을 바닥에 쓸어 내렸다. 머릿속은 여전히 터질 것만 같이 복잡했다. 서랍이 살짝 열려 있었는데, 그 틈으로 내가 엄마에게 준 수첩이 보였다. 서랍을 열어 보니 수첩들로 가득했다.

나는 여전히 엄마의 손아귀에 있었다. 아니, 그 누구의 계획도 아닌 스스로가 만든 계획 위에 서 있었다. 오래전부터 스스로가 만들어놓은 환경 위에서 나는 내가 되기 위해 살아왔다. 미친년, 지독한 년. 온갖 욕을 퍼부어도 화가 풀리지 않았다. 내가 자신을 죽이는 것까지 모든 게 다 내가 짜놓은 계획 속에 있었다. 그래, 그러니까 그렇게 손쉽게 엄마를 죽일 수 있었겠지.

"그래, 전부……."

그때 모니터 옆에 붙어 있던 메모지 한 장이 눈에 밟혔다. 가만 보니 주소 하나가 메모지에 적혀 있었다. 익숙한 주소였다. 내가 엄마가 되어서는 관리자를 처벌하고, 아이들에게 찬사를 받았던 바로 그곳. 은희가 자랐던 시설의 주소였다.

주소 아래로는 '지하 복제 시설'이라 적혀 있었다. 나는 바로 방을 빠져나와 지하 주차장을 향해 달려갔다. 차를 똑바로 주차하려던 운전기사를 운전석에서 밀쳐내고 차에 올라탔다. 운전기사가 당황해 눈을 동그랗게 떴지만, 나는 철문을 열라고 고래고래 소리를 질러댔다. 문이 전부 열리기도 전에 액셀을 밟았다. 이번에는 사이드미러가 부서졌으나 상관하지 않았다.

*

 시설 철문을 향해 멈추지 않고 길을 내달렸다. 그런데 막상 도착하니 이미 문이 열려 있었다. 나는 차를 마당에 대고 내렸다. 가만 보니 차가 한 대 더 마당에 주차되어 있었다. 권 상무의 차였다. 상관하지 않고 바로 시설로 달려갔다. 관리자가 당황한 표정으로 나를 향해 고개를 숙였다. 관리자에게 지하로 어떻게 내려가냐고 묻자, 원장에게 전용 열쇠가 있다고 했다. 당장 그를 불러오라고 명령했다. 그러나 관리자는 원장이 이미 퇴근했다고 대답했다.
 나는 관리자의 멱살을 잡아채고서 쏘아댔다.
 "원장 불러! 당장!"
 관리자는 울먹이며, 어찌해야 할지 몰라 했다. 내 목소리를 듣고는 아이들이 잠에서 깨어 복도로 나왔다. 다섯 살에서 여섯 살 정도 되어 보이는 어린아이들이었다. 그중 익숙한 얼굴이 시선을 끌었다. 절대 잊을 수 없는 얼굴이었다.
 "으, 은희야······."
 처음 봤을 때보다 어려 보였으나, 분명 은희의 얼굴이었다. 나는 손을 떨며 은희에게 다가가 얼굴을 어루만졌다. 그제야 아이들의 얼굴에서 보이지 않던 얼굴들이 드러나기 시작했다.
 "희수 아주머니······. 김 기사······."
 그들은 모두 어린아이의 얼굴을 하고 있었다. 그때 뒤편에서 목소리가 들렸다.
"회장님, 그만하시죠."
권 상무였다. 그는 비장한 표정으로 나를 향해 다가와서는 내 손 위에 자기 손을 올렸다.
"제가 열쇠 가지고 있습니다."
권 상무는 내 손에 열쇠 꾸러미를 쥐여주었다. 열쇠 꾸러미에는 동으로 된 것부터 녹슨 것까지 다양한 열쇠들이 매달려 있었다. 나는 다시 권 상무에게 열쇠 꾸러미를 돌려주고는 아래로 고갯짓했다. 그는 정황상 모든 걸 다 알고 있는 것 같았다.
"따라오시죠."
권 상무는 철문으로 잠겨 있는 지하 쪽으로 발걸음을 옮기려 했다. 그런데 그가 뒤돌아 어깨 너머에 시선을 던지더니 말했다.
"강형수 씨, 들어가세요."
뒤돌아보니 강형수가 서 있었다. 그는 나를 향해 특유의 표정으로 씩 웃더니 손을 흔들었다. 그에게 물었다.
"당신…… 뭐야?"
강형수가 특유의 능청거리는 표정으로 머리를 긁적였다.
"알면서 왜 그러세요? 회장님이 시키는 대로 하는 사람이죠. 돈만 받으면 전부."
그러더니 내 손에 명함 한 장을 쥐여주려 했다. 전에 김 기사가 들고 있는 것과 같았다. 내가 뒷걸음질 치자, 그는 나를 향해 웃으며 말했다.
"회장님 운전기사한테 또 드려놓을 테니 언제든 연락만 주세요."
강형수는 얼굴을 일그러뜨리며 나를 향해 기분 나쁜 웃음을 지어 보였다.
"전에 보셨다시피 연기도 잘합니다, 저."
그렇게 말하고 그는 자리를 떠났다. 나는 멍하니 자리에 서 있었다.
"가시죠."
나방이 전구에 달려들듯이 나는 알 수 없는 힘에 이끌려 권 상무를 따라갔다.
권 상무가 자기 목에 걸려 있던 목걸이를 벗더니 첫 번째 문을 열었다. 스위치를 올리자 알전구에 희미하게 불이 들어왔으나 그리 밝지는 않았다. 어디선가 들어가지 말라는 속삭임이 들리는 것만 같았다.
그러나 나는 아래로 내려가야 했다. 내가 저지른 죄를 마주해야 했다. 관리자들은 빠르게 아이들을 다시 방으로 돌려보냈다. 그들은 방으로 돌아가면서 계속해서 내게 시선을 보냈다. 나는 그 시선이 두려워 빠르게 권 상무를 따라 아래로 내려갔다.

*

　문은 하나가 아니었다. 한 층 정도 내려갈 때마다 페인트가 벗겨진 녹슨 문들이 나타났다. 그때마다 권 상무는 열쇠 꾸러미에서 정확히 맞는 열쇠를 골라내어 잠긴 문을 열었다. 이곳에 여러 번 와본 적 있는 사람 같았다. 나는 묵묵히 아래로 내려가고 있는 권 상무에게 물었다.
　"일지에 적혀 있는 게 사실이야?"
　권 상무는 자연스럽게 잠긴 문을 마주하고는 열쇠를 골라냈다. 동전 주머니에서 날 법한 소리가 들려왔다.
　"맞습니다."
　그의 감정 없는 대답에 말이 제대로 나오지 않았다. 잠긴 문에 열쇠를 밀어 넣고 있던 권 상무에게 입가를 맴돌던 질문을 던졌다.
　"나, 정말 복제된 거야?"
　"복제가 아닙니다. 계속해서 삶을 이어가시는 거죠. 회장님께서 경험하신 대부분의 사건은 과거에 이미 존재했던 것들입니다. 이십삼 년 전 회장님도, 사십육 년 전 회장님도 모두 똑같이 경험하신 것을 오늘날 회장님이 경험하고 계신다는 말입니다. 그룹에서 천문학적인 돈과 계산을 들여가면서 회장님께서 똑같은 경험을 하실 수 있도록 만들었습니다. 식단이며, 교수진이며, 그간 만났던 모든 사람도 마찬가지입니다. 왜 그랬는지 아십니까?"

나는 질문에 대답하지 않았다. 어떤 무시무시한 대답이 권 상무의 입에서 나올지 알 수 없었다.

권 상무가 발걸음을 멈추더니 뒤돌아 말했다.

"회장님."

계단을 따라 목소리가 메아리쳤다. 이제껏 내가 죽은 수많은 사람이 각자의 목소리로 내게 질문하는 것만 같았다.

"사람은 대체 불가한 사람과 대체 가능한 사람으로 나눌 수 있습니다. 대체 가능한 사람은 사회에서 다수입니다. 보통 노동자를 비롯한 일반 시민들이지요. 그들이 다른 존재로 대체된다고 하더라도 사회가 크게 달라지지는 않을 것입니다. 그들은 본래 수동적인 자들이고, 자기 욕심을 채우기 위해서라면 스스로를 갉아먹는 일조차 마다하지 않을 것입니다."

이윽고 빛이 들지 않는 곳에 이르렀다. 어둠 속이 두려웠으나 권 상무의 이야기를 듣기 위해서는 멈추지 않고 그를 따라 아래로 내려가야 했다. 내려가다 보니 전구처럼 보이는 물체가 있었다. 권 상무가 그것에 손을 대자 먼지가 사방에 흩날렸다. 오래 방치되어 고장이 난 것 같았다.

권 상무는 자연스럽게 주머니에서 휴대용 손전등을 꺼내 발 아래를 비추었다. 넘어지지 않기 위해서는 권 상무에게 가까이 붙어야 했으나, 왠지 모를 불길함에 조금은 거리를 두었다. 권 상무가 말을 이었다.

"반대로 대체 불가한 사람은 극소수입니다. 성인이나 천재들이 그러하죠. 그들이 없었더라면 사회는 금방 파멸에 이르렀을 것이고 혁신, 성장 같은 단어는 구시대에 유적으로 남을 것입니다. 즉, 그들 없는 인간 사회는 순간일 뿐이라는 것입니다."

"대체 무슨 말을 하고 싶은 거야?"

내 물음에 권 상무는 홱 뒤돌아서는 내 얼굴을 향해 손전등을 비췄다. 손전등 빛이 강해 손바닥으로 얼굴을 가렸다.

"회장님, 회장님께서 여태 세우신 업적을 아십니까? 단순히 삼일그룹 기업 가치를 끌어올린 게 다가 아닙니다. 지금 세계가 당면한 문제부터 생명체의 영생까지, 한마디로 역사를 쓰고 계신 겁니다."

권 상무는 고개를 돌려 다시 손전등을 앞으로 하고는 혼잣말을 하듯 말을 중얼거렸다.

"회장님이 아니라면⋯⋯ 대체 누가 그런 걸 할 수 있겠습니까?"

지상으로 돌아가고 싶어도 문들이 닫혀 있었다. 열쇠 꾸러미는 권 상무의 손에 들려 있었다. 마침내 우리는 시설 맨 아래층에 도착했다. 그곳은 언뜻 보기에 방공호처럼 보였다. 엄청난 두께의 철벽이 쳐져 있었다. 그런데 정확히 내 눈높이에 열쇠 구멍으로 보이는 작은 구멍이 뚫려 있었다.

권 상무는 열쇠 꾸러미를 주머니에 쑤셔 넣고는 나를 향해 손을 내밀었다. 그의 손길에 나도 모르게 몸을 움츠리자, 그는 천천히 내게 다가와 내 목에 걸려 있던 엄마의 목걸이를 풀었다. 목걸이에 달려 있던 열쇠 모양의 사파이어와 열쇠 구멍이 딱 맞았다.

열쇠를 돌리자 굉음을 내며 방 전체가 오른쪽으로 움직이기 시작했다. 나는 중심을 잡지 못해 넘어질 뻔했으나, 권 상무는 방이 완전히 멈추기도 전에 새로 나타난 공간으로 들어갔다. 나는 가만히 기다렸다. 이윽고 방이 멈췄을 때 나는 가만히 넋을 놓고 풍경을 바라보았다.

*

내부는 마찬가지로 어두웠다. 불현듯 기시감이 들었다. 고개를 돌려보니 어둠 속에서 점멸하는 푸른빛이 보였다. 일정한 박자와 세기로 맥동하던 그것을 나는 잊을 수 없었다. 거실에 불을 지르려 했던 과거가 떠올랐다. 수많은 거장의 작품 중에서 과거의 나는 유독 오래된 브라운관 TV 화면에 사로잡혀 푸른빛만 바라보았다. 나는 그제야 과거에 느꼈던 기시감의 이유를 알 수 있었다.

"여기서…… 모든 게 시작된 거야?"

권 상무가 스위치를 올리자 불이 들어왔다. 수많은 색상의 버튼과 서버들로 이루어진 거대한 컴퓨터가 소음을 내며 돌아가고 있었다. 컴퓨터가 내뿜는 열기가 상당했으나, 관으로 뿜어져 나오는 냉각 기체에 의해 금방 식으며 수증기를 뿜어냈다. 권 상무가 장치들을 손으로 훑으며 말했다.

"지금으로부터 약 한 세기 전에 회장님은 이곳에서 모든 일을 계획하셨고, 정해진 주기마다 이곳에 오셔서 복제 장치를 손수 가동하셨습니다."

"대체 왜……."

그러다 한쪽 벽에 끈적한 액체로 가득 찬 관에 시선이 사로잡혔다. 나는 가만히 액체 안을 바라보았다. 속에서 무언가 꿈틀거리고 있는 것만 같았다. 문득, 액체 속 존재의 정체를 깨달은 나는 화들짝 놀라 뒤로 물러났다. 이곳은 내가 태어난, 아니 만들어진 장소였다.

"이게 전부 내가……."

"맞습니다. 지금 회장님은 과거 회장님께서 겪으신 그 일들을 다시금 겪으셨고, 이겨내셨습니다."

권 상무는 자랑스러운 듯한 표정을 짓고 있었다. 나는 그를 향해 가슴을 치며 소리를 질렀다.

"이겨냈다고? 맨날 술에 취해서는 잠 못 들고 스스로를 평생에 걸쳐 고문하는 게 이겨낸 거야?"

권 상무가 고개를 저었다.

"지금 여기서 포기하시면 우리가 여태껏 해온 게 한순간에 물거품이 됩니다."

"그런 말 하지 마! 나는 아무것도 한 게 없어! 한 게 없다고! 난 단지 엄마가 계획한 대로 살아왔을 뿐이야!"

권 상무가 나를 향해 소리쳤다.

"아직도 모르겠습니까? 그 어머니가 바로 당신입니다. 당신이 모든 것을 계획하셨습니다. TPE-1120 연구가 지속될 수 있었던 것도, 삼일그룹이 유지될 수 있었던 것도 당신의 희생 덕분이었습니다."

"닥쳐! 그건 내가 아니야!"

권 상무가 나를 향해 다가오더니 아까와는 다르게 굳은 표정으로 내게 소리쳤다.

"정신 차려! 네 손에 얼마나 많은 사람의 목숨이 달려 있는 줄 알아?"

권 상무의 눈에는 핏발이 서 있었다. 그는 내 어깨를 거칠게 잡아챘다. 엄청난 악력에 어깨가 부서질 것만 같았다.

"네가 여기서 죽으면 네가 그렇게 좋아하는 은희도, 식모도 또 죽어야 해. 네 목숨이 네 것만이 아니라고! 도대체 몇 번을 말해야 아는 거야!"

나는 권 상무의 눈을 노려보았다. 마치 짐승이 포효하는 것 같았다. 한껏 성을 낸 권 상무는 갑자기 무릎을 꿇고 빌기 시작했다. 전혀 다른 두 사람이 한 사람에게서 보였다.

"제발, 회장님. 조금만 더 계시면 TPE-1120 개발도 완료될 거고, 그러면 우리도 그런 고통 다시는 안 겪어도 됩니다. 저,

회장님 매번 돌아가시는 걸 두고 볼 수가 없습니다. 매번 스스로 본인 머리에 총을 겨누실 때마다 제가…… 제가 다 죽을 것 같습니다."

모든 것이 거대한 연극이었다. 희수 아주머니의 미소도, 김 기사의 희생도, 은희의 죽음과 기재의 모습조차도 어느 하나도 진실된 것이 없이 꾸며진 것들이었다. 이 우연 같으면서도 정교하게 짜인 필연은 태초의 '나'라는 인간을 만들어 내기 위해 수없이 반복되어왔다.

'무엇이 진짜일까?'

배신감보다는 허탈감이 들었다. 엄마가, 아니 스스로 만들어 낸 빈틈 없는 감옥 속에 나를 밀어 넣은 셈이었으니까.

"회장님, 제발요. 이번에 성공만 하면 우린 평생 함께할 수 있습니다……."

권 상무는 내 손을 잡으려 했다. 나는 잡히지 않으려 그의 팔을 뿌리쳤다. 그 바람에 권 상무의 셔츠가 찢어지면서 맨살이 드러났다. 흉터들이 보였다.

"이게 무슨……."

권 상무는 자기 흉터를 떨리는 손으로 쓰다듬었다. 마치 훈장처럼.

"이것들이 바로 우리가 단순히 복제품이 아니라는 증거입니다."

분명 팀장에게서 본 것들이었다. 내가 가위를 들고 어깨를 찔렀을 때와 불을 질렀을 때 입은 화상 흉터도 있었다. 그제야 권 상무의 얼굴에 팀장의 얼굴이 겹쳐졌다. 날카롭고 차가운 눈매며 계획에 따라 기계처럼 움직이는 모습을 보면서 익숙함을 강하게 느끼고 있었는데. 이제야 그 이유를 알 수 있었다.
"보십쇼, 회장님께서 또 저를 선택하신 것 아닙니까?"
한시라도 이곳에서 벗어나고 싶다는 생각을 했다.
"지랄하지 마! 난…….'
두려웠다. 도망치고 싶었다. 이대로는 버틸 수 없겠다는 생각을 했다.
"엄마가 아니야."
내 대답을 들은 권 상무의 표정이 또다시 어두워지더니 한숨을 크게 내쉬었다. 자리에서 일어나 레버를 향해 걸어가더니 그 위에 손을 올리고는 내게 물었다.
"정말입니까?"
끝없는 복제와 반복된 상황 속에서 만들어진 나였다. 태초의 나라는 것이 있을까? 과연 지금껏 이 땅 위를 걸었던 '나'라는 존재들이 모두가 같은 존재인 것일까? 몰려드는 물음에 쉽게 답할 수 없었다.
내가 대답하지 않자, 그는 양복 주머니에서 뭔가를 꺼냈다. 권총이었다. 내가 엄마를 쏘았을 때 사용했던 그 권총. 권 상무는 내 팔을 붙잡고는 내 이마를 향해 총을 겨누었다.
"너는 너만 생각하지? 네가 없으면, 우리는 어떻게 살라고!"

나는 비명을 질렀다. 몸을 비틀어댔지만 총구는 여전히 내 머리를 향하고 있었다. 권 상무가 내 턱을 붙잡았다.

"가만히 있어!"

죽고 싶지 않았다. 의문들이 피어올랐다. 앞서 죽은 나라는 존재들은 모두 엄마와 같은 선택을 했을까? 그들 중 일부는 나의 계획에서 벗어나기 위해 저항했을까? 저항하면 어떻게 되는 거지? 이들이 과연 나를 죽일까?

문득 화물 밴을 몰던 엄마의 얼굴이 떠올랐다. 분명 내가 총을 쏴서 죽인 엄마와 그녀는 다른 사람으로 데이비드와 권 상무에게 쫓기던 여자는 불에 타 죽었다. 생각은 빠르게 흘러갔다. 분명 나 하나만 복제되어 있는 것은 아닐 테였다. 기재를 찾으며 불에 타 죽은 엄마가 그 사실을 내게 말하고 있었다.

그럼 기재는? 만약 내가 죽는다면 내가 사랑했던 기재는 죽게 될 것이고, 새로운 나와 기재가 그 자리를 대신할 것이었다. 권 상무와 엄마의 말이 맞았다. 내 목숨은 오직 나의 것이 아니었다. 권 상무에게 물었다.

"기재는 무슨 죄야?"

"한 사장 말입니까?"

커다란 몸체에 다이아몬드 반지를 끼고서 링거를 달고 다니던 그의 모습이 떠올랐다. 권 상무가 비릿한 웃음을 얼굴에 띠었다.

"몰랐습니까? 한 사장, 아니 한기재 그놈은 우리 둘보다 더

했으면 더 했지 덜하지는 않았습니다."

"그게 무슨 말이야?"

"그 사람, 자기를 얼마나 복제한지 아십니까? 셀 수도 없습니다. 회장님께서 만난 한기재는 일종의 소모품이었습니다. 그는 회장님께서 TPE-1120 개발에 몰두하게 만들 일종의 장치였죠."

머릿속이 혼란스러웠다. 분명 목을 그은 한 사장이 살아 돌아와 내게 손을 건네던 모습이 떠올랐다. 구역질이 솟구쳤다. 기재와 한 사장의 모습이 교차되어 보였다. 이질적이었으나 그간 내가 무의식적으로 피해온 공통점들을 발견할 수 있었다.

"그 사람, TPE-1120 개발을 위해서라면 수십 번, 수백 번도 죽음을 감수할 사람입니다."

"닥쳐!"

몸을 비틀었다. 살기 위해서였다. 그러자 권 상무가 내 얼굴을 주먹으로 쳤다. 코피가 터지면서 소리를 질렀다. 권 상무의 손에는 힘이 잔뜩 들어가 있었다. 턱을 잡히자 얼굴을 움직일 수가 없었고, 총구는 정확히 미간에 겨눠졌다.

"씨발!"

나는 그의 손을 물었다. 함께 도망친 날에 기재가 말한 대로 턱에 힘을 주고 있는 힘껏. 입에서 진한 피 맛이 느껴졌다. 내 코에서 난 피와 함께 권 상무 손에서 난 피가 입안에 뒤섞였다. 그의 손아귀에서 벗어난 나는 최선을 향해 바닥을 기었다. 방향을 잡지 못했다. 복제 장치는 권 상무가 레버를 당기는 바람에 이미 가동 중이었다. 노란 액체가 담긴 원통에는 아주 작은 세포 덩어리들이 떠 있었다.

정신이 아득했다. 저곳에서 또 나와 똑같은 아이가 생기고, 그 아이가 이십 년 동안 갇혀 살면서 친구가 된 아이들이 전부 죽게 된다니. 은희도, 희수 아주머니도, 김 기사 그리고 기재도 전부 엄마라는, 아니 나라는 괴물을 만들어내기 위해서 영원히 죽고, 또 죽으면서 거지 같은 지옥 속에서 살게 된다니. 분노가 치밀어 올랐다. 그러나 감상에 빠질 틈은 없었다. 정신을 차린 권 상무가 총을 나를 향해 겨누었다.

나는 필사적으로 몸을 옆으로 날렸다. 장치들 틈으로 황급히 몸을 숨겼다. 천장에서 스파크가 튀었다. 이어서 두 번, 세 번, 네 번 방아쇠가 당겨졌고, 다섯 번째에 이명과 함께 순간 정신을 잃을 정도로 어지러움을 느꼈다. 화약 냄새가 났다. 엄마를 쏘았을 때 맡았던 냄새였다. 숨이 쉬어지지 않아 아래를 내려다보니 허벅지에서 이제껏 경험해보지 못한 통증이 느껴졌다. 권 상무의 목소리가 들려왔다.

"당신이 왜 나도 복제한 줄 알아? 이런 때를 대비해서야. 당신에게 변수가 생기면 내가 나서서 계획을 이어가고, 반대로 나에게 변수가 생기면 당신이 나서서 계획을 이어가지. 우리 계획은 절대 무너지지 않아."

권 상무는 주저앉은 나를 향해 총을 겨눴으나, 약실을 살피더니 방아쇠를 당기지는 않았다. 나는 액체가 담겨 있는 원통을 잡고서 힘겹게 일어섰다. 바로 나를 덮치지 않는 것을 보니 권 상무 역시 무언가 걸리는 점이 있는 것 같았다. 통에 담긴 액체를 통해 바라본 권 상무는 마치 괴물처럼 보였다. 사람과 달리 비정상적으로 키가 컸고, 머리가 늘어났다. 권 상무가 총을 겨누고는 한 걸음 다가왔다.

이대로 끝이라 생각했다. 그런데 액체에서 작은 세포 덩어리 하나가 위로 부유하는 모습이 시선을 끌었다. 그때 머릿속에 방법이 하나 떠올랐다. 나는 주먹을 쥐고서 원통 위에 손을 올렸다. 새롭게 만들어질 내가 사라진다면 권 상무도 나를 죽이지는 못할 것이리라. 권 상무가 나를 향해 한 걸음 다가오려 했을 때, 내가 권 상무에게 말했다.

"오지 마. 오면 이거 깨버릴 거야."

그러나 내 예상과는 다른 말이 권 상무의 입에서 나왔다.

"깨봐."

권 상무는 해볼 테면 해보라는 식으로 나를 향해 천천히 다가왔다.

"깨보라고. 네가 할 수 있을 거 같아? 그게 깨지면 넌 진짜 죽어. 이제 네가 목숨을 이어갈 구실이 없다고! 네가 죽으면 감당할 수 있겠어? 만약 네가 여기서 완전히 죽는다면 너를 위해 지금껏 죽은 사람들은 전부 개죽음을 당한 거야. 그걸 참을 수 있겠어?"

액체를 통해 본 권 상무의 입이 길게 찢어졌다. 눈에는 핏발이 가득했고, 곧 어그러질 듯 몸이 흐느적거렸다. 뱀처럼 그의 혀가 허공에 흩날리는 것만 같았다.

 "지금 이 선택도 네가 내린 것만 같지? 그거 알아? 넌 모든 순간, 모든 결정을 네 엄마랑 똑같이 해왔어. 네 엄마가 지금 너처럼 이런 상황이 없었을 것 같아?"

 권 상무는 천천히 발걸음을 내 쪽으로 옮기며 말을 이었다.

 "네 엄마의 엄마는 어땠을 것 같아? 전부 다 똑같았어. 데이비드 같은 사례는 한 번씩 나타나는 이상 현상이었지. 그러나 그것들도 최종적인 결과를 바꾸지 못했어. 네 선택은 둘 중에 하나야. 네 엄마처럼 운명에 순응하거나, 아니면 여기서 죽거나."

 내 선택들이 과연 진정으로 내가 내린 것이었을까? 절대 빠져나갈 수 없는 지옥에 갇혀버린 것만 같았다. 순간, 시야가 흐려졌다. 피를 너무 많이 흘린 것 같았다. 틈을 놓치지 않고서 권 상무가 나를 향해 달려들었다.

 나는 필사적으로 원통을 주먹으로 두들겼다. 단단하기는 했으나 충격은 줄 수 있었다. 원통에 작게 금이 갔다. 그러나 권 상무는 곧장 나를 바닥에 내쳤고, 내 위에 올라타 목을 조르기 시작했다. 목이 부러질 것만 같은 고통과 함께 시야가 뿌옇게 변했다. 정신을 서서히 잃어갔다.

 "죽어!"

그때 노란 원통에 난 금을 따라 액체가 조금씩 새어 나오기 시작하더니 둑이 무너지듯 터져 나온 액체가 권 상무의 등을 적셨다. 권 상무는 당황한 표정으로 황급히 내 목을 조르던 것을 멈추고는 자리에서 일어나 손바닥으로 틈을 막았다. 액체는 권 상무의 손 틈으로 계속해서 쏟아졌다. 작은 세포 덩어리들은 틈을 향해 몇 번이고 원을 그리며 다가가다 자리로 되돌아갔다. 권 상무는 다급하게 주위를 둘러보다가 놓여 있는 청테이프를 발견하고 집어 들었다. 내 얼굴에도 액체가 튀었다. 내 피와 액체가 한데 섞이면서 바닥을 붉게 물들였다. 권 상무는 한 손으로 틈을 막고 다른 한 손으로는 테이프를 잡고서 이로 테이프를 끊었다.

권 상무가 테이프로 금을 막자 액체는 더 이상 새지 않았다. 그는 원통을 살피며 성공한 듯 미소를 지었다. 내가 권총을 집으려 했지만, 권 상무가 더 빨랐다. 그는 권총을 집어 들고 나를 겨눈 채로 어딘가를 향해 전화를 걸었다.

"이번 클론은 실패. 모든 자료를 남겨놨으니 원인을 분석해. 이야기 형식으로 여러 자료와 섞여 있으니까 진실을 가려서 읽어야 할 거야. 부디 다음에는 이런 실수가 없기를 바라네."

그러자 전화기 너머에서 익숙한 목소리가 들려왔다.

권 상무가 고개를 끄덕이면서 대답했다.

"나는 죽어도, 너는 살아 있으니 괜찮아."

권 상무는 내 앞에 쭈그려 앉고는 내 얼굴을 천천히 쓰다듬었다.
"너도 그렇게 생각하고 있지 않나? 마지막으로 전할 말은?"
죽어가는 나를 내려다보던 권 상무는 갑자기 어떤 생각에 잠긴 듯 보였다. 전화기에서 무언가 주저하는 듯한 목소리가 들려오자, 그가 자리에서 벌떡 일어나더니 말했다.
"아니, 같은 실수는 용납할 수 없어."
그리 말하고서 권 상무는 전화를 끊었다. 정신이 희미해졌다. 몸에서 무언가가 빠져나가고 있는 것만 같았다. 영혼인 걸까? 몸에 힘이 빠지면서 눈이 서서히 감겼다. 권 상무는 자기 손에 들려 있는 권총을 물끄러미 보았다. 그러더니 내 눈을 보면서 총구를 본인 턱에 대고 말했다.
"다시 보자."
강한 파열음과 함께 권 상무의 머리에서 피가 솟구쳤다. 그대로 바닥으로 고꾸라진 권 상무는 눈을 뜬 채로 죽었다. 그의 눈에서는 영혼이라고는 찾아볼 수가 없었다. 어둠이 우리 둘을 삼켰고, 나는 어둠 속으로 빨려 들어갔다. 그게 내 마지막 기억이었다.

피살 후 439일 후

영혼이 있는지 알지 못한다. 죽음이 꿈처럼 느껴지지도 않았다. 눈을 감으니 완전한 암흑이었고, 영원 같은 순간들이 지나갔다. 오래된 컴퓨터에 전원을 넣은 것처럼 나는 서서히 눈을 떴다. 내가 천국과 지옥 중 어느 곳에 도착했는지는 중요하지 않았다. 그저 나는 본능적으로 눈꺼풀을 들어 올릴 따름이었다.

어렵게 눈알을 굴려보니 내가 있는 곳이 병원이라는 사실을 알 수 있었다. 거울에 비친 내 얼굴에서는 엄마와 나, 두 얼굴 모두 찾을 수 없었다. 온갖 관들을 몸에 꽂고 있는 데다 붕대를 칭칭 감은 채로 사막처럼 입안이 말라 혀가 비틀려 있었다. 수액 팩에 매달린 이름표를 보니 '김은희'라 적혀 있었다. 어떤 상황인지 알지 못해 혼란스러운 와중에 갑자기 알림과 함께 간호사들이 빠르게 내 방을 오갔고, 나는 다시 정신을 잃었다.

다시 잠에서 깨었을 때는 새벽이었다. 나는 숨이 제대로 쉬어지지 않아 손수 관을 빼냈다. 컥컥거리며 기침을 해댔고, 소리가 나지 않게 한 손으로 입을 막고서 다른 관들을 제거했다. 나는 좀비처럼 병원 복도를 돌아다녔다. 머리는 산발이었고, 손톱은 〈가위손〉의 조니 뎁의 것처럼 길었다. 복도에서 나와 마주친 간호사는 비명을 질렀다. 그는 얼른 돌아가라며 내 손목을 끌었으나 나는 멈추지 않았다. 경비원들이 왔음에도 나는 간단히 그들을 따돌리고서 빠르게 아래로 내려갔다.

일층에 도착해서 바깥을 향해 걸음을 옮겼다. 간호사들의 연락을 받았는지, 데스크 직원들이 나를 따라왔다. 나는 그들을 피해 달리기 시작했다. 기재와 함께 산길을 내달렸던 때를 생각했다. 그때 우리는 아무도 우리를 모르는 곳으로 가서 같이 살기로 했지. 그곳이 무인도라 해도 말이야. 그러나 다리가 마음대로 움직여지지 않았다. 고개를 숙여 보니 앙상한 다리가 보였다. 다리에 힘이 풀려 병원 정문을 벗어나지는 못했다. 경호원들이 금방 나를 잡았고, 뒤따라온 의사가 진정제를 놓았다.

다음 날 나는 다시 잠에서 깼다. 어제와는 다르게 정신이 맑왔다. 이번에는 혼자 도망을 쳤다가 붙잡힌 기재처럼 구속복에 의해 결박당해 있었다. 마침 담당 의사로 보이는 사람이 방으로 들어섰다. 그는 말끔한 흰 가운에 포마드로 머리를 올리고 있었다. 의사가 흥분에 찬 목소리로 내게 말했다.

"이건 기적이에요, 정말 백 년에 한 번 나올까 말까 한 기적이요."

나는 의사에게서 병원에 오게 된 상황을 듣게 되었다. 익명의 누군가가 119에 신고를 했다고 했다. 그것도 내가 쓰러지기 한 시간 전에 매우 구체적인 상황을 언급하며 말이다. 익명의 신고자는 대원들에게 철문을 자를 커터를 챙기라고 한 데다 내가 총상을 입은 걸 말해줌과 동시에 내 혈액형까지 말해줘서 구급대원들이 미리 RH+ B형 혈액 팩을 다량 현장으로 가져갔다고 했다. 마지막으로 그는 내 이름을 '김은희'라 말하고는 전화를 끊었다. 정확히 권 상무가 자살하자마자 구급대원들이 시설 최하층에 도착했고, 정신을 잃고 있던 내게 응급처치를 시행했다. 의사의 말을 듣고서 나는 그 익명의 신고자가 데이비드나 기재, 둘 중 한 명일 것이라 생각했다.

만약 그 둘 중 하나가 아니라면 이미 이 모든 것을 경험했던 사람일지도 모른다. 그러나 한 가지만은 명확했다. 누구였든 이런 상황이 미리 일어날지 알고 있었다는 것. 어쩌면 나처럼 권 상무의 총에 죽지 않은 또 다른 나일지도 모른다. 모든 사건이 벌어진 지 일 년이 지난 지금까지 나는 그가 누구인지 모른다. 굳이 파헤칠 필요도, 파헤칠 수도 없었다.

뉴스를 보니 나를 태운 구급차가 시설을 빠져나가자마자 근처에 엄청난 규모의 산불이 나서 내가 살던 집은 물론이고 시설 그리고 기재가 갇혀 있던 병원까지 모조리 불탔다고 했다. 나와 관련된 모든 것이 불에 휩싸여 사라졌다. 현장 사진을 보니 어디가 어디인지 전혀 구분할 수 없을 정도였다. 당연히 아이들을 비롯해 식모 그리고 권 상무의 시체는커녕 그들의 뼛조각조차도 찾을 수가 없었다. 복제기를 비롯한 TPE-1120의 자료들도 소실된 것으로 보였다. 이로써 나와 관련된 모든 과거가 사라졌다.

'드디어 나는 모든 준비를 마쳤다.'

최신은 유언장 같은 이 일기를 모두 마치고는 기지개를 폈다. 그녀는 삼 개월 동안 병원에서만 지냈다. 그동안 많은 일을 했다. '김은희'로 살아가기로 마음먹고 치료를 받으며 성형수술을 병행했다. 그녀는 될 수 있으면 완전히 새로운 얼굴을 갖고 싶었다.

수술이 끝나고 몰래 간호사의 핸드폰을 훔쳐 회사 계정에 접속해 처분할 수 있는 재산을 모조리 처분하고는 모든 언론사 메일로 그룹 회장 자리에서 물러난다고 선언했다. 뉴스를 보니 초반에는 언론을 비롯해 온갖 잡음이 오갔으나, 이사회에서 추천한 전문 경영인이 등장하고 그들 간에 영역 다툼이 시작되면서 곧장 그쪽으로 사람들의 시선이 쏠렸다. TV를 보고 있는 사이 마침 간호사가 병실로 들어왔다.

간호사가 말했다.

"퇴원 날인데 죄송해요. 주사가 하나 남아 있었네요."

최신은 한시라도 빨리 병실에서 벗어나고 싶었으나 꾹 참았다. 캐나다로 가리라. 그곳의 깊은 산에서 작게 농사를 짓고, 개를 한 마리 키우고 싶었다. 은희와 말했던 것처럼 말이다. 그게 아니라면 기재와 말했던 것처럼 무인도에 들어가 농사를 짓고 바다에 지는 해를 바라보면서 살고 싶었다. 최신은 다시 침대에 앉아서는 주사를 기다렸다. 링거를 뽑지 않아 다행이었다. 간호사는 이상한 액체가 든 주사기를 손에 들었다. 최신이 간호사에게 물었다.

"항생제인가요?"

간호사가 주사기를 흔들고는 능숙하게 링거에 꽂아 넣었다. 주사기에 든 액체가 빠르게 퍼져나갔다.

"석 달 전에 여기서 맞으신 건데, 오늘 맞고 가셔야 해요. 이후로 석 달에 한 번씩 꼭 맞으러 오셔야 하고요."

그 말에 최신은 놀란 표정으로 주사기 옆면에 붙어 있는 라벨을 가만히 보았다.

'TPE-1120'

그녀는 약물이 천천히 몸속으로 들어오는 것을 느꼈다.

피살 7792일 전

작가의 말

우리는 부모를 선택할 수 없다. 마찬가지로, 살아갈 나라나 환경 그리고 역사적 순간 또한 선택할 수 없다. 대신 그 사실을 받아들일 수는 있다. 나는 아버지의 흠 많은 손과 어머니의 주름진 얼굴을 사랑하니까.

그러나 흠 많은 손이 흠 없는 손을 잡지 못하게 하는, 그런 선택을 할 수 있음에도 하지 않는 현실 앞에서는 분노할 수밖에 없었다.

문제는 막상 그렇게 생겨난 분노를 그 어디에도 내뱉지 못했다는 점이다. 세상은 알면 알수록 교묘하게 짜인 거미줄 같았다. 어떤 이에게 분노하며 소리치려 할 때마다 그 안에 층층이 쌓인 사연을 듣게 되었고, 그렇게 나는 누구도 쏘지 못한 매력 없는 악당이 되어버렸다. 방향 잃은 분노는 속으로 향했고, 나는 그 분노를 바탕으로 소설을 쓰기 시작했다.

본격적으로 집필을 시작하며 쓴 단편 「개는 개를 낳는다」부터 점화된 이 분노의 글쓰기는 『텔 미 모어 마마』에 이르러 절정에 다다른 듯하다. 나로 시작한 분노가 잔혹하게 뒤틀려 결국 자신에게 돌아온다는, 어찌 보면 동화 같기도 한 내용으로 마무리가 된 셈이다.

『텔 미 모어 마마』는 구상부터 출간까지 칠 년이 걸렸다. 이는 현재 내가 집필한 책 중 출간까지 가장 오랜 시간이 걸린 작품이다. 부침이 많았던 만큼 애정도, 증오도 많은 작품이다. 편집부로부터 교정본을 받아 읽다 보니 나라는 사람도 그간 많이 변했다는 사실을 깨달았다.

나는 더 이상 분노의 글쓰기를 하지 않는다. 오롯이 분노만을 근간에 삼고서 할 수 있는 이야기는 『텔 미 모어 마마』를 끝으로 모두 다 한 것 같다. 그렇다고 내 분노가 사라진 것은 아니다. 분노는 내 글쓰기에 있어 죽는 날까지 꺼지지 않을 동력일 테니까. 다만 앞으로는 조금은 측은하게 그리고 정중하게 내면의 분노에 손을 내밀어볼까 한다.

2025년 3월
김준녕

텔 미 모어 마마

ⓒ 김준녕, 2025

초판 1쇄 인쇄일 2025년 4월 11일
초판 1쇄 발행일 2025년 4월 25일

지은이　김준녕
펴낸이　정은영
편집　　최웅기 박진혜 정사라
디자인　홍선우
마케팅　최금순 이언영 연병선 송의정
제작　　홍동근

펴낸곳　네오북스
출판등록　2013년 4월 19일 제2013-000123호
주소　　04047 서울시 마포구 양화로6길 49
전화　　편집부 (02)324-2347, 경영지원부 (02)325-6047
팩스　　편집부 (02)324-2348, 경영지원부 (02)2648-1311
이메일　neofiction@jamobook.com

ISBN 979-11-5740-461-2 (03810)

잘못된 책은 구입한 곳에서 교환해드립니다.
이 책의 판권은 지은이와 네오북스에 있습니다.
책 내용의 전부 또는 일부를 사용하려면 반드시 양측의 동의를 받아야 합니다.